불량남편

세상에서 제일 불량한 남편의 룸살롱 불륜 스캔들

소설 '불량남편'은 업소 아가씨 사무실을 운영하던 시절
작가의 직간접 경험을 토대로 했다.

민영기 지음

민영기

　민영기 작가는 1960년 안성 출신으로, 가난과 역경을 극복하며 자신만의 문학 세계를 구축한 인물이다. 서울로 상경한 후 다양한 직업을 경험했다. 개인적 시련에도 불구하고 글쓰기에 대한 열정을 유지했다. 이혼, 사업 실패, 건강 문제에도 불구하고 계속해서 글을 쓴 그는 서울시인협회에 가입하고 등단하는 성과를 이루었다. 그의 작품은 개인의 아픔과 희망, 인생을 긍정하는 힘을 보여주며, 독자들에게 깊은 공감과 위로를 전달한다. 소설 '불량남편'은 업소 아가씨 사무실을 실제 운영하던 때에 작가가 들었던 직간접 경험을 토대로 한 장편 소설이다.

차 례

저자소개 2

1화 불량남편 6

2화 불륜 33

3화 악녀 45

4화 오열 63

5화 엄마 76

6화 히스테리 94

7화 백기사 114

8화 갈등 128

9화 미친개 140

10화 봄바람 152

11화 불청객 159

12화 사랑 받지 못한 여자 165

13화 쌍코피 177

14화 개수작 188

15화 증오 197

16화 썸 213

17화 만남과 이별 228

18화 재회 238

19화 아담과 이브 248

20화 리베르 탱고 256

21화 크리스마스 선물 267

에필로그 284

작가 인터뷰 292

1화
불량남편

사랑하는 사람을 앞에 두고 한눈을 파는 것만큼 미련한 일은 없다. 여기에 한눈을 팔았다가 인생을 조진 한 남자가 있다. 비가 오고 난 뒤엔 땅이 굳어진다는 말은 어쩌면 헛소리일지도 모르는 일이다. 마른 낙엽들이 흩날리는 거리를, 겨울바람이 횡횡거리며 지나가는 거리를 바람을 피하기라도 하려는 듯 바쁜 걸음으로 한 남자가 어디론가 들어갔다.

잠시 후에 강남의 한 풀싸롱에서 키가 크고 훤칠하고 잘생긴, 덩치 큰 남자가 벗은 건지 입은 건지 모르는 야시시한 옷을 입은 거기에다 뛰어난 화술까지 갖춘, 마치 신이 빚어 놓은 듯한 빛나는 얼굴에 엘프 요정 같은 여신급 몸매를 가진, 왠지 지성미까지 풍기는 여자와 웬지 익숙한 듯 함께 앉아 부어라 마셔라 신나게 놀고 있다.

영찬은 몇 달 전부터 풀싸롱에 발을 들여놓은 후, 그때부터 이 아가씨에게 중독되어서 정신을 못 차리고 있다.
"오빠, 오빠는 내가 좋아, 마누라가 좋아? 내가 어디가 그렇게 좋아? 오빠 진짜 힘 좋다. 오빠는 어디서 이런 힘이 나와? 와, 팔뚝 근육 좀 봐봐 울퉁불퉁한 게 그냥 죽여준다." 하는 아가씨의 말에 영찬이 있는 힘껏 아가씨를 끌어안자 아가씨는 아양을 떨며 말했다.

"오빠, 나 온몸이 으스러질 거 같아~ 오빠 더 세게 오빠, 더 세게 안아줘 봐. 그것밖에 안 돼? 으으으 으으으 나 죽을 것 같아."

이곳은 손님이 왕인, 말 그대로 서비스가 끝판왕인 곳이었다. 주무르고, 만지고, 하고 싶은 거 맘대로 다하고, 이른바 '계곡주'에 '폭포주'에 '동굴주'까지, 그냥 왕처럼 놀았다 2차까지 가는 곳이다.

영찬이 요즘 빠진 아가씨는 난희라는 아가씨다. 엄청나게 예쁜 어린 20대 초반의 아가씨다.
마치 굉장히 잘나가는 걸그룹 아가씨들처럼 예쁘다. 난희는 영찬의 가슴팍에 폭 안겨 애교를 부려대며, 청포도 알 한 개를 집어서 자신의 입술로 물은 후 포도알을 영찬의 입안에 쏙하고 혀로 밀어 넣어주며 물었다.

"잘생긴 오빠 마누라 말고, 혹시 애인 있어?"
"나? 애인은 없고, 마누라는 있기는 한데, 요즘 좀 마누라랑 권태기라서. 그래서 내가 요즘 쫌 외롭긴 하네."
"오빠, 그럼 내가 오빠 애인 입후보할까?" 하며, 난희는 영찬의 무릎에 폭 안기듯 앉아서 고개를 뒤돌리고는 영찬과 눈동자를 맞추며 영찬의 표정을 살폈다.
그러자 영찬은 "뭐? 입후보?"하며 다시 난희를 꽉 끌어안았다.
난희는 나이는 어리지만 보고 배운 게 그런 쪽이라서 그런지 영찬을 아주 쥐었다가 놓았다가 하면서 능수능란하게 가지고 놀았다.
난희는 대학을 다니면서 가끔 밤에 알바 한다며 속이고는 갖은 착한 척, 순진한 척을 하면서 여시짓을 했다. 그리고 매상을 올리기 위해서 양주를 입안에 가득 마시고는 휴지로 입을 닦는 척을 하면서 입안에 머금고 있던 양주를 뱉어서 휴지통에 버리거나, 영찬이 노래를 부르는 사이에 양주를 다시 마시고는 입안에 머금고 있던 양주를 옥수수차를 마시는 척하면서 얼른 옥수수 수염차 통에 뱉어버렸다.

그리고 안주도 영찬이 노래를 부르는 동안에 얼른 휴지에 싸서 휴지통에 버리고는, 영찬에게 키스를 해가며 팔에 매달려 가며 갖은 애교와 아양을 떨어대며 말했다.
"오빠, 술 다 떨어졌다 어떡해? 더 시킬까?"
그러면 영찬은 바보처럼 언제나 늘 넘어갔다. 영찬이 "그래그래, 알았어. 그럼 한 병 더 가져와." 하면, 난희는 "오빠, 안주는?" 하고 물어왔다.
그러면 영찬은 다시 싱글벙글 웃으며, "그래그래 알았어, 안주도 하나 시켜." 하고는 넘어갔다.

그러면 웨이터는 수시로 드나들면서 옥수수차 페트병이나 휴지통을 수시로 바꿔줬다. 그렇게 해서 영찬은 호구 짓 당하는 줄도 모르고, 하룻밤에 양주를 몇 병씩이나 털렸다. 난희의 술 작업에 수도 없이 털렸다. 아무튼 영찬은 이날 난희와 함께 2차에 갔다.

강남 파라다이스 모텔 507호.

샤워를 먼저 마치고 침대 위에 누워있는 영찬을 보며, 난희가 씨익 한번 웃더니 취했는지 갑자기 손담비의 '미쳤어' 노래를 부르면서 골반 댄스를 추어댔다.
"미쳤어, 내가 미쳤어….너를 잃고 싶지 않아…나는 네게 줄 것이 너무 많아……"흥얼거리면서 엉덩이를 흔들면서 춤을 춰댔다.

난희는 커다란 가슴이 훤히 다 보이는 브이라인의 몸에 딱 붙는 타이트

한 짧은 원피스를 살짝 걷어 올리고, 다리를 살짝 굽히며 엉덩이 살랑살랑 흔들면서 머리카락을 살짝 뒤로 넘기면서 섹시하게 엉덩이를 뒤로 쭉 빼며 한 바퀴를 돌며 골반 댄스를 춰댔다.

 난희의 이 아찔한 몸동작에 영찬은 훅하고 달아오르며 심장에서 폭동이 광풍이 불어댔다.
 영찬의 물건이 '어서 덮치라고 빨리 덮치라고, 조거, 조거 씨발 빨리 덮쳐.....아 존나 섹시하네, 씨발 빨리 덮쳐...' 하며 고개를 쳐들면서 보채댔다.

 난희는 그렇게 계속해서 골반 댄스를 춰댔다. "미쳤어, 내가 미쳤어......너를 잃고 싶지 않아......나는 네게 줄 것이 너무 많아....." 하고 연신 노래를 흥얼거리며 춤을 추더니, 그러더니 난희는 타이트한 원피스를 살짝 걷어 올려 꿀벅지와 팬티가 보이게 하고는 엉덩이를 흔들면서 한 바퀴를 더 돌더니, 빨간 티 팬티를 벗어서 영찬의 얼굴에 휙 집어 던지고는 아예 그 팬티를 집어서 영찬의 머리에 씌워 놓았다.

 그리고는 욕실로 씻으러 들어갔다. 난희는 이렇게 영찬을 가지고 놀았다.
 이렇게 짜릿하게 해놔야, 이렇게 정신을 못 차리게 해놔야, 중독된 환자처럼 자신을 못 잊고 어벙하게 쫓아다닐 거라 계산을 한 듯했다.
 영찬은 난희의 계산대로 난희의 빨간색 티 팬티를 얼굴에 가면처럼 쓰고는 팬티 냄새를 킁킁거리며 맡아가며, '조걸 어떻게 요리할까?' 하고 온갖 상상들을 해댔다.

 영찬은 씻고 나온 난희를 모든걸 다 생략하고, 탱글탱글한 허벅지 사이를 벌려서 맛있는 음료수를 마시려는 듯, 계곡물을 마시려는 듯 난희의 계곡을 허겁지겁 탐닉해 댔다.

영찬은 그렇게 한참을 마치 목마른 짐승처럼 난희의 계곡물을 마시며 한 손으로는 난희의 커다랗고 새하얗고 풍만한 가슴을 움켜쥐고는 나머지 한 손으로는 그녀의 커다랗고 탱탱한 엉덩이를 주물러 댔다.

영찬은 그렇게 그녀의 계곡에서 흘러드는 계곡물을 마시며, 난희의 티 팬티를 얼굴에 쓰고는 정신을 못 차리고 헤적헤적 허우적거렸다. 영찬은 이런 짜릿한 경험이 오늘이 처음이었다. 이렇게 어리고 예쁘고 싱싱하고 아름다운 아가씨의 티 팬티를 얼굴에 쓰고 하는 게 처음이었다. 그런 만큼 영찬의 온몸의 신경 세포들은 영찬에게 짜릿짜릿한 쾌락의 극치를 경험하게 했다.

영찬이 이렇게 자신의 다리를 벌려놓고 온몸을 유린해 대자, 난희는 "아으으응 아으으응 아으으응……"하고 마치 암코양이 같은 음탕한 소리들을 내댔다. 그러자 방안엔 온통 음탕한 기운을 불러일으키는 그녀의 음탕한 냄새가 가득했다.

잠시 후 난희는 영찬을 엎드리게 했다. 그리고는 한 손으로는 영찬의 거대한 남성을 잡고는 한 손으로는 영찬의 엉덩이를 벌려서 영찬의 고환을 자신의 작은 입안 모두 넣고는 혀로 영찬의 커다란 고환을 가지고 놀았다.

그리고는 잠시 후 영찬의 항문을 혀와 입으로 애무를 해댔다. 영찬은 온몸이 녹을 것만 같았다. 그렇게 난희의 새빨간 티 팬티를 얼굴에 쓰고 있던 영찬의 몸엔 끝도 없이 묘한 흥분과 쾌감들이 밀려 들어왔다.

영찬은 이런 묘한 쾌감은 처음이었다. 그렇게 영찬의 고환과 항문을 애무한지 오 분 후, 난희는 영찬의 엉덩이에 자신의 커다란 가슴을 문지르며 위로 올라가 영찬의 등에 가슴을 문지르며 기어 올라갔다. 그리고는 영찬의 엉덩이에 자신의 은밀한 곳을 마구마구 문질러대며 몸부림을 쳐댔다.

그러더니 난희는 영찬의 거대한 남성을 손으로 움켜잡고는, 억지로 영찬의 엉덩이 뒤쪽으로 잡아당겨서 자신의 은밀한 곳, 동굴에 밀어 넣었다. 그리고는 미친 듯이 신음을 내지르며 허리와 엉덩이를 쉴새없이 움직였다.

영찬은 태어나서 이런 경험이 처음이었다. 난희는 어떻게 이런 생각을 했는지 신기했다. 영찬은 정상위와 후배위, 육구 등은 알고 있었지만, 남성인 자신을 엎드리게 해놓고 자신의 성기를 억지로 엉덩이 뒤쪽으로 잡아당겨져서 그렇게 여자에게 성행위를 당하다니 신기했다. 영찬은 이상하게 더 짜릿했다. 영찬은 그렇게 태어나서 듣지도 보지도 못한 이상한 성행위를 당했다.

난희는 빨간색 티 팬티를 얼굴에 쓰고서 엎드려 있는 영찬의 등 뒤에서 자신의 은밀한 곳으로 들어온 영찬의 거대한 몽둥이 같은 마치 숫말의 거시기 같은 영찬의 물건에 자신의 은밀한 곳 계곡을 조여 대며 헉헉거리면서, 끊임없이 허리와 엉덩이를 움직여 영찬의 엉덩이와 자신의 도톰한 둔덕에서 철퍼덕 철퍼덕 소리가 나게 움직여 댔다.

그리고는 잠시 후 난희는 신음을 질러댔다. "아흐흑……아흐흑……아흐흑……아아앙….아아앙…….아아앙…."하고 신음 소리를 질러댔다. 난희는 이내 온몸을 부르르 떨더니 늘어졌다. 그리고 영찬의 엉덩이 위에다 계곡물을 쏟아부었.
그러자 영찬은 마치 따뜻한 온수로 등에 샤워를 하는듯한 기분이 들었다. 난희가 이렇게 오르가즘에 오른 후 늘어지자 영찬도 난희의 등에 올라타서 자신의 거대한 남성을 그녀의 동굴 속으로 깊숙하게 밀어 넣고는 드릴에 시동을 걸었다. 그리고는 미친듯이 드르륵 드르륵 그녀의 계곡 속을 파고 들어갔다.

난희가 이렇게 영찬을 엎드리게 해놓고 영찬의 엉덩이 뒤쪽에 올라타서 영찬의 물건을 억지로 뒤로 잡아당겨서 자신의 계곡 속에 넣고는 후배위 자세로 할 수 있었던 것은 영찬의 물건이 마치 숫말의 거시기처럼 거대했기에 가능한 자세였다.

영찬은 온몸이 녹을 것만 같았다. 정말로 다시없을 짜릿짜릿함이었다. 영찬의 남성은 어느 때보다 화가 많이 난 듯, 영찬의 의지와는 상관없이 자기 스스로 그녀의 동굴을 뚫고 들어가 휘저어 댔다. 좌로 우로, 위아래 위아래로 사정없이 드릴로 땅을 파듯 휘저어댔다.

그러자 그녀의 꿀벅지가 달달달 떨리더니 두 다리와 허벅지로는 영찬의 허리를 감싸 안으며 두 팔로는 영찬의 등을 있는 힘껏 끌어안으며, 미친 듯이 있는 힘껏 두 다리에 힘을 주어 영찬의 허리를 조여댔다. 그리고는 암코양이처럼 울부짖어댔다. 온몸을 비틀며 다리를 꼬아대며 엉덩이를 들어올리며, "어허헝 어허헝 아아앙 앙앙앙...."하고 울부짖어댔다.

영찬은 그런 그녀를 다시 뒤집어 놓고는, 그녀의 엉덩이를 하늘 높이 들어 올리게 해놓고는 입술로 그녀의 그곳을 탐하며 부벼댔다.

그러자 그녀가 또다시 울부짖어댔다. 그녀는 미친 듯이 색기가 타오르듯 위 아래로 위 아래로 몸을 비틀어대며, 온몸을 바들바들 떨어대다가 달달달 덜덜덜 떨어대다가, 영찬의 얼굴에 자신의 엉덩이를 밀어 다시 한번

오르가즘이 오자 계곡물을 왈칵 쏟아 내고는 잠시 후 늘어졌다.

그러자 영찬도 용암을 분출했다. 잠시 후 영찬은 한 번으로는 성에 안차는지, 늘어진 그녀를 엎어 놓고는 그녀의 엉덩이를 벌려서 또다시 그녀의 계곡 속에 자신의 거대한 남성을 훅 밀어 넣고는 후 배위 자세에서 끊임없이 허리와 엉덩이를 움직여 땅을 파듯이 그녀의 계곡 속을 파고 들어가며, 한 손으로는 그녀의 풍만한 가슴을 움켜쥐고 다른 한 손으로는 몸을 지탱해 가며 그녀의 풍성한 머리칼 냄새를 맡아가며 힘을 쓰다가, 또다시 아욱, 아욱 하고 소리를 내면서 온몸을 부르르 떨어대며 용암을 분출했다.

이렇게 영찬에게 네 시간을 넘게 시달림을 당하던 난희는 피곤한지 잠시 후 곯아떨어졌다.

얼마 지나지 않아, 그녀의 휴대폰에는 자꾸 톡이 왔다. 영찬은 휴대폰을 꺼 놓으려고 하다가, 5명이 있는 톡 방을 보니 모두가 한결같이 예쁜 아가씨들이 톡을 하고 있었다. 궁금해서 톡을 읽어보니 내용은 대략 이랬다.

수지: "야, 너네 동네 물 좋냐? 그 동네 물 좋으면 나도 좀 소개해 줘라. 아 씨팔 이 동네는 물이 별로 안 좋은지 2차 나갔는데 씨팔 그놈 아가리에서 존나 냄새 나더라."

보라: "그랬냐? 그래도 그건 났네. 나는 씨팔 병신새끼가 돈도 없는지 2차도 안 가면서, 사까시만 존나 해달라고 쫄랐다 야. 그리고 그것뿐이냐? 아 씨팔 병신새끼가 그러더니, 내 치마를 자꾸 들어 올리더니, 내 엉덩이를 양손으로 벌려가면서 내 똥꼬를 존나 빨더라. 내 똥꼬에 혀로 후까시를 존나 하더라고. 나 똥꼬 아주 존나 털렸다 ㅋㅋㅋ"

지연: "야 니들 존나 고생들 해라. 나는 2차 두 탕 뛰고 60 벌었다. 아 나, 존나 허벌창 된 거 같아. 아, 씨팔 병신새끼들이 술이 취해서 그런지 빨리 싸지도 않고 얼마나 밤새도록 들볶아 대던지. 나 아주 거기가 다 찢어 진 거 같다니까 ㅋㅋㅋ."

예린: "야, 나 요새 호구하나 잡은 거 같아. 병신이 술 작업, 안주 작업 존나 해도 몰라. 하룻밤에 양주 네다섯 병은 기본이라니까. 의심도 안 해, 병신이. 진짜 개 병신이라니까"

톡을 읽어보다가 영찬은 화가 치밀었다. "아 씨팔, 이 쌍년들을 그냥 확 진짜 죽여 버릴까?
아니면 용서를 해줄까? 이년들이 사람들을 가지고 노네. 남자들을 다 개 호구 새끼로 아나?" 하는 생각이 들었다.

영찬은 톡을 읽어 보다가 화가 치밀어 멘탈이 무너졌다. 그리고는 '아 씨발....나도 참 병신이었네...'하고 생각하다가 약이 올랐다. 이에는 이로 갚아주고 싶었다.
"이것들이 사람을 사람 취급을 안 하고, 개 호구 새끼로 취급하네? 에이 씨팔 존나 본전 생각 나네."

영찬은 휴대폰을 다시 테이블 위에 내려놓고는 홧김에 뻗어서 곯아떨어져 있는 난희에게 올라타서 화풀이를 하듯이 그녀의 다물어져 있는 계곡을 벌리고는 자신의 남성을 콱 집어넣고는 마구마구 쑤셔댔다. '에라 골탕 좀 먹어봐라 이년아' 하듯 사정없이 한참을 쑤셔댔다.

그렇게 화풀이로 한 시간을 넘게 쑤셔대던 영찬은 어느 순간 시원하게 화산을 분출했다. 그리고는 집으로 돌아왔다. 난희의 질은 아마 허벌창이 되었을지도 몰랐다. 영찬은 그렇게 화풀이를 해댔다. 영찬은 '에라 이년들아 골탕 좀 먹어봐라.' 하는 심정이었다.

송파동 장미 아파트 일요일 오전 10시.

조막만한 얼굴에 커다란 눈, 시원시원한 마스크에 오똑한 콧날과 반듯한 이마와 그리고 가지런한 예쁜 눈썹, 큰 가슴에 비해 잘룩한 허리와 섹시한 골반을 가진, 약 161센치의 날씬한 키에 다리가 길어서 그런지 비율이 잘 맞아 보이는 환상적인 몸매를 가진 서른 두 살의 착한 주다혜가 남편 태영찬을 깨운다.

"여보, 일어나봐. 영찬씨 좀 일어나봐. 나 혼자 청소하고 밥하고 빨래하고 힘들어 죽겠는데 잠만 자면 어떻게 해? 어머니 밥도 차려 드려야 하는데?" 하며 다혜가 자고있는 영찬을 억지로 깨워 일으키자, 영찬이 짜증나는 목소리로 말했다.
"잠 좀 자자....잠 좀 자 제발....일요일이라고 늦잠 좀 자려고 했더니, 그거 하나 못 봐주냐?"
하고 말하며 짜증을 내댔다. 전날 풀싸롱에 가서 바람을 피우느라 피곤한 영찬이 투덜거리며 겨우 일어나자, 다혜는 재활용 쓰레기 봉지를 내주며 분리배출을 시켰다.

그러자 영찬이 잠이 덜 깬 표정으로 투덜대며 "나 분리배출 그런거 못하는데." 하고 말끝을 흐렸다.

그 말에 다혜가 영찬의 엉덩이를 두드리며 말했다. "여보. 우리 신랑, 그

거 하나 못해? 분리배출 그거 하나 못하면 어떡하니...불량남편이야 불량 남편. 우리 신랑은 불량남편이라니까. 다른 집들은 일요일마다 남편들이 청소며 설거지며 세탁기 돌리는 거까지 전부 다 도와준다는데, 우리 신랑은 호강에 겨웠다니까? 얼른 가서 분리배출하고 와. 밥 차려 줄게."

다혜는 영찬의 손에 분리배출 봉투를 쥐어주고는 영찬의 등을 떠밀어 현관 밖으로 밀어냈다. 그러자 영찬은 투덜대는 목소리로 지지 않고 말했다.
"내가 무슨 불량남편이야...이깟 분리배출하나 못한다고 불량 남편이야?"하고는 투덜대며 다녀왔다.

영찬이 분리배출을 마치고 들어오자, 예쁜 앞치마를 두른 다혜는 식탁에 아침 밥상을 차려가며 영찬을 향해 큰소리로 말했다.
"여보, 마누라 말 잘 들으면 자다가도 떡이 생겨. 마누라 말이 진리야 진리. 인생 진리. 여보 사랑해, 우리 신랑이 최고라니까. 우리 신랑 점심에 뭐 먹을래? 내가 다 해줄게."
다혜는 영찬의 어깨를 주물러 주며 웃으며 말했다. "영찬씨 얼른 씻고 와. 밥 먹게."
그런 뒤 다혜는 혼자 화투를 치시던 시어머니에게 "어머니, 우리 예쁜 어머니 식사하셔요.
맛있는 밥상 차려 놨어요." 하며 시어머니의 팔을 잡아 일으켜서 모시고 나왔다.

맛있는 아침 식사를 다 마친 후 시어머니가 말했다. "다혜야, 너 힘든데 점심엔 힘들게 밥상 차리지 말고, 그냥 분식시켜먹자. 알겠지?"
그러자 다혜가 밝고 착하고 상냥한 목소리로 말했다. "네 알겠어요, 어머니. 어머니 뭐 드시고 싶으신 거 있으세요?"

불량남편 17

시어머니가 다혜를 바라보며 말했다. "난 유두 초밥."
"엥? 네?" 영찬과 다혜는 귀를 의심했다.
"뭐라구요 어머니?" 하고 다혜가 다시 묻자 시어머니는 다시 "난 유두 초밥" 하고 말하셨다.
그러자 영찬이 박수까지 치며 낄낄댔다. "아이구, 엄마 무식하긴. 유두 초밥이 아니라 유부초밥이겠지." 하고 큰소리로 말하며 낄낄 웃어댔다.

그러자 시어머니는 "야 이놈아, 그게 그거지. 개떡같이 말해도 찰떡같이 알아들으면 되지." 하고 버럭 화를 내셨다.

다혜가 웃으며 "네, 알았어요 어머니." 하며 일어서서는 식탁 위의 빈 그릇들을 싱크대로 가져가 설거지를 했다. 그 사이 영찬은 행주로 식탁을 닦았다. 이곳은 영찬, 다혜 부부와 시어머니가 함께 사는 단란한 가정이다. 아직까지는.

한 달 후쯤, 다혜는 우편함을 정리하다가 영찬의 카드 명세서를 보고는 깜짝 놀랐다.

영찬이 쓴 카드 명세서를 보니까 술 먹고 노래방을 갔는지, 룸싸롱을 갔는지, 명세서 내용이 전부 유흥주점이었다. 다혜는 후다닥 집으로 돌아와 카드 명세서를 들이밀며, 영찬에게 큰소리로 물었다.
"영찬씨, 이거 카드 명세서 좀 봐봐? 아니, 한두 번도 아니고 이게 다 얼마야? 그리고 이거다 술집 가서 쓴 거잖아? 100만 원, 150만 원, 160만 원, 200만 원, 이 정도면 유흥주점 가서 아가씨 불러서 논거잖아? 나 지금 너무 화가 나서 파르르 떨리고 죽을 것 같아. 심장이 터져서 미칠 것 같단 말이야. 아니, 당직 서느라고 피곤하다며? 그리고 회사에서 잔다고 해놓고는? 여태 술집 가서 놀면서 외박한 거잖아 여자랑?" 하며 다혜는 부들부들 떨어댔다.

그러자 영찬은 소파에 누워있다가 얼른 일어나서는, 카드 명세서를 확 뺏어서 구겨 버리고는 변명조로 말했다.
"그런 거 아니야 다혜야.......거기 술파는 노래방이야. 회사 상사님들 모시고 술 접대 한거야." 하고 얼굴색 하나 변하지 않고 변명을 해댔다.

그러자 다혜가 파르르한 목소리로 다시 다그쳤다. "당신, 태영찬 똑바로 말해. 거짓말 하지 말고. 그리고 당신 앞으로 내 옆에 올 생각 하지 마. 생각만 해도 끔찍해, 진짜 돌아버릴 것 같아. 술집 가서 여자끼고 논 것도 모자라서, 그년들이랑 외박을 해?"
다혜가 언성을 높이자 영찬이 얼른 다혜의 입을 손바닥으로 틀어막으며 말했다.
"그만해, 어머니 들어. 그리고 진짜라니까, 진짜야. 상사님들 접대한 거야. 나 회사 안 잘리려고."하며 끝까지 거짓말을 했다.

몇 달 후, 벚꽃 잎들이 흐드러지게 피어나던 날.
마음이 싱숭생숭해진 다혜가 남편 태영찬에게 퇴근 시간에 맞춰서 전화를 걸었다.

'좋은 일 올 거야 좋은 일 올 거야. 행복할 거야 사랑할 거야' 하고 태영찬의 전화로 컬러링이 울리자 영찬이 전화를 받았다.
"여보, 언제 들어와? 맛있는 찌개해놨는데, 당신 좋아하는 소주도 한 병 사놓고. 토요일인데 얼른 들어와서 같이 먹자 여보, 응? 어머니랑 같이 먹게. 일찍 들어올 거지?" 하고 약간 들뜬 목소리의 다혜 말이 끝나자, 영찬의 입에선 또 거짓말이 나왔다.

"여보, 미안해. 나 야근 있어서. 그리고 나 야근 끝나면 직원들하고 밥 먹고 회식하고 들어갈 테니까 당신하고 엄마하고 먼저 저녁 먹고 자. 바쁘니까 끊을게."

다혜는 속으로 또다시 의심이 들었다. '참 이상하네? 요새는 왜 또 이렇게 야근이 잦지? 예전처럼 또 술집 다니고 그러는 거 아니야? 집에도 또 잘 안 들어오고.' 하고 생각했다. 하지만 어쩔 도리가 없었다. 회사로 찾아가서 물어볼 수도 없었기에 그냥 지나쳤다.

다혜는 밥상을 차려서 시어머니와 단둘이 저녁을 먹은 후 밥상을 치웠다. 그리고는 빈 테이블에 앉아서 소주를 몇 잔 따라 마시며, "어머니 저랑 소주 한잔 하실래요?"하며 묻자 시어머니는 "됐다, 난 잘란다." 하시고는 방으로 들어가셨다.

'분명 뭐가 있는데...분명 뭐가 있는데...' 하고 생각하다가, 다혜는 고개를 갸웃갸웃하며 불안에 빠져들었다.

'뭔가 있어 이 사람. 틀림없어. 내 직감이 틀림없어. 요즘은 내가 무슨 말을 해도 흘려듣고, 가끔씩 투명 인간처럼 날 대하고, 비밀이 있는 사람처럼 전화가 오면 나가서 받고, 전화벨 울려서 전화기 가져다 주려고 하면 "뭐해 당신? 왜 남의 전화를 당신이 함부로 받아. 미쳤어? 부부간에도 사생활이 있는 거야" 하고 화를 내면서 휴대폰을 뺏어서 밖으로 나가고, 예전엔 오지도 않던 톡도 시도 때도 없이 오고, 수상한 게 한 두가지가 아니야.'
다혜는 요즘 따라 이상한 남편의 수상한 행동들을 수사를 하듯 되짚어

봤다. 다혜는 잠을 자는척하며 영찬을 기다렸다.

휘황찬란한 조명 불빛들이 가게 안을 밝혀주는 강남 압구정 가로수길 한 카페에서 한낮 2시쯤 한 남자와 한 여자가 술을 마시고 앉아있었다.

남자는 테헤란로의 대한금융에 다니는 40세의 태영찬이었다. 그는 189센치의 큰 키에 이목구비가 뚜렷하고 덩치가 큰 태음인 체형이었다. 태영찬은 웃을 때마다 가는 실눈이 감기는 듯한 쌍커풀 없는 눈이 매력적이었다.

그리고 반듯한 이마와 오똑한 큰 코와 굳게 다문 듯한 입술의 다부진 체격의 그는, 특별히 운동을 하진 않았어도 몇십 년은 운동을 한 것처럼 골격이 튼튼했다. 타고난 장사처럼 통뼈가 굵은 튼튼한 골격이었다.

그리고 태영찬과 마주 앉아서 술을 마시는 여자는 29세의 김하연이라는 아가씨였다. 그녀는 부잣집 외동딸이라서 그런지 그늘이 없고 조금은 이기적이지만 그래도 순수한 여자였다.

그녀는 빨간색의 짧은 원피스가 잘 어울리는 162센치의 키에, 새하얀 살결을 가졌고, 가녀린 목과 움푹패인 쇄골과 꽃잎 같은 작은 입술과 오똑한 코를 가졌다. 그녀의 얼굴형은 계란형 얼굴이었으며 잘 먹고 잘살아서 그런지 잡티 없이 예쁜 여신급의 얼굴을 가지고 있었다. 그런 그녀는 웃을 때는 언제나 반달눈이 되었다.

두 사람은 취하려고 작정을 한 듯이 술을 마시다가, 호텔에 들어가서 누가 먼저랄 것도 없이 옷을 훌훌 벗어 던진 후 샤워실로 들어가서 서로의 몸을 씻겨주며 샤워를 했다.
 그리고는 물기를 닦은 후 침대로 올라가서 격렬하게 달려드는 하연을 끌어 안은 채 영찬은 속삭였다.

 "김하연, 너의 그 여성 안에는 대체 뭐가 있을까? 혹시 뜨거운 불덩어리가 있을까? 불타는 용암이 있을까? 태양을 향해 달려드는 불나방이 있을까? 아무리 생각해도 넌 진짜 요물이야 요물. 난 너하고라면 아주 지옥까지도 함께 갈 수 있을 것 같다." 하고 속삭였다.

 그녀의 그곳에는 벌써 남자를 유혹하는 음탕하고 달콤한 욕정 냄새가 가득했다. 하연이 영찬의 귀에 대고 속삭였다.
 "영찬씨, 나는 아무래도 영찬씨 말대로 요물인 것 같아. 남자들을 홀리는 요사스런 요물. 남자들의 정기를 빨아 먹어야 사는 요물."
 그러자 영찬은 그녀의 요사스런 속삭임에 욕정이 더 콱 치솟아 오르는지 떨리는 목소리로 말했다. "이런 요망스러운 것, 너 어디 한번 죽어봐라. 김하연 니가 암코양이인지 백여시인지, 뱀인지 정체를 밝혀주겠다." 하고는 잡념들이 텅 비어 버린, 욕정만이 가득한 눈빛으로 블랙홀 같은 그녀의 동굴 속으로 홀릭해 빠져들어갔다.

 그러자 굳게 다물어졌던 그녀의 그곳 입술이 살짝 벌어지며 샘물을 쏟아 냈다. 그리고는 그녀의 새하얀 얼굴이 홍조를 띠기 시작했다. 커다랗고 맑던 그녀의 투명하던 눈은 음탕한 눈빛으로 변해서 색기를 쏟아 냈다. 길다랗고 좁고 긴 그녀의 블랙홀은 거대한 몽둥이 같은, 마치 숫말의 거시기 같은 영찬의 거대한 남성을 순식간에 빨아들였다.

 그리고는 더 빨리, 더 깊이 들어오라고 성화를 부려댔다. 하연은 엉덩이를 마구마구 들어 올리며 성화를 부려댔다. 마침내 영찬의 거대한 남성이 훅하고 그녀의 블랙홀 속으로 빨려 들어오자, 그녀는 헉 하고 소스라치게 온몸을 움찔하더니 마치 뱀처럼 온몸으로 영찬을 휘감으며 욕정의 몸뚱이로 영찬의 몸을 칭칭 감아 댔다.

그녀는 온몸을 녹여 영찬의 영혼과 몸 곳곳을 사로잡아 나갔다. 영찬은 이제 온전한 인간이 아니라 한 여자에게 세뇌당한 욕정의 노예가 되어 버렸다. 영찬은 허기진 채 웅크리고 있던 소름끼치도록 음탕한 하연의 먹이에 불과했다. 그녀의 음탕한 신음이 영찬의 귓등으로 날아들었다. 그건 신음이 아니라 차라리 마녀의 비명이었다. 그러나 그녀는 아무 데나 함부로 몸뚱이를 내던지고 그럴 여자는 아니었다. 그녀는 이 순간 민망함이나 죄의식 따위는 없었다. 영찬이 자신을 어떤 시선으로 보든 상관없었다. 그저 욕정과 환희의 굴레를 빙글빙글 돌고 있을 뿐이었다. 그리고는 자신 안에서 숨을 쉬는 요물의 본능만이 경련을 해댔다.

점심이 막 지난 시간부터 시작한 영찬과 하연의 육욕의 파티는 저녁 무렵까지 이어졌다. 창밖의 노을빛은 핏빛으로 붉어졌다. 서쪽의 온 하늘이 빨갛게 붉어졌다. 저녁노을 바람은 나무를 흔들었다. 그러자 나무에 앉아서 이들의 모습을 지켜보던 새들은 피곤한 얼굴들로 도망을 치듯, 우르르 날아 집으로 돌아갔다. 땅거미는 마지막 순간까지 남아있던 햇살의 등을 떠밀었다. 그러자 거리엔 가로등 불빛들이 길을 밝혔다. 하지만 서쪽 하늘엔 아직도 붉은 노을빛이 가득했다.

하연은 잡년처럼 질척하게 굴었다. 온갖 체위들을 섞어서 진탕하게 영찬을 가지고 놀았다. 벌거벗은 온몸에는 땀방울들이 송송 맺혔다. 외로움의 상처에서 도망이라도 치려는 듯이, 영찬을 끝도 없이 끌어안고 몸을 덮쳤다. 그녀는 마치 발정 난 여자처럼 굴었다. 그녀는 누구라도 움켜쥐어 보고 싶을 만큼 커다랗고 큰 풍만한 젖가슴을 덜렁거리며 엉덩이와 허리를 흔들며 달려들었다.

그러자 영찬은 벌거벗은 하연을 끌어안은 채로 하연의 귀에다 대고 다시 속삭이듯 말했다.
"넌 진짜 성적으로 타고난 여자야, 난 니가 아무것도 하지 않고 가만히만 있어도 야해 보이고, 섹시해 보이고, 너만 생각하면 욕정이 확 끓어올라서 하루에도 몇 번씩 하고 싶고, 안아주고 싶고, 난 니가 청바지를 입든 원피스를 입든 너만 바라보면 확 속옷까지 다 찢어서 벗겨버리고 싶어서 미친다니까. 넌 진짜 요물이야 요물. 아니면 넌 내 운명에 불화와 고통의 씨를 뿌릴 불화의 여신, 에르니스일지도 모르지."

그러자 하연이 영찬을 끌어안으며 말했다. "글쎄? 맞춰봐 영찬씨. 어서 호기심을 발동해 봐.
내가 불덩이이고 용암이면....그러면 영찬씨는 내 불덩이를 식혀줄 태풍일까? 폭풍일까? 아니면 내 불덩이를 삼킬 화신 하데스일까?"

영찬은 갑자기 자신의 남성을 빼내서는 그것으로 다시 그녀의 동굴 입구부터 애무를 해대며 하연의 애를 태우다가, 어느 순간 거대한 남성을 그녀의 동굴 속으로 쑤욱 하고 밀고 들어갔다. 마치 몽둥이 인지 숫말의 거시기 인지 모를 것을 쑤욱 밀고 들어갔다.

남자들 성기의 크기와 길이가 가지각색으로 다르듯 여자들의 동굴의 길이와 넓이는 가지각색으로 달랐다. 다행히 하연 그녀는 동굴의 깊이가 긴 여자였다. 아직까지 그녀의 동굴 끝까지 도착해 본 남자는 없었다. 전에 사귀었던 두세 명의 남자 중 영찬이 처음이었다.

 그녀는 애가 타고 온몸이 달아올라 있었다. 그렇게 애가 타서 몸이 달아올라 있던 순간에 영찬의 뜨거운 몽둥이가 자신의 질구를 꽉 채우며 들어오자, 하연은 강렬한 쾌감으로 온몸을 떨었다. 그리고는 온몸이 구름 위를 붕붕 떠다녔다. 살과 살이 부딪치고, 몸과 몸이 부딪히자 그녀는 신음을 내질렀다. "아흐흡……아흐흡……아흐흡…아으으응…….아으으응….아이구 아이구 영찬씨 영찬씨."

 하연의 몸은 비옥한 대지를 흐르는 강물처럼 끝없는 욕정의 물줄기를 흘려보냈다. 계속해서 끝도 없이 흘려보냈다. 대체 이 작은 몸에서 어떻게 그렇게 끝없는 물줄기가 흘러나오는지?
 하연의 물줄기는 세상의 모든 메마른 대지들과 황무지들을 모두 다 적셔서 세상의 모든 씨앗들을 싹트게, 움트게 만들어 세상을 푸르게 만들고도 남을 만큼 많은 물줄기가 넘쳐흘러 나왔다.

 하연은 "아흐흡 아흐흡 아흐흡….아으으응 아으으응 아흐흥 아흐흥…아이구 아이구 영찬씨 영찬씨, 영찬씨는 무슨 드릴 같아. 땅 파는 드릴. 아욱 아 욱 아우 어떻게 이렇게 힘이 좋아?" 하고 신음 소리를 내며 괴성을 질러댔다.

 그녀의 괴성은 마치 천둥과도 같았다. 세상의 그 모든 소리들을 압도했다. 끝도 없는 그녀의 괴성은 밤새도록 이어졌다. 마치 두 사람은 천둥과 번개가 만난 듯, 태초의 천지창조나 빅뱅 그 자체였다. 영찬은 하연의 욕정의 마법의 문을 열어 불덩이를 깨웠고, 하연은 영찬의 자고 있던 소용돌이 같은 욕망의 본성을 깨웠다.

하연은 애초에 정숙한 아름다움이나 청초한 아름다움은 없었다. 하연 그녀는 애욕과 질투의 화신이었다. 두 사람은 서로 그렇게 온밤을 새하얗게 태웠다. 하연은 밤새 끊임없이 영찬을 갈구했다. 영찬은 엄청난 크기의 성기를 가진 번식력의 신, 프리아포스처럼 하연의 몸을 마구 마구 짓밟으며 탐닉했다. 그리고는 잠시 후, 그녀의 캄캄한 블랙홀 안에서 끝없는 우주의 공허를 전부 다 채우고도 남을 만큼, 환희의 눈부신 빛들을 폭발시켰다.

수많은 별빛들이 우주 저 멀리 천체 속으로 퍼져나갈 듯 그녀의 동굴 블랙홀 안에서 빛들이 폭발했다. 캄캄한 저 우주 저 멀리로 터져나갈 듯 빛들이 폭발했다. 그리고 장장 여섯 시간 후에야 뇌우가 그쳤다. 영찬은 하연에게 온몸의 정기를 다 빨리고는, 그제서야 힘이 풀린 다리를 후들거리며 새벽 늦게야 집으로 들어갔다.

퇴근 후 영찬은 다혜가 잠들었는지를 확인하고는, 전화기를 침대 위에 올려놓고 욕실로 씻으러 들어갔다. 다혜는 그 틈을 타 영찬의 전화기를 열어 요즘 시도 때도 없이 오는 톡 방을 열어봤다.

다혜는 그 순간 기절할 뻔했다. 톡 방에서 주로 주고받던 상대는 '내 사랑 김하연'이라는 여자였다.

"사랑해 자기, 사랑해 여보." 등등의 톡과 "난 하루도 자기 없으면 못살아, 자기는 어쩌면 그렇게 힘이 좋아? 나 오늘 아주 피로회복제, 영양제 맞은 거 같아. 자기 내 맘 알지? 자기 잘 자, 내 생각 하면서." 등 수많은 낯간지러운 대화들이 있었다.

톡의 프로필을 눌러보자 프로필 사진엔 남편 영찬과 어리고 예쁜 여자가 얼굴을 서로 바짝 붙이고 찍은 사진이 있었다. 손가락 브이를 하면서 찍은 사진이었다. 다혜는 그 순간 심장이 덜덜 떨렸고 온몸이 다 부들부들 떨렸다. 그리고는 분노가 마구마구 치밀었다. 온갖 상상들이 머릿 속을 헤집고 돌아다녔다. 잠시 후, 영찬이 욕실에서 나오는 소리가 들리자 다혜는 휴대폰을 얼른 꺼놓고 자는 척을 했다. 영찬이 코를 골며 잠이 들자, 다혜는 사진 속 그녀를 떠올리며 치를 떨었다. 사진 속 그녀는 생기가 가득했고 관능적이었으며 예뻤고, 웬지 부티나 보이기까지 했었다. 잠시 후, 다혜는 화를 죽이고 생각했다. 화를 내고 분노하는 게 능사는 아닌 것만 같았다. 자칫 잘못하다가는 가정은 깨지고 그녀에게 영찬을 빼앗길 것만 같은 생각들이 엄습해 왔다. 그러자 분노는 사그라들고, 걱정들이 엄습해 오며 다혜의 심장을 덜컥 내려앉게 했다.

 다혜는 다음날 영찬이 출근을 하자 미장원에 가서 선 굵은 웨이브 파마를 했다. 그리고는 영찬이 예전에 좋아하던 달콤한 향기를 풍기는 향수도 샀다. 또 예쁜 장미꽃과 백합꽃도 사다가, 꽃병에 꽂아 소파 테이블 위에 올려놓았다. 그리고 영찬의 눈길과 마음을 사로잡을 야시시한 속옷과 슬립 끈나시 원피스 잠옷도 샀다. 인터넷을 검색해서는 남편 영찬을 사로잡을 잠자리 스킬도 배웠다. 인터넷에서 배운 스킬은 이랬다.

 첫째; 남편이 침대에 누웠을 때 야시시하게 옷을 천천히 벗는다.
 둘째; 남편의 발가락부터 천천히 애무를 하면서 위로 올라가며 이곳저곳 애무를 해준다.
 셋째; 가슴과 유두로 달콤한 향수를 뿌린 머리카락으로 남편의 성기와 젖꼭지를 애무해 준다.
 넷째; 오럴섹스를 할 때 남편의 고환을 만져 주거나 고환을 혀로 애무해 준다.
 다섯째; 가끔 남편 앞에서 자위를 하거나 남편에게도 자위를 해보라고 한다.

등등을 배웠다.

이틀 후, 일요일 오후 3시.
다혜는 피곤하다며 소파에 누워만 있는 영찬을 억지로 일으켜서 함께 시장을 보러 나갔다. 예전 같으면 영찬이 먼저 강아지처럼 쫄랑쫄랑 쫓아와서 다혜의 팔짱을 끼고는 어깨를 으스대며 남보란 듯 "야 니들 부럽지? 내 마누라가 제일 예쁘지?" 하는 듯 팔짱을 끼고는 싱글벙글했다. 그러면 다혜는 이렇게 말했었다. "에이 영찬씨, 팔짱은 무슨 누가 보잖아?"하고 정색을 하면서 밀쳐댔다. 그래도 영찬은 다시 달라붙어서 팔짱을 꼭 끼고는 놓아주지를 않았었다. 그리고는 싱글벙글 웃으며 이렇게 말했었다. "다혜야, 여보 왜 그래, 누가 보면 어때? 나는 아직도 당신만 보면 설레고, 당신 팔짱 낄 때마다 심장이 콩닥콩닥해." 그렇게 억지로라도 다혜의 손이라도 꼭 잡고 걷던 영찬이었다.

그런데 오늘은 영찬이 먼저 멀찍이 앞서 걸으며 뒤따라오는 다혜에게 짜증을 부려댔다.
"뭐해? 빨리 안 오고. 에이."
다혜는 며칠 전 영찬의 휴대폰 속에서 어리고 예쁜 그녀의 프로필 사진을 본 후, 싸우고 울고불고 난리치기보다는 영찬의 마음을 돌려보려고 억지로 영찬을 데리고 데이트 삼아 시장을 보러 가는 중이었다.
며칠 전 보았던 휴대폰 속 여자는 정말 어리고 예뻤다. 한눈에 봐도 질투가 날 정도로 예뻤다. 마치 보호 본능을 일으키는 꽃사슴처럼 그렇게 예뻤다. 갸름한 얼굴에 예쁜 반달눈을 가진 그녀는, 묘한 매력이 풍기는 여자였다. 다혜는 질투가 타 올랐지만, 꾹 참고 영찬의 마음을 되돌려 보려고 애를 쓰는 중이었다.

다시, 잠실 홈플러스 슈퍼마켓 코너.

영찬이 시장을 보는 게 지루한지 다혜에게 투덜댔다. "아니 무슨 시장을 이렇게 오래봐? 그냥 대충 사. 그리고 뭘 그렇게 골라대? 얼른 사지. 그게 그거 아냐?" 하고 말하면서 짜증을 냈다.

그러자 다혜가 화를 꾹 참고 최대한 상냥한 얼굴로 말했다. "아니야 여보, 세일 많이 하는 것도 있고 유통기한 날짜도 다 확인하고 사야 돼. 당신 뭐 먹고 싶은 거 있어? 맛있는 거 해줄까? 참 당신 좋아하는 삼겹살 구워줄까? 어머니도 삼겹살 좋아하시잖아. 소주도 살까?"
하는 다혜의 말에 영찬은 뚱한 투로 말했다.
"난 됐어, 별로 땡기는 것도 없고. 먹고 싶으면 당신하고 어머니나 실컷 먹어."하고 말했다.
그래도 다혜는 삼겹살 세 근과 상추, 깻잎, 풋고추 등을 샀다. 그리고 소주도 세 병 샀다.

다혜는 투덜대는 영찬에게 최대한 상냥하게 말했다. "여보, 우리 저녁 맛있게 해 먹고 바람 쐬러 나갈까? 요 앞에 공원에 요즘 벚꽃 들이 얼마나 예쁜지. 같이 꽃구경하러 나가자." 하고 애교 섞인 코맹맹이 말투로 말했다.
그러자 영찬은 찬바람이 쌩 부는 말투로 말했다. "꽃구경은 무슨 얼어 죽을 꽃구경이야? 먹고 살기도 바쁜데. 그리고 난 출퇴근하면서 지겹게 보는 게 꽃이야. 눈에 짓물이 나도록 실컷 보는 게 꽃이야."

그래도 다혜는 최대한 살가운 말투로 다시 말했다. "그래도 여보, 어머니랑 집에만 있는 난 꽃구경 한지도 오래됐어. 어머니 밥 차려 드리느라고. 그리고 당신하고 데이트 한지도 오래됐잖아? 우리 꽃구경하고, 석촌호수

커피숍 가서 예전처럼 커피도 한잔 마시자. 응?" 하고 애교 섞인 목소리로 영찬을 졸랐다.

 다혜는 시장을 다 본 후, 오는 길에 짧고 예쁜 속이 다 비치는 살색 시스루와 빨간 티 팬티 속옷도 새로 샀다. 오늘밤 영찬과의 뜨거운 밤을 기대하며.
 영찬은 다혜의 보챔에 마지못해 삼겹살을 구워서 저녁을 먹은 후. 다혜를 따라 나섰다. 설거지를 다 마친 다혜가 시어머니의 방문을 두드리며 말했다.
 "어머니, 저희랑 밖에 바람 쐬러 나가셔요. 어머니도 같이 나가셔요. 꽃들이 정말 예뻐요."
 그러자 시어머니는 화투를 치우시며 "됐다, 난 잘란다. 니들이나 오붓하게 다녀와라." 하고 말하셨다.

 다혜는 뿌리치는 영찬의 손을 억지로 꼭 잡고, 석촌호수를 한 바퀴 돈 후 송리단길 2층 카페에서 영찬과 마주 앉았다. 예전 같았으면 영찬이 다혜의 곁에 바짝 붙어 앉아서 허리를 껴안고 만지고, 주무르고 난리가 아니었다. 다혜의 몸이 닳도록 누가 보던 말던 그렇게 허리며, 손이며, 엉덩이며 만져대며 커피를 마셨었다. 그런데 영찬은 오늘은 맞은편 자리에 앉아서 멀뚱멀뚱 석촌호수의 창밖만을 바라보고 있었다.
 다혜가 먼저 입을 열었다. "영찬씨, 우리 이렇게 커피 마시는 거 참 오랜만이다. 둘이 이렇게 나오니까 참 좋다 그치?" 하며 영찬의 대답을 기다렸다.
 하지만 영찬은 무슨 생각을 하는지 골똘한 표정으로 다혜의 말을 들었는지 못 들었는지, 아무 대꾸도 하지 않았다. 하는 수 없이 다혜는 커피를 한 모금 마시고는 창밖을 바라봤다.
 다혜가 이렇게 벚꽃 잎들이 흐드러진 창밖의 석촌호수를 바라보며 눈물이 글썽해서 앉아있자, 골똘히 생각하던 영찬은 다혜에게 통보하듯 퉁명스럽게 말했다.

"저기, 나 이번 주말에 금 토 일 해서 2박 3일 제주도 출장 가. 그렇게 알아. 그리고 가방은 쌀 거 없어. 내가 대충 준비할 테니까. 세미나에 가는 거야." 하고 통보하듯 말했다.

다혜는 영찬의 출장이라는 말에 '혹시?' 하고는 심장이 쿵하고 내려앉았다. 그리고 체념을 한 듯 생각했다. '그래 뭐 남자들, 바람 한번 안 펴본 남자들 어디 있겠어? 금방 돌아올 거야. 식으면 금방 다시 돌아올 거야. 지나가는 바람일 거야, 왜 다들 그런다잖아? 드라마를 봐도 그렇고, 소설을 봐도 그렇고, 조강지처한테 다시 다 돌아오잖아?' 하고 자신을 다독거려봤다. 그리고는 '그래 억지로 떼어놓으려고 하면 더 달라붙는다고 하잖아.' 하며 자신을 다시 다독거렸다.

사랑하고 결혼하고 알콩달콩 살면서 영원한 행복을 꿈꾸며, 그렇게 다혜의 푸르른 가슴에 피어났던 한껏 부풀었던 사랑의 꽃들이, 사나운 폭풍우들에 의해서 낙화하는 순간이었다. 단단할 것만 같았던 사랑의 밀도조차 수많은 외부의 마찰음들에 의해서 부서지는 순간이었다.
 그토록 든든하게 튼튼하게 지어 놓았던 둥지는 태풍과 폭풍의 비바람들에 흔들렸고, 한껏 부풀었던 다혜의 단꿈들은 우울한 하늘 저편에서 불어오는 폭풍에 의해서 휙 하고 날아가는 모습을 다혜는 그려 보았다. 다혜는 가정과 영찬을 지키고 싶었다. 이혼하면 다혜는 갈 곳이 없었다. 다혜는 피붙이 하나 없는 고아나 마찬가지였다.
 다혜가 만일 가정을 잃는다면, 사나운 폭풍이 불어오는 밤바다의 한가운데에 홀로 남겨진 노 없는 쪽배나 마찬가지였다.

다음날 영찬은 다혜를 뒤로한 채, 불량한 남편처럼 제주도로 출장을 떠났다. 출장 아닌 밀월여행을 떠났다.

2화
불륜

제주도 신라호텔 2815호.

이십 대 후반이지만 이십 대 초반처럼 보이는 가녀린 꽃사슴 같고, 보호 본능을 일으키는 162센치의 키에 이목구비가 뚜렷하고, 예쁜 반달눈을 가졌으며, 갸름한 얼굴이 웬지 묘한 매력이 풍기고, 살짝은 도도해 보이는 비율 좋은 여자 김하연이 영찬과 함께 제주도 신라호텔 2815호에서 함께 짐을 풀고 있었다.

그녀의 이름은 김하연이며 강남의 부자집 외동딸이었다. 그녀는 언뜻 보면 부드럽고 착한 이미지를 가지고 있었다. 두 사람은 호텔에 여장을 푼 후, 아름다운 에메랄드빛 제주의 바다와 새하얀 모래 백사장들이 깔려 있는 해변을 함께 손을 잡고 가벼운 옷차림으로 다정하게 거닐며, 아름다운 해변의 풍경들을 만끽하며 출렁이는 푸른 파도와 파도의 포말들에 빠져 있었다.

두 사람은 여유롭게 바닷가를 거닌 후, 파라솔 의자에 앉아서 푸른 바다를 바라보았다. 하연이 먼저 입을 열었다.

"영찬씨? 우리 언제까지 이렇게 숨어서만 만나야 돼? 나 이렇게 숨어서 태영찬씨 만나는 거 싫어. 남들 부부처럼 떳떳하게 만나고 싶어. 내가 무슨 후처야? 세컨드야? 그리고 우리 집에서 내가 가정 있는 유부남 만나는 거 알면 난리 난리, 개난리야. 그러니까 조만간에 결정해. 나인지, 부인인지? 그리고 누가 알기라도 하면 나 불륜녀 되는 거야. 그리고 나 우리 집에서 매장 당해. 이번에 서울 가면 결정해, 이혼할지 나랑 끝낼지. 나는 영찬씨만 바라보고 사는데 뭐야, 영찬씨는? 계속 부인하고 나하고 양다리로 사시겠다? 왔다갔다 사시겠다 이거잖아? 영찬씨가 무슨 문어 다리야? 말 좀 해봐?"

"하연아 나 그런 거 아닌 거 알잖아. 나 너밖에 없는 거 너도 알잖아. 그리고 나 일부러 그러는 거 아냐, 난 하연이 너 없으면 못살아. 단지 그 사람이 불쌍해서 아직 이혼 얘기를 못 한 거야."하며 영찬이 말끝을 흐리자 하연이 말했다.

"뭐야, 영찬씨? 나는 안 불쌍하고, 부인만 불쌍해? 그래 그럼 잘됐네, 그럼 불쌍한 부인하고 잘살아. 실망이다, 영찬씨. 똑 부러지게 생겨가지고." 하며 하연이 화가 난 듯 자리를 박차고 일어나 먼저 걸어가자, 영찬은 급하게 뛰어가며 "하연아, 하연아, 하연아" 하고 하연의 이름을 부르며 쫓아갔다.

다시, 호텔방 2815호.

하연이 가방에 짐을 싸자 영찬이 뜯어말리며 말했다. "하연아, 하연아 제발, 내가 잘못 했어. 이번에 올라가면 꼭 해결할게, 됐지 그럼?"
그러자 하연이 싸던 짐을 다시 내려놓으며 환하게 웃으며 영찬을 바라보며 말했다.

"진짜야? 진짜 이혼할 거지? 그리고 영찬씨 나한테 뭘 잘못 했는데? 말해 봐? 빨리 말해봐." 하고 하연이 다시 다그치자, 영찬이 다급하게 말했다.
  "다다 다, 잘못했어, 뭐든지 다 잘못 했어. 이번에 서울 올라가면 진짜 끝 낼게 마누라하고. 그러니까 이번만 봐주라 이번만. 약속할게, 무릎이라도 꿇을까?" 하며 영찬이 하연의 새끼손가락에 약속을 걸자, 그제서야 하연의 표정이 누그러지며 다정하게 말했다. "이리 와봐 영찬씨, 내가 안아줄게."하며 양팔로 영찬을 한껏 껴안아 줬다.

  잠시 후 두 사람은 맛있는 저녁 식사를 시켜서, 레드 와인을 곁들여 식사를 했다. 그녀는 식사를 할 때마다 늘 양손을 사용했다. 오른손엔 젓가락을 왼손엔 숟가락을 들고 양손을 사용해서 식사를 했다. 그리고는 수시로 앞으로 넘어오는 치렁치렁한 긴 머리칼을 왼손을 이용해 귀 뒤로 넘겨가며 식사를 했다. 식사를 할 때만이라도 그 치렁치렁한 머리카락을 뒤로 질끈 묶고 하면 좋으련만, 그녀는 그러질 않았다. 그리고는 무슨 공주마마라도 되는 양 우아하게 도도하게 식사를 했다. 식사를 다 마치고 샤워를 먼저 마친 하연이 속이 훤히 다비치는 연분홍빛의 짧은 시스루 한 장만 달랑 걸친 채 누워있자 샤워를 마치고 나온 영찬이 호텔방의 불빛을 주황색의 은은한 조명 빛으로 바꿔놓고는 하연의 곁에 누웠다. 그리고는 하연을 끌어안고는 속삭였다.

  "사랑해, 사랑해 하연아 사랑해" 하고 귓속말을 하면서 하연의 입술에 키스를 퍼부었다. 그리고는 다시 더 밑으로 내려가서, 정성껏 하연의 가슴을 손으로 애무하다가 하연의 입술에서 "으으으" 하는 작은 신음이 터져 나오자, 영찬은 천천히 하연의 연분홍빛 시스루를 벗겨나갔다. 그리고는 자신의 거대한 남성을 그녀의 계곡 속 은밀한 곳에 쑤욱 하고 밀어 넣었다.

그러자 하연은 본능에 따라서 온몸을 뱀처럼 비틀며, 마치 뱀이 먹이를 칭칭 감아 대듯 영찬을 감아대며 "아흐흡 아흐흡 아흐흡 아흐흥 아흐흥, 아흐흥 아흐흥....영찬씨 영찬씨... 헉헉헉 헉헉헉....영찬씨 더 세게, 영찬씨 더 세게, 드릴처럼 더 세게....땅 파듯이 땅 파듯이, 더 세게.."하며 거친 숨소리를 수도 없이 뱉어냈다.
 하연은 영찬의 손길에 따라 움직이는 악기처럼 온몸을 비틀며 영찬을 끌어안으며 밤이 가는 줄을 모르고, "아흐흡.......아흐흡, 아흐흡....아흐흥......아흐흥, 아흐흥......아흐흥....영찬씨, 영찬씨, 헉헉 헉....." 소리를 내며 온몸을 불태웠다. 영찬은 하연이 사랑받는다는 느낌이 들도록 정성을 다해 하연의 온몸을 애무해 나갔다.

 영찬은 자신의 거대한 남성을 좌우로 위아래로 움직였다. 그리고는 쉴 새 없이 허리와 엉덩이를 움직였다. 하연도 영찬의 남성이 움직이는 대로 온몸을 따라서 움직였다. 허리를 비틀고 엉덩이를 들고 서로를 비벼대자, 두 사람의 살과 살이 부딪칠 때마다 철퍽 철퍽 철퍼덕 철퍼덕 파도 소리가 끝도 없이 이어졌다.

 영찬은 출렁거리는 하연의 커다란 가슴을 두 손으로 움켜쥐고는 입으로 가져다가 그녀의 가슴을 사정없이 흡입했다. 그러자, 그 순간 그녀는 온몸을 비틀며 큰 엉덩이를 쉴 새 없이 들어 올리며, 미친 듯이 "헉헉헉 으으으 으으 으" 소리를 냈다. 그리고는 영찬의 몸 위로 올라타서 희고 하얀 큰 엉덩이를 쉴 새 없이 움직여 영찬의 몸에다 강하게 밀착시켜왔다.

 영찬은 그런 그녀의 큰 새하얀 엉덩이를 양손으로 잡고는 더 세게 자신에게로 그녀를 유도했다. 그렇게 두 시간을 훌쩍 넘기자 두 사람의 몸에선 땀이 비 오듯 쏟아졌다. 잠시 후, 그녀가 풍성하고 찰랑찰랑한 머리를 옆으로 넘기며 무릎을 꿇고 엎드리자 영찬은 그녀의 후 배위 뒤쪽에서 그녀의 크고 새하얀 엉덩이와 엉덩이 사이 그녀의 계곡을 끝도 없이 혀와 입술로 사정없이 탐닉했다. 그러자 하연은 미친 듯이 "아흑아흑 아흐흑...아응 아 응 아응 아 응, 아으 응" 괴성을 지르며 자신의 엉덩이로 영찬의 얼굴을 입술을 밀어댔다.

그리고는 그녀는 다시 "앙앙앙, 아아 앙 앙앙, 앙앙 아아 앙...."하며 마치 무슨 암고양이의 울음 같은 흐느낌을 질러댔다. 영찬은 다시 몸을 일으켜서 자신의 거대한 남성을 그녀의 몸속에 힘차게 넣고는, 기마 자세로 쉴 새 없이 허리를 앞뒤로 움직였다. 그러자 그녀의 커다란 엉덩이와 영찬의 몸이 부딪치는 파도 소리가 철퍼덕 철퍼덕 철퍼덕, 철퍼덕 철퍼덕 철퍼덕 하고 제주도의 밤바다에 끝도 없이 울려 퍼졌다.

그러길 한시간 쯤 더 지나자, 마침내 그녀의 입에서 신음이 터졌다. "아흡읍 아흡읍, 앙앙 앙 앙 아아 앙, 앙앙.....오빠, 오빠, 영찬씨 자기야.....넌 내꺼야 자기야 넌 나한테서 절대 못 벗어나 알지?" 하고 말하더니 숨을 몰아쉬면서 온 세상을 신음으로 뒤덮었다.

하연 그녀는 남자들이 그토록 찾아 헤매는 열광하는 소위 '분수'가 되는 여자였다. 엄청난 양의 분수를 뿜어내는 여자였다. 그러니 영찬도 그녀의 성 노예가 되어버린 것이었다. 그녀의 괴성이 온 세상을 신음으로 뒤덮자, 그녀의 하늘에 먹구름들이 몰려들었다. 그리고는 그녀 안에 욕정의 비가 내려 쉬지 않고 비가 내려, 그녀가 쏟아 내는 계곡물은 분수가 되었다.

하연은 잠시 영찬을 옆으로 밀쳐내더니 자신의 손으로 자신의 은밀한 곳을 문질러댔다. 그리고는 온몸을 바들바들 떨어대며 엉덩이를 연신해서 들어 올리며 눈까지 허옇게 뒤집혀서는 분수를 끝도 없이 몇 번이나 쏘아댔다.

그러자 온 방 안이며 침대며, 솟아오르는 분수로 젖었다. 그녀는 이내 늘어져 버렸다. 그러자 영찬은 미친 듯이 더 흥분이 치솟았다. 영찬은 얼른 그녀의 몸 위로 다시 올라가, 거대한 자신의 남성을 밀어 넣고는 허리와 엉덩이를 미친 듯이 움직이며 그녀의 동굴 속을 휘젓다가 화산을 분출했다.

3일 후, 잠실 장미 아파트.

출장을 다녀온 영찬은 다혜에게 심각한 표정으로 말을 꺼냈다.
"저기 오랫동안 생각해 봤는데 여보. 우리 잘 안 맞는 거 같아."하는 영찬의 말에, 다혜는 가슴이 다 철렁했다. 그리고는 "올 것이 왔군" 하며 다리까지 후들거렸다.

그런 다혜에게 영찬은 다시 말을 이어갔다. "다혜야, 아무리 생각해도 우린, 이대로는 아닌 거 같아. 당신하고 나하고는 사랑이 아냐. 그냥 어쩔 수 없이 부부니까 붙어서 사는 거지."

다혜가 말했다. "영찬씨 세상 모든 부부들이 다 사랑해서 사니? 처음엔 사랑하다, 그러다가 사랑이 식으면 그냥 정으로 사는 거지. 당신 이렇게 책임감도 없는 사람이었어? 나는 죽자 살자 옷도 제대로 못 사 입고, 어머님 모시고 아끼고 아껴가며 바둥바둥 살아왔는데."
다혜는 부드럽게 말을 하다가 갑자기 휴대폰 속 사진이 생각나자 화딱지가 치밀어 올랐다.
"대체, 누구야 그년? 태영찬 널 홀린 년, 여시같은 년 누구냐고? 너랑 같이 사진 찍은 년 누구냐고? 빨리 말해? 나 죽는 꼴 보기 싫으면. 당신이 지금 당장은 당신의 꿈이, 온 세상이, 그년 치마 속에 있는 거 같지? 당신 보기엔 그렇지? 잠깐이야, 아무리 예뻐도 같이 살다보면 금방 시들해져. 그리고 그년도 나이 들 테고."

 다혜의 속사포에 영찬은 다혜의 말을 막아서며 다시 말을 꺼냈다.
 "그년? 그년이 누군데? 난 그냥 우리 사랑이 식었다는 얘기야. 당신은 좋은 여자야. 그건 다 알아. 그래도 이미 식은 내 맘, 당신 사랑 하는 척, 속이고 싶지도 않아서 그래. 그러니까 이혼하자 우리. 난 당신을 버리는 게 아니라 놓아주려는 거야. 나 여자 때문에 이러는 거 아냐."

 영찬이 말을 마치자마자, 두 눈에 눈물이 글썽글썽해진 다혜가 말했다.
 "야, 그걸 말이라고 해? 태영찬! 내가 다 봤어. 당신 휴대폰 속에서 그 여자랑 대화 나눈 거. 그 여시 같은 년이랑 같이 잔 얘기, 같이 사진 찍은 거."

 다혜는 여기까지 말을 한 후 열이 받는지 물을 한컵 들이킨 후 다시 말을 이어 나갔다.
 "야, 태영찬. 쓴물 단물 다 빨아먹고 날 이제 버리겠다? 난 이혼 못해. 누구 좋으라고 이혼을 해. 야 태영찬. 내가 널 놓아줄 것 같아? 평생 넌 이혼 못해 나랑." 하고 울부짖듯이 말하고는 눈물을 왈칵 쏟아냈다. 참고 있던 속울음은 이내 대성통곡으로 변했다. 다혜는 엉엉엉 하고 울며 커다란 눈물방울을 쏟아내며 서럽게 울었다.

 그러자 영찬이 달래는 듯한 표정으로 뻔뻔하게 다시 말했다. "그만 고집부려. 주다혜, 그래나 여자 생겼다. 난 이미 당신한테 마음 멀어졌어. 사람은 마음이 멀어지면, 몸도 멀어지는 거야. 그리고 나 오늘부터 나가서 살게. 맘 정리되면 연락해, 기다릴게. 그리고 당신은 더 좋은 사람 만나. 나보다 더 좋은 사람 만나라고. 당신 아직 젊잖아? 그리고 사랑이 식은 게 죄는 아니잖아?"

얼음처럼 차가운 영찬의 말들에 다혜는 열불이 치솟아서 말 폭탄을 쏟아냈다.
"뭐? 사랑이 식은 게 죄는 아냐? 야, 태영찬 그냥 어디서 차라리 술집에라도 가서 놀다오지? 그랬으면 이 사단도 안 나고 좋았잖아? 그리고 그 어린년이 그렇게 좋디? 나쁜 년, 어디서 꼭 여시같이 생겨가지고.“

다혜의 악다구니에 그래도 뚫린 입이라고 영찬이 하연의 편을 들며 말했다.
"야, 걔 그런 애 아냐, 순진한 애야. 함부로 말하지 마. 야, 그리고 너 치졸하다. 왜 남의 휴대폰을 몰래 봐? 정 떨어진다 진짜. 나 이제 너 같은 악처하고는 하루도 못 살겠으니까 그만 끝내자 주다혜."

그러자 다혜는 다시 악다구니를 쏟아냈다.
"뭐? 악처? 누가 이렇게 만들었는데, 나는 뭐 처음부터 악처였어? 나도 당신 만나기 전엔 꿈 많고 순수한 소녀였어 이거 왜이래? 그리고 뭐? 그년이 뭐 순수해? 그렇게 순수한 년이 유부남한테 꼬리 치냐? 이게 어디서 개 풀 뜯어 먹는 소리야? 아무튼 난 이혼 못하니까 그렇게 알아.“

다혜는 열 딱지가 나서 물을 한컵 더 들이키고는 다시 말했다.
"그리고 그 어린년, 그년이 그렇게 예뻐 보이디? 백년 만년 천년만년 가는 꽃 있을 거 같지? 지금은 용암처럼 뜨거워도 금방 식어, 볼 거 못 볼 거 다 보고 같이 살아봐. 아무리 예뻐도 같이 살다 보면 금방 식어." 하며 다혜는 방언이 터졌다.
이때 아들 부부가 싸우는 것을 방안에서 안절부절 듣고 있던 시어머니가 문을 열고 뛰쳐나오면서 말했다.
"저런 정신 나간 놈. 내가 너를 가졌을 때 얼마나 애지중지했는데? 저런 걸 낳고 내가 미역국을 먹었으니, 아이구 내 팔자야, 아이구 내 팔자야."

하고 시어머니가 바닥에 털썩 주저앉아서 방바닥을 두드리며 울자, 영찬이 비웃는 듯한 말투로 엄마에게 말했다.
"뭐? 엄마 거짓말 하지 마. 엄마가 나한테 그랬다고? 엄마가 나가졌을 때 애지중지했다고? 나 다 들었거든 엄마 뱃속에서. 나 엄마 뱃속에서 3개월 때, 엄마가 아지부하고 싸울 때, 엄마가 홧김에 그랬잖아? 나 이 애 지우고 집 나갈 테니까 그렇게 알아. 엄마가 아부지한테 그렇게 하는 말, 엄마 뱃속에서 내가 다 들었거든?"

영찬은 말을 마치고 벌떡 일어나 현관문을 닫고 나가 버렸다. 시어머니와 다혜는 영찬의 말에 기가 막혔다.
"뭐 3개월 때 다 들었다고? 엄마 뱃속에서 다 들었다고? 이거 기네스북이나 뉴스에 나올 일이네 저런 미친놈." 하며 시어머니는 혀를 끌끌 찼다.

다혜는 시어머니가 방으로 들어가자 식탁에 앉아서 곰곰이 생각했다. '대체 어디서부터 잘못된 건가? 그렇게 행복했던 우리가? 눈만 마주치면 싸우고 다투고." 여기까지 생각하다, 다혜는 눈물을 흘리며 혼잣말로 중얼댔다.
'이제 사랑이 식은 거지. 조금도 남아있지 않은 거지, 그래 끝내자. 하지만 지금은 아니야. 태영찬 절대 못해줘! 이혼은.' 하고 생각했다.

다혜는 맥주 반 잔에 소주를 한가득 부어서 소맥 한잔을 단숨에 들이켰다. 그러자 속에서 폭탄이 터진 것처럼 뜨거운 것이 확 타올랐다. 다혜는 다시 한 잔을 더 따라 마셨다.
"다른 여자한테는 꽃도 선물하고 맛집도 찾아다니고, 밥도 같이 먹고, 영화도 같이 보고, 동화 속 주인공처럼 잘 대해주고, 마누라는 밖에 한번을 안 데리고 나가고, 야 태영찬, 너 천벌 받는다." 하고 소리를 버럭 질러댔다. 시어머니는 머리를 싸매고 드러누워 버렸다. 시어머니의 생각에도 아들놈은 미친놈이었다.

 잠시 후, 다혜는 뚜벅뚜벅 하얀 백지 위를 걸어가는 글씨들로 일기를 써 내려 갔다.

밤의 적막에 창문을 두드리는 자 누구인가   <small>주다혜</small>

고요한 밤의 적막 속에서

슬픔에 도취되어 버린 내 의식의 창문을

덜컹덜컹 두드리는 자, 그 누구인가?

창문을 열어보니 바람소리

돌아올 거야, 돌아오겠지

돌아올 수밖에 없을 거야.

아, 창문을 두드리는 이, 그 사람이기를 바라는 내 마음엔

엉뚱한 추측들만 난무했다.

돌아올 거야, 돌아오겠지

돌아올 수밖에 없을 거야

하고 엉뚱한 추측들만 난무했다.

  다혜는 곰곰이 생각했다. 살아가기 위해 살아내기 위해, 품었던 희망이, 꿈이, 우울한 하늘의 저편으로 멀어져 갈 때 가엾던 내 인생에 다가와서 손을 잡아주고 지켜주고 잘해주고, 신비스러운 마법을 걸어놨던 그 사람이 대체 왜 이토록 내 여린 꿈들을 짓밟을까? 어찌하여 퇴색한 잿빛 구름처럼 비바람 폭풍우를 몰고 와서는 이다지도 날 아프게 할까?

  다혜는 흐르는 마스카라의 새카만 눈물로 고독한 슬픔을 지우며 물음표들로만 일기장을 채워나갔다. 새하얀 백지 위에.

3화
악녀

어디로 가야 합니까? <small>주다혜</small>

하느님, 하느님 당신은 왜 나에겐 한 치의 사치도

허락치 않으십니까?

태초에 나를 만드실 때

살과 뼈 대신 눈물을 섞어서 만드셨습니까?

슬픔을 섞어 만드셨습니까?

하늘은 이렇게 구름 한 점 없이 맑은데

별들마저 총총한데

안개 속을 걷듯이 헤매는 난 대체 어디로 가야 합니까?

말씀 좀 해주세요?

눈물밖에 남지 않은 난 대체 어디로 가야 합니까?

며칠 후, 아들이 창피하다며 며느리 볼 낯이 없다며 시골로 내려가시려는 시어머니는 다혜를 불러 앉혔다. "다혜야 내가 생각해 봤는데, 저놈은 그른 놈이야. 쉽게 정신 들어올 놈이 아니야. 저놈은 수리를 해도, 올 수리를 해야될 놈이야. 엔진 갈고, 머리에 나사 갈고, 눈깔에 라이트 갈고 수리비가 더 들어. 또 급발진은 좀 잘 되냐? 스톱이 안 돼, 스톱이 안 돼. 브레이크까지 갈아야 돼. 저놈 고치려다가 수리비가 더 들어."라고 말했다.

박옥순 여사의 말에 다혜는 가슴이 덜컥했다. 다혜는 시어머니의 영찬을 포기하라는 말에, 시어머니가 시골로 내려가신다는 말에 걱정스러운 표정과 말투로 대답했다.
"어머니 그럼, 저는 어떻게 살아요? 어머니도 안 계시고 영찬씨도 없고 혼자 어떻게 살아요?" 하고 슬픈 얼굴로 눈물을 글썽이며 말했다.

그러자 박옥순 여사가 다혜의 손을 잡아주며 말했다. "생각해 봐라, 다혜야 툭하면 술집년들하고 외박해 그리고 또 이번에는 아예 살림까지 차려, 저놈은 애초부터 틀린 놈이야. 그러니까 너도 그냥, 한 살이라도 더 젊을 때 애 저녁에 저놈하고 헤어지고 좋은 사람 만나, 그게 상책이야. 그리고 너도 요리 청소 이런 것만 하지 말고, 뭐라도 좀 배워. 배워서 남 주냐? 그래야 이렇게 급한 일 있을 때 써먹지. 에휴 썩을 놈. 어디 갔다가 땡처리도 못할 놈, 어디 갔다가 반품도 못할 놈." 하고 열불을 내며 챗머리까지 흔드셨다.

그러자 다혜가 손등으로 눈물을 닦으며 울먹이는 소리로 말했다.
"너무 그러지 마세요, 어머니. 영찬씨 그래도 예전엔 착한 신사였어요."
다혜의 말이 끝나자 시어머니는 정색을 하며 말하셨다.
"뭐? 저놈이 신사? 얘 다혜야 신사는 신이 포기한 사악한 놈이랜다. 신사는 무슨 얼어 죽을 놈의 신사야? 신사가 조강지처를 버려? 내가 얼굴이 부끄럽고 화끈거려서 더는 니 얼굴 못 보겠다. 미안하다 다혜야." 하고 말하시더니 짐을 싸서 시어머니는 그길로 시골로 내려가셨다.

다혜가 혼자서 저녁을 차려 먹는 그 순간이었다. "띵동띵동" 하며 초인종이 울렸다. 현관문을 열어주니 태영찬이었다. 다혜가 문을 열어주자 영찬이 들어왔다.

"밥은 먹었어?" 하고 다혜가 묻자 "됐어" 하고는 태영찬은 식탁 의자를 꺼내서 앉으며 말했다.

"다혜야 생각해 봤어? 이혼?"

영찬의 입에서 이혼 얘기가 나오자 다혜가 방언이 터진 듯이 악다구니 조로 말했다.

"영찬씨, 넌 내가 그렇게 싫으니? 다른 부부들도 다 그렇게 살아. 어떻게 24시간을 맨 날 예쁘게만 차려입고 예쁘게만 꾸미고 살아? 그리고 어떻게 맨 날 네네 여보, 여보 홍홍홍 어떻게 그렇게 살아? 아니면 그렇게 살수 있게 돈을 많이 벌어다 줬던가?" 하고 다혜가 울부짖듯이 악을 써대자, "그러니까 놓아주겠다는 거잖아? 왜 사람 말귀를 이렇게 못 알아들어? 나당신 잔소리 때문에 더는 못살아." 하며 식탁 테이블을 손바닥으로 팍하고 쳤다.

그러자 다혜도 지지 않고 영찬보다 더 큰소리로 말했다. "뭐, 잔소리 때문에 못살아? 여자들 잔소리하는 거 그거 다 그렇게 해달라고 떼쓰는 거아니야, 그냥 말만 들어 달라는 거지. 장단 맞춰주고, 응응 해주면 될 걸그걸 못해줘? 그게 뭐가 어려워? 응 그랬구나, 응 그래 그래서 힘들었겠구나. 응 여보 힘들지? 이다음에 내가 돈 많이 벌어서 잘 해줄게 그렇게 말하는 게 뭐가 어려워? 돈 들어가는 것도 아니고."

이런 다혜의 한풀이 같은 눈물 바람에 고개만 푹 숙이고 듣고 있던 영찬이 말을 꺼냈다.
"꽃도 철 지나면 지듯이, 사랑도 정도 철 지나면 식는 거야. 다혜야 그러니까 그냥 이혼해줘. 난 당신한테 이미 맘 떠났어."
말하는 폼새가 영찬은 이미 마음이 떠난 듯 했다.
그러자 다혜는 고개를 가로저으며 말했다. "아 몰라, 난 이혼 못해, 그러니까 그런 줄 알아. 그리고 그 철없는 어린년이 뭐가 그렇게 좋니?"

다혜의 말이 끝나자마자 영찬은 무슨 즐거운 상상이라도 하듯이 행복한 표정을 지으며 말했다.
"응, 다 좋아. 응 그 뭐랄까? 침대에서 울리는 그녀의 사랑의 메아리까지도 좋고, 또 뱀처럼 막 비틀면서 그냥 막 몸부림치면서 나를 휘감는 것도 좋고."

영찬의 그 말에 그 순간, 다혜의 눈에선 천불이 났고 머리에선 삔또가 획 돌았다.
"뭐? 사랑의 메아리가? 뭐 뱀처럼 휘감아? 이게 미쳐도 단단히 미쳤네? 야 누군 뭐 그 짓 못해서 안 한줄 알아? 옆방에 어머니 계신데 어떻게 아 아아 으으으 흥흥 좋아 좋아 더해줘 오빠 어떻게 크게 소리를 질러대? 말 같잖은 소리 할 거면 가. 더 듣고 싶지 않으니까. 그리구 영찬씨 니가 똥개니? 미친개랑 어울려 붙어살게? 어떻게 아무데나 질질 싸고 흘리고 다녀? 동네 똥개처럼? 헌신하면 새신 찾아서 떠난다더니, 내가 딱 그 짝이네. 가는 말이 고우면 얕본다더니, 이것들이 아주 그냥 뭐? 사랑의 메아리? 뭐? 사랑의 메아리가 어쩌구 저쩌구? 이런 미친놈."
울부짖는 다혜가 영찬의 팔을 잡아 일으켜 나가라며 떠밀자, 영찬은 현관 밖으로 쫓겨나 버렸다. 그렇게 영찬은 집에서 다혜에게 쫓겨나면서도 끝까지 이혼하리라고 오기를 발동했다.

욕망   태영찬

운명의 처벌은 두렵지 않다

나는 내 욕망에 충실하고 싶다

양심의 가책 따위는 냉담하게 거절하고 싶다

막무가내고 싶다

욕망에 탐닉하고 싶다

인정보다는 감정에 맡기고 싶다

지금 이 순간의 사랑하는 마음이, 이것이 내 진실이다

어차피 운명은 무엇이 옳고 그른지

구별을 할 수 없을 테니까.

며칠 후, 다혜의 집 초인종이 다시 울렸다.
다혜가 문을 열어주니 사진에서 보았던 그 아가씨였다. 그 아가씨는 예쁜 꽃을 좋아하고, 우아떨고 고상 떨 것처럼 생겼고, 부잣집 외동딸이라 그런지 조금은 이기적이지만, 그래도 조금은 순수해 보이는 여자였다. 그녀는 꽃무늬 원피스가 잘 어울리는, 하얀 살결에 가녀린 긴 목에 움푹패인 쇄골을 가진, 김하연이었다.

다혜가 가져다가 식탁 위에 따라놓은 물컵을 든 그녀의 손톱엔 예쁜 네일들이 칠해져 있었고, 긴 손톱, 고운 손등은 힘든 일을 안 해본 듯 고와보였다. 가까이서 보니 사진에서 볼 때 보다 훨씬 더 예뻤다.

"여긴 어떻게 알고 오셨어요?" 하고 물으며, 다혜는 예의상 잠깐 들어오라고 해야 할 것 같아 그녀를 불러들여 소파 테이블에 앉으라고 권했다.

서로가 서로를 탐색하며 잠시 침묵이 흐른 뒤, 다혜가 먼저 말을 꺼냈다.
"난 이혼할 맘 없으니까 돌아가세요, 하연씨. 그리고 재산도 없고 인물도 그저 그렇고, 유부남에 말단 대리인 우리 남편을, 이렇게 예쁜 부잣집 아가씨가 왜 만나는 거예요? 사람 보는 눈이 그렇게 없어요? 아가씨는 이렇게 예쁘고 젊은데?" 하고 달래듯이 말했다.

그러자 하연은 잠시도 망설이지 않고 반격을 하듯 대답했다.
"돈요? 돈은 없어도 돼요, 내가 부자니까. 그리고 그 사람을 왜 만나구요? 그 사람 얼마나 따뜻하고 다정다감하게 잘해주고, 말도 잘 듣고 나라면 껌벅 죽는지. 죽으라면 죽는 시늉까지 다하는데 어떻게 안 만나겠어요?"

여기까지 듣고 있던 다혜가 하연의 말을 자르고는 말했다. "뭐 따뜻하게 다정다감하게? 그 인간이 그랬다고? 죽으라면 죽는 시늉까지 다 했다고? 집에서는 늘 피곤하다며, 씻지도 않고 잠만 쳐 자던 그 인간이?
그 말에 하연이 다시 다혜의 약을 올리듯 말했다.

"오, 집에서는 그랬어요? 사모님이 매력이 없었나 보죠 뭐. 나한텐 안 그러던데요? 달라붙고 만지고 안아주고 손잡고, 참 내 손 이쁘죠? 영찬씨가 하도 주물러 대서, 이렇게 이뻐진 거예요. 그리고 남자는 얼굴보다 능력이라고, 침대에선 얼마나 능력이 좋은지? 몸은 또 얼마나 좋은지? 그 사람이 매일 밤 침대에서 나하고 격렬한 사랑을 펼칠 때는 시간 가는 줄 몰라요. 난 그 사람이랑 하루도 떨어져 살지 못해요. 그 사람이 힘쓸 때는 막 뭐랄까? 드릴 있잖아요? 땅 팔 때 쓰는 거? 그 기계 아시죠? 왜 그 막 덜덜덜 거리면서 땅 파는 거? 그게 막 내 몸을 파고드는 것 같아요. 그럴 땐 막 죽을 것 같아요. 기절할 것 같구요. 잠자리 할 때 마다 영찬씨는 어디서 그런 힘이 나오는지 진짜 죽여준다니까요."

하연이 흐뭇한 미소를 띠며 상상하는 듯한 표정으로 말하자 순간 열불이 치솟은 다혜는 하연을 째려보며 몸까지 부들부들 떨어대며 소리쳤다.
"에라이 미친년아. 잠자리에 미친년아. 이년이, 열 서방은 잡아먹을 년이네? 에라이 옹녀 같은 년." 하고는 식탁 위에 놓여 있던 물컵을 들어 하연의 얼굴에 확 끼얹어 버렸다.

그러자 하연은 눈 하나 깜짝하지 않고 손수건을 꺼내 얼굴을 닦으며 비웃듯이 말했다.
"시원하네요, 요즘은 왜 비도 안 와? 날씨는 더운데. 한 번 더 끼얹어 주세요, 사모님. 시원하게. 그래야 타는 속이 시원하지 않으시겠어요? 아참 그리고 사모님, 사모님은 요즘 외로워서 밤잠도 잘 못 주무시겠네요? 에휴 어떻게 하나 저걸? 혹시 야시시한 옷 입고 혼자 자위? 막 그런거 하시는 거 아니에요? 허벅지를 막 꼬집으면서요? 하긴 뭐 그것도 나름 괜찮겠네요. 아흐아흐 아흐흐...하면서 몸을 막 비틀면서요."
하연이 약을 올리자 눈이 뒤집힌 다혜는 부르르 일어나서 싱크대로 달려

갔다. 그리고는 물을 한바가지나 퍼다가 "이런 미친년이 뒤질라고."하면서 하연의 얼굴에다 확 끼얹어 버렸다.
 그리고도 분이 안 풀렸는지 물을 한바가지나 더 퍼다가 확 끼얹고는 말했다.
 "이년이 이거 아주 잠자리에 미친년이네? 이거 돌은년 아냐 이거? 이게 어디 와서? 함부로 주둥이를 놀려? 너 니네집에서 이러고 다니는 거 아니? 태영찬 이 인간 사무실로 내가 쫓아가서 개망신 한번 줘볼까? 회사도 못 다니게?" 하고 악을 써대자 하연은 온몸에 젖은 물기를 툭툭 털어내며 말했다.

 "사모님 그렇게 하실 수 있으세요? 쪽팔려서? 그리고 영찬씨 회사 짤리면 더 좋죠. 24시간 나랑 같이 붙어있을 수 있잖아요. 맨날 침대에 그 짓 하면서요. 아이구 신나라 에허라 디야, 생각만 해도 신나네요 사모님. 난 하루에 열 번씩도 할 수 있는데 아흐흐. 얼른 가서 우리 그이 회사에서 콱 짤라 버리시던지, 아니면 얼른 이혼해 주세요. 오래 끌지말구요. 그게 신상에 좋을걸요?" 하며 하연은 조금도 기가 죽지 않았다.

 다혜는 그냥 어이가 없었다. 참해 보이고 단아해 보이는 어린 여자애가 어디서 이런 용기가 나오는지. 이젠 협박까지 하며 질리게 해서 이혼시키려고 작정하고 온 듯했다. 다혜가 하연에게 큰소리로 싸울 듯이 말했다.
 "야, 너 뭐라고 했어? 뭐? 신상 어쩌구, 저쩌구? 너 협박 하는 거야?"

 그러자 하연은 조금도 흐트러짐도 없이 조근조근 말했다. "네 협박하는 거예요, 사모님 이혼 해 줄 때까지 수시로 찾아와서 문 앞에서 동네에 대고 고래고래 소리 지를 거예요. 주다혜씨 우리 영찬씨랑 이혼해 주세요. 우리 영찬씨랑 이혼해 주세요. 제발 이혼해 주세요? 하고 아주 확성기까지 들고 와서 동네방네 떠들 거예요. 왜? 못할 것 같아요, 내가? 그럼 사모님 쪽팔려서 이 집에서 못 살걸요? 남편 바람난 집이라고 소문나서." 하고 신이 난 듯 말했다.

그러자 여기까지 듣고 있던 다혜는 순간 눈이 확 돌아버렸다. 그리고는 싱글싱글 웃고 있는 하연에게 달려들었다.

"그래 이년, 오늘 너 죽고 나 죽자, 이년아. 너 어디 한번 내 손에 죽어봐라 이년아."

하고 이를 악물며 소리치며 하연의 머리채를 확 휘어잡아 뜯으면서 발로 차고 때리고, 머리로 박고, 사정없이 두들겨 팼다. 이마로는 하연의 이마에 박치기까지 했다.

그렇게 하연은 입술에서 피가 나오고, 코에서 코피가 터져도 반항도 하지 않고 순순히 맞아 주기만 했다. 그것도 웃으면서.

그러자 다혜는 더 약이 올라서 아예 하연의 팔뚝까지 콱 물어댔다. 그러자 하연은 "아아아 으으으.. 흥분돼. 아아아 으으으...흥분돼"하며, "나는 왜 이렇게 쳐맞을 때 흥분되지? 나 새디스트인가? 질질 싸겠네, 아주."하고 말하면서 다혜를 놀려댔다.

어이가 없는 다혜가 그냥 때리던 손길을 멈추자, 머리채를 매만지던 하연은 한 웅큼 빠진 머리카락을 툭툭 털어내서 바닥에 휙 하고 내던지며 빙긋이 웃었다. 하연은 다시 싱글싱글 웃으며 말했다.

"이제 속이 시원하세요? 사모님? 분이 좀 풀리셨어요? 덜 풀리셨으면 저 눕혀 놓고 밟으세요. 아니지, 그냥 내가 때리기 좋게 누워주지 뭐." 하더니 아예 두 팔을 벌리고 바닥에 누워버렸다.

그러더니 "어휴, 우리 영찬씨는 힘이 얼마나 좋은지. 이럴 때 사모님 앞에서 홀딱 벗고 해주면 죽여 줄 텐데, 아우 나 쌀거 같은데 나 여기 누워서 자위해도 돼요?" 하며 바닥에 누운 채로 하연은 입술에 묻은 피를 혀로 핥아 먹으며 비아냥 거려댔다. 그냥 독종 중에 상 독종이었다.

다혜는 자기분에 못 이겨 엉엉엉 울어대며 말했다.

"야 꺼져, 이 미친년아, 제발 내 앞에서 사라지라고. 얼른 나가라고 제발, 우리 집에서 나가라고. 빨리빨리 나가라고, 나 속 터져 죽는 꼴 보기 싫으면." 하고 하연을 문밖으로 떠밀자 하연은 다시 다혜에게 눈까지 찡긋하며 말했다.

"언니, 사모님 아니지, 이젠 이혼녀인가? 아무튼 조만간에 영찬씨랑 이혼해 주세요. 난 영찬씨 없으면 못살아요, 하루도." 하며 발로 문을 쾅 닫고 나가버렸다.

다혜는 분을 못 참고 울면서 손을 덜덜 떨며 영찬에게 전화를 걸었다.

"야? 태영찬 너 니가 시켰지? 내가 이혼 안 해주니까 니가 시킨 거잖아? 어린년 등 떠밀어서? 이 남자답지 못한 나쁜 놈아, 어디서 그 또라이 같은 년을 시켜서. 니가 그러고도 사람이냐? 남자냐? 그리고 그년 시켜서 나를 협박을 해?"하고 소리쳤다.

그러자 수화기 너머에서 영찬이 말했다.

"나 시킨 적 없어 집도 알려준 적 없고."

영찬의 변명에, "그런데 어떻게 알고 집을 찾아와?" 하고 다혜가 울면서 쏘아대자 영찬이 말했다. "응 그건, 당신 자고 있을 때 새벽에 집 앞에서 몇 번 만난 거, 그게 다야. 차 안에서 키스하면서."

다혜는 또 열불이 치솟았다. "뭐? 내가 자고 있을 때 키스를? 집 앞에서 그년을 만나서 키스를 해? 몰래? 야, 이 미친 변태 놈아. 스릴 느끼려고 그런 거지 그거?"

다혜는 피가 거꾸로 솟아올랐다. "그럼 집 호수는 어떻게 알았어?" 하고 묻는 다혜의 말에 영찬은 "우편함 보고 알았겠지. 내 이름 찾아서."
"어쨌든 난 이혼 못해, 그런 줄 알아. 이것들이 아주 쌍으로 덤비네." 하며 다혜는 전화를 끊었다.
너무나 답답한 다혜는 다음날 점집을 찾아갔다. 무속인은 다혜를 보자마자 눈을 감고는 부채를 촤르륵 피었다가 다시 접더니 말했다.
"남편이 속썩이는구만" 하더니 다시 말했다. "생년월일 적어 보세요."

다혜가 영찬의 생년월일과 자신의 생년월일을 적고 노트를 건네줬다.
그러자 도사는 상위에 펼쳐진 생년월일을 보더니, 눈을 감고는 방울을 딸랑땅랑 흔들어대며 "갑을병정 무기경신 임계, 갑을병정 무기경신 임계, 어쩌구저쩌구 어쩌구저쩌구 이러쿵저러쿵" 하더니 "이왕에 태어난 거 잘 살게 도와주소서. 조상님들, 신령님들, 동자님들, 도와주소서, 도와주소서, 도와주소서" 하고 중얼중얼 거렸다.

그러더니 무속인이 갑자기 말했다.
"안돼, 내가 배고파서 안 돼 안 돼 내가 배고파서 안 돼. 얘는 조상님들을 안 섬겨서 안 돼. 얘는 조상님들한테 제사상도 안 차리는 애야. 조상이 화났어 그래서 화났어." 하고 애기 목소리를 냈다. 다혜는 그 순간 살짝 소름이 끼쳤다.

무속인은 또 애기 동자의 목소리로 중얼중얼하더니 또 딸랑땅랑 딸랑땅랑 하고는 방울을 연신 흔들어 대더니, 잠시 후 눈을 확 뜨면서 대뜸 말했다.

"넌 못 이겨. 그냥 팔자 라거니 하고 살아. 그 여자는 죽었다 깨나도 못이겨. 세상엔 이길 사람이 있고 죽어도 못 이길 사람이 있어. 그 여자가 바로 그런 여자야, 못 이기는 여자."

그래도 다혜가 어리둥절한 표정을 짓자 무속인은 다시 다혜를 훑어보며 말했다.

"아가씨인지 결혼을 했는지 모르지만, 이 여자는 힘으로는 안 되는 여자야. 그냥 한마디로 미친년이야, 또라이 정신병자. 그러니까 그냥 그러려니 하고 살아."

"도사님 저 결혼했어요." 하고 다혜가 대답하자, 무속인은 쯔쯔쯔 하고 혀를 차더니 말했다.

"남편 정신 차리려면 아직 멀었어. 시어머니도 포기했구만? 그리고 첫째 아가씨네 조상님들이 새댁을 방해 하는구만. 조상이 훼방을 놓구 있어. 굿을 하던지 공수를 하던지 촛불을 켜던지 조상님들이 배가 고프다고 화가 단단히 났어. 굿부터 해야겠네." 하고 굿을 하라며 유도했다.

다혜는 기가 막혔다. 사정 이야기도 안 했고 그냥 생년월일만 말했는데 도사는 훤히 다 옆에서 본 것처럼 알고 있었다.

다혜는 인사를 하고 일어섰다. "저, 도사님 감사합니다. 돈이 없어서 다음에 올게요." 하고는 복채를 놓고 자리에서 일어섰다.

울어본 사람만이 안다   주다혜

사랑이 갈 때 사랑이 갈 때 난 슬픈 감정들이 밀려왔다.

그리고는 무엇으로도 메꾸지 못할 참담한 허전함이

공허한 내 안을 부대꼈다.

나는 다시 마음을 추스르고 사랑했던 날들의

행복했던 날들의 골목길들을 서성였다.

하지만 슬픔의 그림자는 마치 정지된 화면의 스크린처럼

사랑을 멈추기 위한 연습만을 시작했다.

사랑이 갈 때 사랑이 갈 때 뜨거운 태양처럼 타오르던 사랑은

차갑게 식어가며 노을로 지고 있었다.

사랑이 갈 때 사랑이 갈 때 마찰 음들은 끝도 없이 차올랐고

그때마다 인생은 슬픔으로 치달았다.

그때 눈뜨지 말았어야 했다.

차라리 그때 사랑에 눈뜨지 말았어야 했다.

아 사랑이 지는 자리에서, 사랑이 지는 자리에서

그리움들은 추억의 스크린들을 필름들을 마구마구 돌려댔다.

야릇하고 애틋했던 키스 신만을 모아놓은 스크린을 돌려댔고

넋을 잃을 만큼 애잔한 러브신만을 모아서 돌려댔다.

그리고는 밤마다 침대에서 앙앙앙대며

질러댔던 황홀한 사랑의 멜로디들만을

환호성들처럼 나에게 모아서 들려주었다.

하지만 그 아리고 아린 신음들은, 환호성들은

이별 때문에 울어본 사람들만이 안다.

그 신음들이 환호성이었는지, 슬픈 짐승의 처절한 울음이었는지

이별 때문에 울어본 사람들만이 안다.

아, 나에게 위로랍시고 다가오는 추억들이여

결코 사랑은 실패할지언정 파멸하지 않는다.

사랑은 다시 시작될 테니까

아, 사랑할 때와, 이별할 때가 공존하지 못하는,

인생은 오름 아니면 내림.

어부가 투망을 건져 올리다 말고 잡히지 않는 물고기들에

불량남편 59

허탈하고 허망한 표정을 지을 때,

태풍의 장마 끝에 모든 걸 쓸어간 대지를 바라보며

늙은 농부가 허탈한 표정으로 눈물을 흘릴 때

그 모습이 마치 무슨 작품이라도 되는 양

그 모습들을 촬영하기 위해,

내심 환호성을 지르며 찰칵찰칵 셔터들을 눌러대는 비정한 사진작가들과

무자비한 더위 끝에 쏟아지는 장맛비에

시들었던 꽃들이 환호성을 지르는 풍경들과

땀 흘려 지은 모든 걸 쓸어간 잔인한 장맛비의 그 끝에 펼쳐지는 모습들

두 얼굴의 장맛비에 대비되는 모습들

잡초의 뿌리처럼 세상을 단단히 움켜쥐고 살았던 한 생애를 내려놓으며

황혼이 지는 길을 걸어가는 노인과

보석처럼 박힌 밤하늘의 별무리들을 바라보며

외로움에 지쳐 있는 숙녀에게

'저 커피한잔 하실래요?' 하고 상냥하게 말하는

카사노바 바람둥이의 악마의 속삭임와

그 카사노바 바람둥이의 악마의 속삭임에 들뜬 숙녀의 표정

마음껏 사랑하다 격정으로 사랑하다

어느 늦은 달빛이 쏟아지는 낙엽 지는 밤

이별을 통보하고 떠나는 한 남자와

그 이별에 힘이 쭉 빠져서 슬픔의 열병을 앓다가 가슴앓이를 하는

숙녀의 아픈 모습

보석처럼 박힌 밤하늘의 별무리들을 바라보며

외로움에 지쳐 있던 숙녀가

아픔을 가진 아이처럼 울고 있는 모습

먼지를 일으키며 지나가는 회오리바람들의 거친 숨소리와

붉은 노을들의 풍광들에 환호성을 지르는 시인들

소나기처럼 강렬하게 쏟아지는 우울의 보챔들

세상에 아픔이 없는 자 누구인가?

아, 인생은 오름 아니면 내림

아, 인생은 오름 아니면 내림

인생은 울어본 사람만이 안다

악악하고 소리를 지르는 그 모습이

슬픈 짐승의 처절한 울음인지 환호성인지 신음인지

인생은 울어본 사람만이 안다.

4화
오열

김하연이 난리를 치고 간 후 영찬은 다혜에게 아파트 명의를 다혜의 이름으로 변경해 주었다는 말과 강남 우면동 하연의 집으로 아예 들어간다는 짧은 메시지를 보냈다.

이제는 끝이었다.
태영찬과의 가느다란 실낱의 희망의 끈을 붙잡고 버티던 다혜의 가슴은 무너져 내리고 있었다. 다혜는 날마다 가슴이 미어질 만큼 아팠다.

그리고는 다혜는 가슴속의 슬픔이 울컥울컥 목구멍을 통해서 튀쳐나오는 걸 뜨겁고 쓴 것을 넘기듯이 삼키며 살았다. 다혜는 데이빗 가렛의 쇼팽 녹턴 바이올린의 슬픈 연주를 끝도 없이 들었다. 몇 날 며칠째.

그리고는 혹시나 만날까 하고 미친년처럼 석촌호수를 걸어보고, 영찬과 함께 자주 가던 2층 카페를 가보고, 영찬이 퇴근해서 걸어오던 잠실역 7번 출구 근처를 멍하니 바라보고 허깨비가 된 채 끝도 없이 방황을 했다.
가끔 아주 가끔 영찬에게 전화를 걸어 봤지만, 없는 전화번호였다. 이미 영찬은 자기 옷과 짐들을 모두 실어간 상태였고, 다혜는 모든 게 그리움아닌 게 없었다.

그리움 주다혜

잊을 수 없는 사람아

잊혀져야 할 것 들은 모두 다 결국은 잊혀져야 하지만

지워져야 할 것 들은 결국 지워져야 하지만

당신의 모든 그리움들이 사라진다면

난 살아도 사는 게 아니야

내가 어떻게 살아

내가 어떻게 살아

당신을 모두 지우고 당신 없이

내가 어떻게 살아

난 당신 없이 사는 건, 사는 게 아니야.

당신과 맞잡았던 손은 아직도 따뜻한데

당신이란 사람의 체온으로 따뜻한데

당신이란 사람의 다정한 말투, 당신의 살냄새

당신에게서 남겨진 모든 것들이 다 그립고 그리운데

그리움 아닌게 없는데

내가 어떻게 살아

내가 어떻게 살아

당신을 모두 지우고 당신 없이 내가 어떻게 살아

당신 없이 사는 건, 사는 게 아닌데.

다혜는 일기를 다 쓴 후 침대 시트에 얼굴을 파묻고서 대성통곡을 했다. 밤새도록 대성통곡을 했다. 다혜에겐 영찬과의 준비 없는 이별은 그런 것이었다. 지울 수 없는 그리움이었다. 다혜는 날마다 통곡으로 살았다.

사랑이라는 이름으로 행세해 온, 떨림들이나 설레임들이나 그리움들이나 모든 게 다혜에게서 멀어지려고 애를 쓰는 것만 같았다. 다혜는 영찬이 없는 세상이 낯설었다. 차라리 가위로 오려내고만 싶었다. 가슴 저림을, 아픔을, 슬픔을 오려낼 수만 있다면 오려내고 싶었다.

슬픔은 날마다 방문을 열고 다혜에게 안내했다. 어서 오라고 어서와 보라고. 니가 보아야 할 곳은 여기라고. 목을 길게 빼고는 손짓하며 안내했다.

다혜가 그 방문 안을 쓱 하고 휘둘러보니, 윗통을 벗은 영찬이 황금빛 팔

찌를 낀 20대 초반으로 보이는 살색 끈나시 슬립만 걸친 하연을 야시시한 표정으로 입을 헤 벌린 채 게슴츠레한 눈으로 몹시 흥분돼 있는 하연을 두 팔로 번쩍 안고 서 있었다. 그 모습은 다혜의 질투가 불러온 상상인 듯했다.

며칠 후, 다혜는 샤워를 했다. 우울함을 씻어내려고, 슬픔을 씻어내려고, 가슴 저림을, 아픔을 씻어내려고. 기분 좋은 생각들의 거품을 풀어서 샤워를 했다.

그리고는 화장을 하고 예쁘게 차려입고 백화점을 갔다. 그동안 아둥바둥 살아온 게 후회가 돼서 예쁜 옷도 사 입고, 기분 좋게 돈도 팍팍 쓰고 그동안 누려보지 못한 거 다 누려보려고, 우아하게 커피도 한잔 마시려고 백화점에 갔다.

매장을 둘러보니 판매원들이 다혜를 불러 세웠다. "아가씨 이거 어때요? 예쁘죠? 맘에 안 드세요? 그럼 저건 어떠세요? 아가씨 이거 한번 입어 보세요? 얼굴이 예쁘셔서 잘 어울릴 거 같아요. 어쩜 연예인처럼 그렇게 예쁘세요?" 하고 난리도 아니었다.

다혜는 그중 맘에 드는 옷을 입고 거울에 비춰봤다. 환하게 웃으며 거울 속 모습을 바라보자, 거울 속 모습은 십 년 전 이십 대 초반처럼 보였다. 옷을 벗고 가격표를 보자 50만 원, 또 다른 옷의 가격표를 보니 60만 원, 다혜는 결국 돈이 아까워서 아무것도 사지 못했다. 아이 쇼핑만 실컷 하고, 백화점을 나왔다. 그리고는 터벅터벅 집으로 걸어오다가 문득 오랜 친구 혜정이가 생각났다.

백화점에서 나와 잠실역 10번 출구를 지나자, 송파 보건소 앞 계단에 시골에서 막 상경하신 듯한 행색이 초라하신 할아버지 할머니 두 분이 쌀자루며 고춧가루, 참기름, 콩, 참깨 등을 바리바리 곁에 쌓아 두고 초조하게 앉아계셨다.

다혜는 갑자기 시어머님이 생각나서 그냥 이대로 지나칠 수가 없었다.
"할머니 할아버지, 혹시 이거 파실 거예요? 제가 다 사드릴까요?" 하고 묻자, "아녀 이거 팔거 아니야." 하고 말씀하셨다. "할머니 그런데 왜 여기 이러고 계세요?" 하고 다혜가 다시 묻자, 할머니는 손에 쥐고 계시던 하얀 손수건으로 땀인지 눈물 인지를 닦으며 말하셨다.
"우리 아들 집에서 나왔어. 우리집 가려고 그래"
"할머니 집이 어딘데요 여기 얼마나 이러고 계셨는데요?" 하고 다혜가 다시 묻자,
할머니는 "한 나절 쯤 됐나?" 하셨다.
그 말씀에 다혜는 깜짝 놀랐다. 한나절이면 아침부터 점심이 훨씬 지난 지금까지 기다리셨다는 이야기였기 때문이다. 다혜가 다시 할머니께 물었다.
"네? 그렇게 오래 계셨어요? 할머니 배도 고프실 텐데요. 아들집은 대체 왜 나오셨어요? 아들하고 싸웠어요?"

다혜의 물음에 할머니는 아들을 두둔하듯, 자랑하듯 다혜가 묻지도 않은 말씀을 하셨다.
"우리 아들 잘살아, 크고 좋은 아파트에 잘 살아. 한 달에 몇천 만원씩 벌어, 차도 얼마나 좋다고. 우리 아들 흉보지마 착한 아들이야. 그리고 얼마나 큰 회사 다니는데, 그래서 바빠서 그런 거야. 그래서 빨리 못 오는 거야. 그리고 엄청 좋은 대학도 나왔어. 며느리도 큰 대학 나왔어 얼마나 똑똑한데." 그 말에 다혜는 마음이 짠했다.

"할머니 그렇게 잘살고 똑똑한데, 그런데 할머니 할아버지를 이렇게 쫓아내요? 제가 전화 걸어 드릴까요? 아드님한테요? 할아버지 할머니 집은 어디세요? 어디 사셔요?" 다혜의 물음에 할머니는 아들을 두둔하듯 말했다.
"아들은 바쁘니까 됐고, 나 강원도 태백 살아. 며느리 때문에 집 나온 거야."

그러자 할아버지께서 말씀하셨다.
"노인네 냄새 나니까 빡빡 자주 씻어라, 집 잃어버리니까 밖에도 나가지 마라, 아침 좀 늦게 드시면 안 되냐? 맨날 잔소리. 이게 사람 사는 거야? 이 할망구야 왜 아들집에 살자고 해서 이 꼴을 만들어?" 하고 화를 내셨다. 다혜가 보기에는 홧김에 집을 나오신 듯했다.

다혜는 눈물이 왈칵 쏟아졌다. 돌아가신 엄마 생각이 나서 눈물이 왈칵 쏟아졌다.
할머니가 말씀하신 태백이라는 말씀 때문이었다. 태백은 다혜와 엄마가 함께 살던 고향이었다. 지금은 돌아 가셨지만.

다혜는 눈물을 닦으며 할머니께 다시 말했다. "할머니 그냥 태백 다시 내려가세요."
그러자 할머니는 "이 짐들을 다 들고 어떻게 가?" 하며 눈물을 글썽였다.

다혜는 택시를 잡아서 택시에 짐들을 실어드리고, 택시비까지 쥐어드린 후 기사 아저씨에게 말했다. "아저씨 부탁 좀 드릴게요. 강변역에 있는 태백 쪽으로 가는 버스 있는데까지 두 분 좀 모셔다 드리시고, 죄송한데요 버스에 짐도 좀 실어드려 주세요. 택시비는 넉넉히 드렸어요. 부탁 좀 드릴게요."

그러자 할아버지 할머니는 눈물을 글썽이시며, 다혜의 손을 꼭 잡으시며 연신 말씀하셨다.
"고마워요 색시. 고마워요."
다혜는 할머니 할아버지가 떠나시는 뒷모습을 한참이나 바라봤다. 다혜는 그동안 딸처럼 잘해주셨던 시어머님이 생각났고, 엄마 생각도 나서 울컥하는 마음으로 한참을 바라봤다.
저녁 8시, 방이동 잠실 호프.

다혜와 혜정이 생맥주와 골뱅이무침을 시켜놓고 마주앉아 맥주를 한 잔 하고 있다.
혜정은 약 155센치의 키에 작고 귀여운 얼굴의 아가씨다. 나이는 32세고, 머리는 중단발을 하고 다녔으며, 가지런한 눈썹에 눈은 크지 않은 동그란 눈을 가졌고, 코는 보통의 높지 않은 적당한 코에 작은 입술과 갸름한 턱을 가졌으며 딱 보면 "예쁘고 귀엽네" 하는 인상을 주는 발랄한 아가씨이다.

혜정은 물을 마시는 걸 싫어했으며, 물보다는 술을 좋아했다. 그리고는 족보도 없는 검정색의 똥개를 키웠다. 개의 이름은 까뮈였으며 까뮈는 똥개답지 않게 영특했다. 그리고 사람을 무척 잘 따랐다.

다혜와 혜정은 서로 반갑게 인사를 한 후 생맥주 500cc 잔을 들어 서로 건배를 한 후, 시원한 생맥주를 한 모금씩 마셨다.
혜정이 먼저 다혜에게 물었다. "다혜야, 신랑은 잘 지내지? 보고 싶다 야. 니 신랑 성격 엄청 좋잖아, 사람도 좋고. 야? 니네 신랑도 부르자 다혜야?"
혜정의 말에 "응 그냥 잘 지내." 하고 대답하는 다혜의 눈이 순간 충혈됐다.

그러자 혜정이 다시 걱정스런 표정으로 물었다. "야 왜 그래? 다혜야 집에 뭔 일 있니? 너 뭔 일 있구나?"

 다혜는 팔뚝으로 굵은 눈물을 훔쳐내며 말했다. "별일 아니야, 혜정아. 좀 속상한 일이 있어서 그래, 우리 그냥 술이나 마시자."
 다혜는 혜정의 생맥주잔에 쨍 소리가 나게 건배를 하고는 반쯤 남아있는 생맥주를 단숨에 마셔 버렸다. 그리고는 손등으로 생맥주의 거품이 묻어있는 입술을 쓱 닦으며 다시 말했다. "야, 이제야 속이 다 시원하다, 혜정아. 이제 살 거 같아, 술이 들어가니까. 야, 한 잔 더 하자 우리."하더니 500cc 생맥주를 두 잔 더 시켰다.

 그리고는 생맥주가 더 나오기 전에 다시 말했다. "야 혜정아, 사는 거 별 거 없더라. 아등바등 살아봤자, 그렇게 산 사람만 손해라니까. 뭔 놈의 인생이 대체 바람 잘 날이 없어. 흐린 날, 비 오는 날, 눈 오는 날, 바람 부는 날 안 그러냐? 혜정아?"
 그렇게 무슨 세상 다 산 사람처럼 말하는 다혜의 신세 한탄에, 혜정은 다혜에게 뭔 일이 생겼구나 하고 생각했다. 그리고는 가슴이 덜컥했다.

 "왜 다혜야 속상한 일 생겼어? 신랑이 속 썩여? 아님 사기 당했어? 아니면 신랑이 이혼하재? 하고 혜정은 쉴 새 없이 질문을 던졌다.
 그리고는 다시 "다혜야 너 속에 있는 거 다 풀어, 내가 다 받아 줄게. 너 속에 쌓아놓고 살면 병돼." 하고 안쓰러운 표정으로 말했다.
 혜정의 말에 다혜는 막혀있던 응어리가 터져버렸다. 참고 있던 오열이 터져 버렸다. 그리고는 엉엉엉 하고 어깨를 들썩이며 한참을 울었다. 혜정은 어깨를 들썩이며 오열하는 다혜가 안쓰러워, 손으로 다혜의 등을 토닥토닥 두드려 주며 말했다.

"다혜야 어떡하니 실컷 울어, 울고 나면 속이 좀 시원해 질 거야. 그리고 넌 착하니까 다 잘 될 거야. 너네 부부 너무 좋아 보였는데, 니 신랑 애처가라고 다들 칭찬도 했었잖아? 그런데 웃긴다, 어떻게 그래? 그래서 뭐래? 어쩐대?"

다혜가 말했다. "같이 살아, 그 여자랑 바람난 여자랑. 행복하대 잠자리 궁합이 잘 맞아서 행복하대. 이혼 못 해준다, 제발 다시 잘 해보자 붙잡아도 안돼."

그 말에 혜정이 "그럼 결혼 할때 했었던 약속은 뭐야? 서로 평생 사랑하며 살자 헤어지지 말자, 그 혼인 서약은 뭐야? 그 언약은 뭐냐구? 다혜야 너무 속상하다, 그런데 이 정도면 이제 끝난 거 아니야? 다시 붙잡고 싶은 니 맘 이해는 하는데, 그냥 헤어져 속 끓이지 말고 그리고 정신 차려. 어리고 그 싱싱하고 예쁜 애가 돈도 많은 애가, 잠자리까지도 잘하지, 사운드도 끝내주지, 몰래 사랑하니까 스릴도 있지 그러니까 니 남편이 눈이 돈 거야. 니 신랑은 금지된 과즙을 맛본거야. 얼마나 짜릿짜릿했겠어? 몰래 하는 사랑이. 금지된 사랑이? 뱀처럼 막 휘감는다며? 그 짓 할 땐 들이대고 별거별거 다해주고 그게 어디 맹숭맹숭하게 잠자리 해주는, 마누라랑 비교가 됐겠어?"하자, 다혜는 "그래도 아직 미련이 남아서."라고 했다.

혜정이 말을 이었다. "말 같잖은 소리하지 마, 다혜야 너 영찬씨랑 소설 쓰니? 막장 드라마 쓰니? 참 기가 막히다, 참 슬프다, 이 현실이, 내가 뭐라고 말할 거 같아? 그래 다혜야 조금만 더 기다려 봐 그럴 거 같아? 니 인생 니 미래 다 망쳐 가면서 너 영찬씨만 기다릴래? 아기 아빠라서? 예전엔 애처가여서? 그 기억 때문에 너 니 인생 망칠래? 영찬씨는 아기 아빠 자격이 없어. 이미 아기 아빠라는 사람이 그러고 살아? 이젠 잊어. 예전으론 못 돌아가. 영찬씨는 이미 금지된 과즙을 맛봤어, 넌 이런 영찬씨를 아직도 사랑하니? 넌 영찬씨 그 거지같은 사랑 없으면 죽니? 영찬씨 없어도 사랑은 많아 살다보면. 넌 영찬씨가 기다려 달라고 말해 줬으면 좋겠지? 내가 돌아갈 테니까 여보 그때까지만 기다려줘 그래 줬으면 좋겠지? 니가 무슨 조선 시대 조강지처야? 현모양처야? 나 화내는 거 아니야, 너 정신 차리라고 내가 이러는 거야."

몰아치며 안쓰러워하는 혜정의 말에 다혜는 휴지로 눈물을 닦으며 말했다.
"괜찮아 혜정아, 이제 됐어, 나, 다, 울었어. 얼마나 더 떨어지겠냐? 나 이미 바닥인데,
내 인생 이보다 더 얼마나 더 내리막길이겠어?"
그런 다혜의 손을 잡아주며 혜정이 다시 말했다. "힘내 다혜야, 어느 집이나 다 알고 보면, 속 썩을 일 한둘쯤은 다 있대. 기죽지 말고 힘내, 그리고 왜 이런 말 있잖아? 걱정마라 다 잘될 거야. 다 지나갈 거야, 너무 염려 마라. 너 이런 말 알지? 들어봤지? 다혜야 너, 그리고 이제 올라갈 일만 남은 거야. 바닥인 사람이 더 떨어질 데가 어디 있겠어? 안 그래? 이제 올라갈 일만 남았지. 좋은 일 오려고 이러는 건지도 모르잖아? 그러니까 힘내." 하고 혜정은 다혜를 달래 주었다.
다혜는 그동안 아무에게도 말 못했던 속상함을 혜정에게 털어놓자 기분이 좀 나아졌다. 다혜는 가벼운 발걸음으로 집으로 돌아갔다. 그런데 집으로 돌아오는 길에 다혜는 이상한 광경을 목격했다.

교통회관을 지나서 잠실역 방향으로 걸어오는 롯데타워 건너편 길가, 잠실역 8번 출구 앞에서, 몇 년은 씻질 않아 얼굴은 완전 더럽고, 머리카락은 떡이 져서 늘어 붙어있었고, 옷에서는 냄새가 나는 거지가 작은 종이상자를 앞에 놓고 며칠은 굶었는지 힘없이 앉아있었다.

종이상자 안에는 돈은 없고 빈 상자만 덩그러니 앞에 놓여져 있었다. 그런데 이때였다. 구르마에 폐지를 싣고 가던 할머니가 거지를 흘깃 한번 바라보더니, 편의점에 가서 빵과 우유를 한 개씩 사다 주고 가며 말했다.

"에휴, 거지도 직업전환 해야되는 거 아니야? 이렇게 돈벌이가 안돼서야, 어디 먹고 살겠어? 쯔쯔 에이, 거지 같은 세상" 하며, 할머니는 안쓰러운 표정을 지어보이시고는 지나갔다.
이 광경을 보고 다혜는 생각했다.

'이거 뭐지? 뭐하는 거지? 내가 꿈을 꾸는 거지 아마? 참 희한한 일이네? 내가 무슨 꿈을 꾸고 있나? 할머니도 가진 게 없을 텐데, 배도 고플 텐데, 세상 참 별일이네? 난 내가 세상에서, 내가 젤, 불쌍한 사람인 줄 알았는데? 폐지를 주우며 하루 겨우 몇천 원 버실 할머니가 바닥에 앉아서 구걸을 하는 거지에게 빵과 우유를 사다 주고 가면서 온정을 베푸는데, 이건 뭔 놈의 시츄에이션이지? 그러니까 참, 산다는 건 생각 차이라니까?'

다혜는 폐지 줍는 할머니가 거지에게 온정을 베푸시는 것을 보고, 엄청난 큰 충격을 받았다. 다혜도 천 원짜리 한 장을 꺼내서. 종이상자에 놓고는 집으로 돌아왔다.
그 일이 다혜에겐 엄청난 충격이었다. '하늘이 아마 나에게 깨달음을 주시려고 이러시나? 아니면 용기내서 살라고 이러시나? 참 모를 일이네?' 하고 생각했다. 그리고는 다짐했다. '에라, 그래 한번 살아보자!'
다혜는 또다시 생각했다. '내가 맨날 질질 짜고 이러고 있을 때가 아니지, 내 인생 내가 알아서 잘 살아야지. 내가 맨날 신세 한탄만 하고 이러고 있으면 어떤 놈이 알아주겠어.'

오늘 다혜에겐 수많은 일들이 겹쳐 있었다. 이상한 일들은 몰아서 온다더니.

5화
엄마

며칠 후, 잠실 장미 아파트.

다혜의 집 침대에 다혜가 앓아누워 있다. 다혜는 온몸이 아프고 입술이 다 터서 아무것도 먹을 수가 없었다. 물만 마셔도 토할 정도로 아팠다. 다혜는 간신히 몸을 일으켜서 씻고는 병원을 찾아갔다. 진찰을 하더니 의사 선생님은 산부인과에 가보라고 말했다.

잠시 후, 새 생명 산부인과 진료실.

다혜는 임신이었다. 임신 4개월째였다. 다혜는 집으로 돌아와서 손으로 뱃속의 피붙이를 끌어안고 엉엉 울었다. '그 사람이 알면 얼마나 좋아했을까? 그 착한 사람이 얼마나 우리 아기, 우리 아기 하며 얼마나 예뻐했을까? 내 배를 쓰다듬으며.' 하고 생각하다 아기의 초음파 사진을 보며 한참을 엉엉 울었다.

영찬과 다혜의 사랑의 결실인 아기. 이제 다혜에게도 희망의 끈이 생겼다. 살아가야 할 희망의 끈이 생겼다. 다혜는 일기장을 꺼내 일기를 썼다.

새 한마리 구다혜

울다 지쳐 누워만 있던 외로운 새 한 마리

입으로 피를 토하듯, 슬픔을, 길게 토해내어

내 안에서 길게 토해내어

바람결에 실려 날려 보냈더니

외로운 새 한 마리 슬픈 새 한 마리

예쁜 아기를 가졌네.

예쁜 아기를 가졌네.

새 둥지에서 알을 품듯이 품으며 살아가라고

예쁜 아기를 가졌네.

이제는 아픈 이야기 슬픈 이야기는

모두 다 잊으라고

예쁜 아기를 가졌네.

다음날부터 다혜는 힘을 냈다. 그리고는 일부러 좋은 생각만 했다. 그게 태교에 좋을 것 같아서 그랬다.

다혜는 우선 집 근처 홈플러스와 장미 아파트 지하상가에 가서 장을 봐다가 음식을 잔뜩 만들어서 뭐든 맛있게 먹었다. 아기와 함께 먹는다는 생각으로 더 맛있게 먹었다. 곧 힘이 나자, 다혜는 뱃속의 아기를 손으로 쓰다듬으며 알바를 구하러 다녔다.

며칠 후 혜정에게서 연락이 왔다. 방이동 행복 베이커리 빵집 알바를 구했다며, 면접을 보라고 연락이 왔다. 행복 베이커리는 방이시장 중간쯤에 위치한 빵집이었다. 주인아주머니와 아저씨 두 분이 운영하고 있었다. 주인아주머니와 아저씨 두 분은 무척 좋은 분들이셨다. 다혜는 행복 베이커리 알바를 열심히 다녔다. 출산 비용을 벌어야 했기에 열심히 다녔다.

빵집은 오전 7시부터 반죽부터 시작되었다. 얼굴에 빵가루와 밀가루를 묻혀가며 부지런히 빵을 빚고 오븐에 넣으면, 한껏 부풀어 오른 향긋한 빵들에서 풍기는 맛있는 냄새가 다혜는 너무나 행복했다. 오후에는 또 매장 일을 봤다. 가끔은 맛있는 빵도 사장님께서 먹어 보라며 주셨고, 혜정도 자주 놀러왔다.

빵집에서 알바를 한 지 두세 달쯤 지난 어느 날 이었다. 로맨스 소설 속에 서나 등장할 것만 같은 잘생긴 남자가 매일 빵을 사러 왔다. 퇴근 시간 즈음에 늘 빵을 사러 왔다.
"안녕하세요? 또 오셨네요. 손님. 빵을 좋아하시나 봐요?" 하고 다혜가 인사를 건네자, 훤칠하고 잘생긴 남자가 환하게 웃으며 말했다.

"네 빵 많이 좋아합니다. 예쁘신 분의 손길이 닿아서 그런지 예쁜 마음이 닿아서인지 빵이 너무 맛있어서 매일 찾게 됩니다. 혹시 빵 만드실 때, 사랑 한 스푼 사랑 두 스푼 뭐 이런 거 넣으신 거 아니죠? 포근하고 달달

한 미소까지 듬뿍 넣으셨나? 아니면 마음을 넣으셨나? 저 혹시 그리고 전생에 천사는 아니셨어요? 너무 예쁘셔요. 사랑의 꽃가루를 뿌리며 너 심쿵심쿵 하거라 하고 저만 오면 혹시 주문 거시는 거 아니죠? 여기만 오면 왜 이렇게 심쿵심쿵 한지?"

잘생긴 얼굴에 훤칠한 키에 웃는 얼굴.
중저음의 목소리로 말하는 이 남자, 매력적인 이 남자. 그리고 입고 오는 옷들마다 굉장히 비싼 명품들로 싸매고 오는 이 남자. 거기에다 유머와 위트까지 갖춘 이 남자. 웬만한 여자들은 아마 심장이 떨리기 전에 다리가 먼저 후들후들 떨릴 것 같은 이 남자가 햇살처럼 다가오고 있었다.

그날 저녁 일곱 시쯤이었다.
장미 아파트 앞 횡단보도 앞에서 하늘의 조작인지 운명의 조작인지 악마의 조작인지, 파란 신호등불이 갑자기 빨간불로 확 바뀌어 버렸다. 다혜는 횡단보도를 건너고 있었고, 횡단보도 중간쯤에 다혜가 있었다. 그때 오토바이가 다혜쪽을 향해 달려들었다. 이런 급작스런 상황에 다혜는 다리가 후들후들 떨려서 한 발짝도 움직일 수가 없었다. 그때 다혜의 손목을 낚아채는 손길이 있었다. 누군가가 다혜를 온몸으로 감싸며 끌어안고는, 한 손을 높이 들어 횡단보도를 건넜다. 다혜는 횡단보도를 건너자마자 땅바닥에 털썩 배를 감싸며 주저앉아 버렸다.

"괜찮으세요?" 하며 묻는 남자를 다혜는 그제서야 바라봤다.
둘은 서로를 보고 깜짝 놀랐다. 그 남자는 다혜가 다니는 빵집 손님, 그 남자였다.

"감사합니다. 구해 주셔서요." 하고 다혜가 인사를 건네자, 남자는 "괜찮으세요? 다치시지 않으셨어요?"하며 걱정스런 표정을 지어 보였다. 다혜가 "덕분에 괜찮아요, 감사합니다."하고 인사를 건넸다.

잠시 후, 두 사람은 근처의 작은 커피숍에서 마주 앉았다. 두 사람은 커피를 마시면서 서로의 안부를 물었다. "혹시 급한 일 있으시면 전화하세요." 하며 다혜를 구해준 잘생긴 훈남은 명함을 건넸다.

하이테크 시스템, 대표 박준호. 회사는 분당.
다혜는 명함을 받아든 후, 명함을 지갑에 넣으며 말했다.
"바쁘실 텐데 어떡해요...죄송해요. 시간 너무 뺏은 거 아니에요? 구해주셔서 다시 감사드립니다. 제 이름은 주다혜에요. 그런데 어떻게 여기까지 오셨어요?"

그러자 박준호는 웃는 얼굴로 말했다.
"사는 곳이 근처예요. 스타리버 아파트라고 이 근처에 있어요."

옅은 핑크색 니트 롱원피스를 입은 다혜는 옷은 평범하게 입었지만, 굉장히 우아해 보였다.
다혜가 커피를 한 모금 마시고는 박준호의 눈을 맞추며 말했다.
"진짜 신기하네요? 같은 동네 살아요. 저는 저 앞 장미 아파트에 살아요. 그런데 여기서 어떻게 그 먼 방이동 빵집까지 빵을 사러 오셨어요?" 하고 물었다.

그러자 박준호도 커피를 한 모금 마시고는 말했다. "실은요 다혜씨. 제가 볼일이 있어서 우연히 다혜씨 계신 빵집에 갔다가 천사처럼 예쁘신 다혜씨한테 한눈에 홀딱 반했다고나 할까요? 그래서 매일 빵집에 가게 됐습니다. 괜찮죠? 저 혹시 또 못 오게 하는 건 아니시죠?" 하면서 씨익 웃어 보였다.

다혜는 박준호의 칭찬이 부끄러운지 어깨에 걸친 검정색의 크로스백 가방에서 작은 손거울을 꺼내서 자신의 얼굴을 이리저리 살펴보고는 다시 거울을 가방에 넣으며 "에이, 제가 뭐라구요...예쁘지도 않은데. 요즘 예쁘신 여자분들이 얼마나 많은데요? 예쁘게 봐주셔서 감사합니다." 하고 수줍게 입을 가리며 말했다.

준호는 다혜의 그런 여성스런 모습에 다시 한번 가슴이 심쿵했다. 준호는 천사처럼 예쁘면서도 착하고 우아한 다혜가 진심으로 사랑스러웠다. 그런 다혜를 보며 준호가 말했다.

"정말이에요, 엄청나게 예쁘셔요. 전 태어나서 다혜씨처럼 예쁘신 분, 진짜 평생 처음 봤어요. 저 진짜 감사드려요. 제 눈에 띄어 주셔서요." 하고 박준호가 웃으며 말했다.

그러자 다혜가 말했다. "아무튼 감사드려요. 그리구 저 유부녀예요. 뱃속에 아기까지 있구요. 임신 7개월 됐어요."
다혜가 자신의 배를 쓰다듬자 박준호가 다혜의 얼굴을 바라보며 물었다.
"그럼, 남편분은 뭐 하시길래 이렇게 예쁘신 분을, 더군다나 임신까지 하신 분을 빵집에서 일을 하게 해요? 그리고 이렇게 늦은 시간까지요?"
그 말에 다혜는 "아무튼 사정이 있어요" 하고 얼버무렸다. 그러자 준호가 다시 물어왔다.
"저 빵집은 계속 가도 되죠? 다혜씨 보러요. 괜찮죠?" 하고 다시 물어왔다.
그러자 다혜는 박준호에게 대답 대신 빙그레 웃었다.
박준호는 집으로 걸어가는 다혜를 한동안이나 멍하니 바라봤다. 그리고는 뭔가 사연이 있을 거라 생각했다.

 그 무렵 우면동.
 '이러다가 혹시 영찬이 집으로 다시 돌아가지 않을까? 주다혜가 끝까지 이혼을 안 해주면 어떡하지?' 하는 강박관념이 생겨버린 하연은 잔혹한 계략을 꾸미고 있었다. 인간이 하지 말아야 할 짓을 꾸미고 있었다.

 김하연이 흥신소 김 팀장과 모처에서 만나고 있다.
 김팀장이 하연에게 뭔가를 보여주며 말했다. "사장님. 시키신 일 잘 처리했습니다. 빵집에서 늘 가까이 서 있는 모습. 장미 아파트 앞 횡단보도에서 끌어안고, 횡단보도를 건너 주는 모습, 단둘이 커피를 마시는 모습 등 사진 아주 잘 나왔습니다, 사장님."

 그러자 하연은 김팀장이 건네준 사진을 보며 말했다.
 "어디 보자? 오, 사진 진짜 잘 나왔네. 나라도 깜빡 속겠어? 김 팀장 실력 좋네? 자 사진은 준비됐으니까, 작업 시작해. 주다혜씨는 이제 바람이 나서 가출한 거야. 요기, 요 남자랑 바람 난거야. 각본 좋고, 시나리오 좋고, 그림 좋고. 자 여기 선불, 3천만 원 받아. 김 팀장 수고했어, 앞으로도 계속 수고해줘. 마무리 잘되면 보수는 두둑하게 챙겨줄 테니까 실수 없이 잘해, 김 팀장. 김 팀장만 믿는다." 하고 하연은 다시 한번 다짐을 시켰다. 김하연은 김 팀장을 시켜서 다혜의 일거수 일투족을 촬영해 악마의 편집을 했다.

 며칠 후, 다혜가 빵집에서 퇴근하는 어둑어둑한 저녁 무렵.
 승합차 한 대가 갑자기 다혜 앞에 멈추더니, 몇 명의 사내들이 달려들어 다혜의 입을 틀어막고는 억지로 차에 태워서 어디론가 사라졌다. 그들은 다혜의 휴대폰까지 뺏어서 꺼버린 후 사라졌다.

하연은 흥신소 직원에게 다시 지시했다. "김 팀장, 주다혜씨 어디 다치게 하지는 말고, 어디 한 6개월만 가둬둬. 알았지? 그리고 이혼소송 끝나면 풀어줘, 알았지?"
'주다혜, 당신은 이제 끝이야. 당신은 바람나서 집 나간거야. 사진도 잘 나왔네 아주. 상간남도 훤칠하게 잘생겼고. 요렇게 끌어안고 다정하게 횡단보도 건너는 사진, 빵집에서 다정한 모습, 커피숍에서 단둘이 커피를 마시는 사진, 바람둥이 주다혜씨 당신은 이제 끝이야.' 하고 사진을 바라보며 하연은 승리감에 도취해 있었다.

이 무렵 승합차는 올림픽고속도로를 달려 미사리를 지나 팔당호 주변의 산비탈에 자리한 빈농가에 섰다. 이들은 그 빈집에 다혜를 가둬놓고는 방문 밖에서 문을 걸어 잠근 후, 그중 나이든 한 명의 사내에게 잘 지키라며 지시한 후에 차를 끌고는 사라져 버렸다.

다혜는 황당하게 당한 일이라 어찌할 줄을 몰라 뱃속의 아기만 끌어안고 울다 지쳐서 쭈그리고 잠이 들었다. 이제 다혜의 생사 여탈권은 이들의 손에 달려있게 되었다. 다혜는 자신을 지키고 있는 인상 좋게 생긴 납치범에게 말했다.

"저 좀 살려주세요, 아저씨. 저 좀 풀어주세요 아저씨. 제발요? 저 아기 가졌어요."하고 사정을 했지만 그 남자는 손가락 하나를 다혜의 입술에 척 갖다 대며, "쉿 조용히 하세요, 안 그러면 혼납니다. 조용히 하세요." 하고 경고를 하듯이 말했다.
다혜는 다시 매달렸다. "아저씨 저, 이렇게 작은 방에 있는 갇혀 있으면

폐쇄 공포 와서 저 쓰러져요. 제발요 저 좀 풀어주세요." 하고 울면서 사정을 했지만 그는 못들은 체 밖으로 나가버렸다.

그러더니 잠시 후, 그 남자는 다시 방으로 들어와서 "아가씨 혹시 소리 지르거나 문밖으로 도망치려거나 하면 다시 꽁꽁 묶어버릴 테니, 그렇게 아세요." 하면서 밧줄을 풀어주고는 방문 밖으로는 나가게 해주었다. 집 밖으로는 나가지 않는다는 조건을 건 채.

그리고는 어디서 구해왔는지 작은 담요를 하나 구해다 건네주고는 물었다. "어디 아픈 데는 없죠? 아프면 말해요? 약사다 줄게요. 뭐 먹고 싶은 건 없어요? 음료수든, 과일이든, 뭐든 사다 줄게요."
그는 이상하게 다혜에게 육체적 정신적 충격을 느끼지 않게 하려고 무척 애를 쓰는듯했다. 친절한 동네 아저씨처럼 다혜에게 친절하게 대했다. 그의 친절과 호의는 다혜를 살짝 당황시켰다. 다혜는 그 남자가 자신에게 잘해 주는 게 궁금해서 물었다.

"왜 저한테 잘해주시는 거예요?"
그러자 남자는 한참 동안을 망설이더니 말했다. "실은 나도 다섯 살짜리 딸을 혼자서 키워요. 아기 때부터 혼자 키웠어요. 그래서 아가씨가 꼭 내 딸 같아서 그래요. 못난 아빠 만나서 딸이 고생했지. 에이." 하면서 눈물을 글썽이더니 밖으로 나가 버렸다.

다혜는 이 납치범이 밖으로 나간 후, 웬지 짠한 감정이 마음에서 느껴지자 급당황을 했다. '내가 왜 납치범한테 이러지?' 다혜는 자신의 마음이 이해가 되지 않았다. 자신을 납치한 이 남자를 자신이 왜 동정하는지 대체 이해가 되질 않았다.

다혜는 다행히 이 남자 때문에 극한의 현실에서도 심한 스트레스와 두려움에 떨고 있지 않아도 되어 일단은 안심을 했다. 자신을 해치지 않고 호의를 베푸는 이 남자 때문에 다혜는 조금은 안심을 하게 되었다.

다음날도 이 남자는 먹을 것을 잔뜩 사다가 다혜에게 넣어 주고는 다시 문밖으로 사라졌다.
그렇게 3일을 다혜는 빈농가에 감금돼 있었다.

이 무렵 준호는 3일째나 빵집에 무단결근을 하는 다혜가 궁금해서 여러 번 전화를 해봤지만 계속해서 전화가 꺼져있자, 112에 실종신고를 한 후 다혜의 흔적을 찾아 나섰다.
준호는 경찰의 도움을 받아서 장미 아파트 근처에 주차돼 있었던 자동차들의 블랙박스와 CCTV에 잡힌 승합차의 동선을 추적해 팔당호 주변까지는 추적을 했으나, 더는 추적을 할 수가 없었다. 그곳은 한적한 곳이라서 더 이상 카메라 따위는 없었다.

이때 준호의 뇌리에 문득 스치는 게 있었다. '아참 다혜씨가 차고 다니던 스마트 손목시계가 있었지? 혹시 톡 한번 보내 볼까?' 준호는 "다혜씨 어디 계세요?" 하고 문자를 보냈다.
그러자 톡톡 톡 하며 답장이 왔다.

그들은 휴대폰을 뺏어서 꺼버렸기에 다혜의 손목시계를 간과했다. 준호는 경찰들의 도움을 받아 다혜의 위치를 추적했다.
준호가 농가 근처로 경찰들과 함께 접근하자, 112의 싸이렌 소리를 들은 보초를 서던 두 명의 사내들은 산으로 도망을 쳐버렸다.

그렇게 초췌한 모습으로 떨며 3일간이나 갇혀 지내던 다혜는 다시 준호의 도움으로 구출이 되었다. 승합차는 대포차였기에 더는 추적 할 수 없었다.
"준호씨 고마워요, 준호씨 고마워요." 다혜는 준호의 품을 끌어안고 한없이 울었다.

돌아오는 내내 다혜는 친절을 베풀었던 납치범 남자의 호의가 마음이 쓰여 '잡히지 마요, 아저씨.'하고 생각했다. 참으로 이해가 안 갔다. 자신이 왜 이런 생각을 하게 됐는지. 다혜는 참으로 이해가 안 갔다.

다혜는 납치되었다가 구출된 삼일 후부터, 행복 베이커리 빵집에 알바를 다시 시작했다.
빵집 사장님과 직원들은 깜짝 놀랐다. "이야, 진짜 나쁜 놈들이네. 어떻게 임신한 여자를 납치할 생각을 다해? 안 그래? 대체 뭐하는 놈들이래? 참 말세네." 하며 혀를 끌끌 찼다.
혜정도 깜짝 놀라기는 마찬가지였다. "와, 진짜 화난다. 뭐하는 놈들이야? 다혜야 경찰에 신고는 했어? 뭐래? 잡을 수는 있대?" 하고 혜정의 속사포 질문이 쏟아졌지만, "글쎄? 그게, 인상착의는 말해 주긴 했는데 전부 다 마스크를 쓰고 있어서 뭐라고 딱히 말할 수가 없었어. 옷 입은 거, 모자 색깔, 마스크 색깔 그걸로 어떻게 잡겠어?" 하고 말끝을 흐렸다.

"알았어. 다혜야, 오늘부터 내가 퇴근할 때 같이 다녀 줄게, 알겠지 다혜야?" 하며 혜정은 늘 다혜가 퇴근할 때마다 찾아와 두 달 가량을 보디가드처럼 붙어 다녔다. 다혜는 퇴근 할 때마다 하나둘씩 아기용품들을 사다 놓았다.
다혜는 출산일이 다가오고 있었지만 알바를 조금 더 다닐 수밖에 없었다. 산부인과 병원비며, 아기용품들 준비며 돈 들어갈 곳이 많았다.

그해 겨울, 눈송이가 하늘하늘 내려온 세상을 하얗게 덮던 날. 다혜는 천사처럼 예쁜 딸을 낳았다. 그리고 엄마가 되었다.

다혜는 아기가 아빠 없이 세상에 태어난 게, 불쌍하기도 안쓰럽기도 했지만 함께할 가족이 생겼다는 기쁨에 두려움이 없었다. 그리고는 보름달보다도 더 커다란 보석을 가슴에 끌어안는 태몽 꿈도 꾸었다. 다혜는 아기의 이름을 연주라고 지었다. 태연주...사랑 戀(연)에, 구슬 珠(주). 보석처럼 귀한 사랑받으라고 연주라고 지었다.

다혜는 산부인과에서 혼자서 아이를 낳았다. 그리고 산후조리원에서 혼자 요양을 했다.

혼자서 아기를 출산한 다혜는 서럽고 서러웠다. 엄마 생각이 더욱 간절했다. 엄마가 있었으면 산후 조리도 해줬을 텐데 하며 눈물을 흘리다가 잠시 후 다혜는 잠이 들었다.

생명의 발원지, 생명의 젖줄인 태백산 산자락 산비탈.

"엄마 와, 냉이 꽃이다. 진짜 봄인가봐 엄마, 이 따뜻한 봄은 어디서 오는 거야 엄마?"

"글쎄?" 하고 엄마는 한참을 생각하다가, 검지 손가락으로 산 너머를 가르키며 말했다.

"저기, 저 산 너머에서 오지 않을까?"

엄마의 말에 아이가 "엄마, 좀만 더 있으면 도라지꽃도 피겠지? 그럼 그때 도라지 캐러가자?" 하고 묻자 엄마는 "응 그러려무나." 하고 대답하시고는 허리를 쭉 한번 펴셨다가 다시 부지런히 밭을 매셨다.

이 아이는 엄마와 단둘이 산다. 아빠는 몇 해 전에 돌아가셨고, 그렇게 엄마와 단둘이 산다.

 엄마 혼자 아무리 열심히 일을 해도, 밭이 주는 거래야 보잘 것 없었다. 겨우 입에 풀칠하는 정도였다. 구름이 산등성이를 걸치자 엄마 곁에서 뛰어놀던 아이는 엄마에게 물었다.

 "엄마, 이건 뭐야?" 하고 물었다.

 그러자 엄마는 이마에 흐른 땀을 손등으로 닦으며 말했다. "다혜야, 이건 여기에서는 안개지만 산 밑에 사는 사람들이 보면 구름이야."

 다혜가 말했다. "와, 신기 하네 엄마...어떻게 구름도 됐다가 안개도 됐다가 그래?" 하고 눈을 동그랗게 뜨며 신기해했다.

 그러자 엄마가 말했다. "다혜야, 구름이 우리 다혜 보러 잠깐 놀러왔거나, 아님 지나가는 길에 들른 거 아닐까?"

 그 말에 다혜는 안개 속을 엄마 곁을 걸으며, 안개를 마시며 빙빙 빙 돌다가 이내 한껏 기분이 좋아졌는지 깔깔깔 웃어대며 두 팔을 벌리고는 또다시 빙글빙글 돌아댔다. 두 팔을 벌리고는 빙글빙글 뛰어놀던 다혜가 엄마 곁에 다가와 엄마 팔을 붙잡고는 말했다.

 "그러면 엄마랑 나랑은 선녀야? 신선들이나 선녀들처럼 구름 속에 사는 거야? 엄마 나 봐봐....내가 막 이렇게 뛰니까 손오공이 구름타고 하늘을 나는 것 같지 않아 엄마?" 하고 말하며, 다혜는 밭을 매는 엄마의 곁을 두 팔을 한껏 벌리고는 한참을 빙글빙글 돌며 뛰어 놀았다.

 10년 후, 태백 장성여고.

 장성여고 교무실에 따르릉 따르릉 하고 전화벨이 울렸다.

 "거기, 태백 장성여고죠? 여기 태백 병원인데요. 거기 주다혜 학생한테 좀 알려주세요. 엄마가 갑자기 쓰러지셔서 돌아가셨다구요." 하고는 전화를 끊었다.

담임 선생님은 다혜를 불렀다.
"다혜야?"
"네? 선생님."
"너 얼른 태백 병원에 가봐라. 엄마가 과로로 쓰러지셔서 돌아가셨단다."
"네? 엄마가요? 갑자기요? 아침에도 건강하셨는데요?" 하며 다혜는 눈을 동그랗게 떴다.

 그리고는 금방 다리가 후들후들 떨리고 온몸이 사시나무 떨리듯 떨렸다. 곧 기운이 쏙 빠져서는 주저앉고 말았다.

 얼마 뒤, 다혜가 허겁지겁 병원에 도착하자 병원 직원들이 다혜를 엄마 영정이 모셔진 곳으로 안내를 했다. 다혜는 몸이 으스러져라 일만 하셨던 엄마가 곁에 아무도 없이 홀로 일하다가 쓰러져 돌아가셨다는 게 너무나 마음이 아팠다.

 그리고 아련한 상상 속인지 꿈속인지에서 엄마가 그토록 일구시려고 애를 쓰시던 엄마의 고독한 대지에서 쓸쓸한 미소로 엄마가 퇴장을 하는 것을 보았다. 죽음의 짐승의 발톱이 그 착한 엄마를, 엄마의 혼을 하늘로 낚아 채가는 모습도 보았다.

 다혜는 하염없이 울었다. 슬픔 속에서 울었다. 응어리진 가슴으로 울었다. 꺽꺽꺽 가슴에서 끄집어내어지는 울음으로 울었다. 휘몰아치는 태풍이 광란을 하듯이 하늘을 저주하며 울었다. 다혜는 엄마와 자신을 갈라놓은 하늘을 미친 듯이 원망했다. 다혜는 찢겨진 가슴을 움켜쥐고 속으로 외쳤다.
 '이 무슨 하늘의 천형이란 말인가? 이 무슨 운명의 장난이란 말인가? 우리 엄마 살려내 하느님. 우리 엄마 살려내.' 하고 울부짖었다.

다혜는 엄마 영정 앞에서 무릎을 꿇고 앉아서 미친 듯이 "엄마, 엄마, 엄마...." 하고 엄마를 불러대며 울었다. 하지만 엄마는 대답이 없었다.
담임 선생님과 단짝이었던 은애와 효원이가 다혜의 어깨를 토닥토닥 두드려 주며 다혜를 달래줬다. 다혜는 선생님과 은애, 효원이와 함께 엄마와 다혜가 살았던 태백산 산자락에 엄마의 유골을 뿌려드렸다.

그날따라 비가 억수같이 퍼부었다. 엄마가 그토록 힘들게 일궈 놓았던 밭고랑들을, 퍼붓는 빗줄기들이 모두 다 쓸어갔다. 홍수가 진 물줄기가 흙탕물을 몰고 와서 쓸어가듯, 엄마의 밭고랑 들을 잔인하게 쓸어갔다. 그렇게 엄마의 밭을 매정하게 쓸어갔다.

다혜는 밭고랑으로 뛰어가 주저앉아서 가녀린 두 손으로, 온몸으로 엄마의 밭을 지키려고 애를 썼다. 울고불고 난리치며 하늘을 원망하면서 밭을 끌어안고 흙을 끌어안고 뛰어다니면서, 미친년처럼 애를 써 보았지만 모두 다 허사였다. 엄마의 밭은 이제 자갈만 남은 자갈밭이 되었다.

다혜는 엄마의 밭에 누워 통곡했다. 머리는 산발이 된 채 온몸은 진흙투성이가 된 채 누워서, 엄마 엄마 엄마 엄마....하고 엄마를 끊임없이 부르면서 악을 써가면서 울었다.
'이제는 엄마 찾지 마라.' 하는 듯 허연 이빨을 드러내며 천둥은 소리쳤고, 번개는 미친년의 눈에서 나는 광채를 번득였다. 다혜는 이 모습들이 소름이 돋을 만큼 무섭고 섬뜩했다. 심장은 팔딱팔딱 뛰어댔다. 검은 하늘은 끝도 없이 비를 퍼부었다.

'팔자는 대물림 되는가?' 다혜는 또 엄마처럼 혼자서 딸을 키우게 생겼다. 꿈을 꾸고 난 다혜의 얼굴은 온통 눈물투성이가 되었다.

다혜는 꿈을 꾸고 난 후 엎드려서 일기를 썼다.

대지   주다혜

슬픔에 젖은 눈으로 말하노라

불 꺼진 유리창 앞에서 말하노라

황폐해진 내영혼의 대지가 거센 소용돌이의 물살에

깊게 패여 쓸려 나갈 때

나는 내 안의 슬픔들을 한강 하구에다 모두 버렸다

그리고 쓸려나간 내 영혼의 대지와 슬픔들은

한강의 모래톱이 되었다

물새들이 알을 낳고

금 비늘 은비늘의 피라미들과 모래모지들이

모래를 머금었다가 토해내는

한강 하구의 모래톱이 되었다

나의 대지는 내안의 슬픔들의 대지는

그렇게 모래톱이 되었다

한강의 모래톱이 된 엄마의 대지와 만나기 위해

내 영혼의 슬픔들은 그렇게 모래톱이 되었다.

6화
히스테리

태영찬이 다혜와 살던 집을 떠난 지 1년째 되던 해, 강남 우면동 김하연의 집.

 순풍에 돛을 단 배처럼 앞날이 창창할 것 같던 영찬의 앞길에 사나운 운명의 폭풍이 성을 내며 기다리고 있었다. 자기가 세상에서 제일 잘 난 줄 아는 하연은 오늘도 영찬의 꼬투리를 잡으려고 온 신경에 안테나를 세우고 있었다. 아직도 이혼 도장을 못 받아온 화풀이로 영찬을 들들볶아 댔다.

 "영찬씨, 혹시 이민 온 거야? 뭔 놈의 후줄근한 옷들을 잔뜩 이렇게 많이 싸온 거야? 다 갖다버려 명품으로 싹 다 사줄게. 그 옷들 전부 부인이랑 살 때 입었던 그 옷 들이잖아? 나 기분 나쁘니까 싹 다 버려 알았지? 오늘 당장."

 그렇게 강짜를 부리던 하연은 잠시 후 영찬에게 말했다.
 "영찬씨, 안 되겠다. 나랑 같이 가서 오늘 아주 끝장내자. 잠실 가서." 하며 하연이 길길이 날뛰자, 영찬은 하연을 붙잡으며 말했다.
 "하연아, 조금만 더 기다리자. 금방 이혼해 줄 거야."
 영찬이 앞을 가로막자 하연은 팔로 영찬의 팔을 뿌리치며 말했다.
 "영찬씨, 왜 그렇게 답답한 소리만 하고 있어? 영찬씨는 인생 공부 좀 더

해야 돼. 쇠뿔도 단숨에 뽑아야 되는 거야? 알기나 알아?"하며 차에 타려고 했다.

그런 하연을 영찬이 힘으로 붙잡자 하연은 어디서 그런 힘이 나오는지 영찬을 확 뿌리치며 말했다.
"나 붙잡지 마. 나 붙잡으면 그냥 안 있어? 놔놔, 놓으라구. 얼른 안 놔? 아아악 아악 노라구 노라구 씨팔." 하고 괴성을 지르고 욕설을 뱉으며 영찬에게 성화를 부려댔다.
그런 하연을 멍하니 영찬이 바라보고 서 있자, "뭐해? 차 안타고." 하며 하연은 소리를 질러댔다.

한 시간 후, 잠실 장미 아파트 다혜의 집.

"띵동띵동" 초인종이 울렸다. 영찬의 얼굴을 확인한 후, 가벼운 면티에 츄리닝 차림으로 있던 다혜가 문을 열어주자 하연이 뒤따라 들어왔다.

깜짝 놀라는 다혜를 개무시한 채 들어온 하연은 다짜고짜 집안을 이리저리 살피더니, 백일 갓 지난 아기가 방긋방긋 웃으며 아기 침대에 누워있자 놀라며 말했다.
"이 아기 누구예요? 혹시 우리 영찬씨 아기 아니에요? 영찬씨, 이 아기 영찬씨 아기면 우리가 데려다 키워야 되는 거 아니야? 영찬씨 말 좀 해 봐? 빨리. 왜 말도 못 해? 당신 바보야?" 하고 하연은 말도 안 되는 헛소리를 지껄여 댔다.

영찬이 "하연아, 하연아, 하연아" 하며 말려도 하연은 막무가내로 아기침대 곁으로 가서 말했다. "영찬씨 혹시 부인이 아기 낳았다고 다시 여기 집으로 와서 살겠다고 하는 거 아니지? 만약 그러면 나 죽는줄 알아? 뭐해 빨리 말 안하고? 어떻게 할지."

영찬은 다혜의 표정을 살피며 주뼛주뼛 말했다.
"저기 다혜야? 이혼은 생각해 봤어? 얼른 이혼해 줘, 안 그러면 너만 더 힘들어져."
말을 마친 영찬의 눈빛은 아기에게로 향했다. 그러자 다혜는 그런 영찬을 가로막고는 다시 두 사람을 막아섰다.

그러자 갑자기 하연은 영찬에게 "뭐해? 영찬씨 얼른 아기 안고 와. 우리가 아기 데려가게 얼른?" 하며 머뭇거리는 영찬 대신 아기를 안으려고 했다. 그런 하연을 영찬이 붙잡았다.

그러자 하연은 영찬을 째려보며 말했다. "왜? 아기 보니까 맘 변했니? 마음이 변했냐구 영찬씨? 다시 이 집으로 오고 싶어 그래? 아니면 얼른 말해 이혼해 달라고."

그래도 영찬이 여전히 목석처럼 서 있자 하연은 다시 다혜에게로 시선을 돌려 말했다.
"사모님? 좋게 말할 때 얼른 이혼해 주세요. 안 그러면 변호사 선임해서 아기까지 데려갈 테니까요. 아시겠어요? 고집도 적당히 부려야지." 하고 다혜를 겁줬다.

그러자 여기까지 듣고 있던 다혜가 아기가 놀랄까 봐 조용한 말로 말했다. "무슨 헛소리야? 니가 왜 내 아기를 데려가? 너 미쳤냐? 눈에 뵈는 게 없냐? 누구 맘대로 아기를 데려가? 너 필터 없냐? 넌 필터도 없냐고?"

그 말에 하연은 "무슨 필터? 우리 집 정수기에는 필터 있는데?"하고 놀리듯이 팔짱을 끼고 말했다.

"니 뇌에는 필터 없냐구? 어떻게 말 나오는 대로 지껄여? 필터 한 개 가지고 안 되면 두 개 끼워 이년아. 두 개 가지고 안 되면 세 개 끼우고. 어떻게 하는 말마다 천박하고 쌍스럽냐? 쌍스러운 것도 폭력이야 이년아. 언어폭력 이년아. 니가 부자 아빠 믿고 이러나 본데, 니네 아빠가 이룬 욕망의 탑 그거다 약자들의 고혈 위에 세워진 거야 이년아." 하고 다혜는 훈계를 하듯 탁자 위에 턱을 괴고는 말했다.

그러자 하연도 지지 않고 빙긋이 웃더니 비웃듯 다혜를 보며 말했다.
"뭐? 욕망의 탑? 고혈 위에? 우리 아빠 부는 신이 주신 부야. 타고난 부자 팔자. 포도나무 심으려고 물 잘 빠지는 자갈밭 사놓으면 거기에 아파트 들어오고, 땅콩 농사 지으려고 모래밭 사놓으면 거기에 신도시 들어오고 그런 게 바로 신이 설계해서 신이 주신 부야. 재벌 사주팔자라고 씨팔, 어쩌라는 거야?"
다혜는 하연의 말에 더는 할 말이 없었다. 그리고는 속으로 생각했다.
'진짜 부자 팔자는 따로 있나?'

순간, 하연이 벌떡 일어나서 말했다.
"영찬씨 우리 아기부터 데려가자." 하며 아기에게로 가려고 하자 다혜가 얼른 일어나 양팔을 벌려서 하연을 가로막자, 하연도 눈을 부릅뜨며 말했다.

"왜, 내가 지금 못 데려가면 포기할 것 같아요? 돈이면 안 되는 거 없어요. 잘나가는 비싼 변호사 몇 명 붙이면 사모님 우리 못 이겨요. 당장 도장이나 찍어요, 여기 서류에." 하고 말하며 하연이 이혼 서류를 식탁 위에 올려놓자, 다혜는 이혼 서류를 집어서 확 찢어 버렸다.

그러자 하연이 비웃듯이 의기 야양하게 말했다. "말로는 안 되겠네? 이 언니 어디 혼 좀 나봐야지? 말로 안 되는 사람들은 법으로 해야 돼. 그리고 법 무서운 줄 모르고 사는 사람들은 법한테 혼 좀 나봐야 돼 무식한 것."

다혜는 하연의 이런 행동들이 대체 뭔 황당한 궤변인지 이해가 안됐다. 다혜가 속으로 '이런 또라이 같은 년' 하고 말하자 하연은 '난 니가 무슨 말 했는지 다 알아. 뭔 생각 했는지도 다 알고. 내가 다 꿰뚫어 봤다.'하는 표정으로 다혜를 한참을 째려보다가 영찬의 팔을 끌고는 나갔다.

다혜는 그들이 나가자 겁이 덜컥 났다. 다혜는 얼른 아기를 품에 꼭 안고 눈물을 흘렸다.
다혜는 영찬이 야속했다. "줏대 없이 하연이 시키는 대로만 하냐? 그래도 같이 살았던 부부의 정도 없니? 아기는 안 된다고 그년을 제지하면 안 됐었니? 어떻게 그렇게 한마디도 못해? 병신같이. 허우대는 멀쩡해가지고? 그리고 또 왜 그러고 살아? 꽉 잡혀 가지고." 하며 다혜는 영찬을 원망했다.

다시, 우면동 하연의 집.

집으로 돌아온 하연도 겁이 나기는 마찬가지였다. 아기를 본 영찬이 혹시라도 짐을 싸서, 다시 다혜의 집으로 돌아갈까봐 겁이 났다.

그날부터 하연의 닦달이 더 심해졌다. 매일 시비를 걸고, 우라질 놈의 히스테리인지, 의부증인지 뭔지가 생겨서 이혼 도장 빨리 받아오라며 닦달을 해댔다.

 그렇게 하연의 히스테리가 시작되었다. 밤이건 낮이건. 영찬이 편의점에 맥주만 사러 가도 따라 나섰다. 또 TV를 보다가 예쁜 여자 주인공이 나오면 하연은 그걸 가지고 영찬에게 시비를 걸어댔다.
 "왜? 저 여자가 그렇게 예뻐? 왜? 저 여자랑 자고 싶어? 저 여자 부인이랑 닮았네. 왜? 부인 생각나? 아니면 왜 그렇게 빠져들듯이 보는 건데? 나는 이제 시들해졌다 이거야? 단물 쓴물 쪽쪽 다 빨아먹고 질리니까, 이제 버리시겠다?" 하고는 TV를 확 꺼버렸다.
 그러면 영찬이 "아니 대체 왜 그래? 회사 그만두래서 회사 그만둬, 하루에 몇 번씩 휴대폰 검사도 받아, 하루 종일 눈에 띄는 곳에도 있어줘, 날더러 대체 뭘 더 어쩌라는 거야?"하고 화를 내면, 하연은 파르르 주방으로 들어가 술을 꺼내다가 마셔댔다.

 그리고는 영찬이 편의점만 다녀와도 왜 이렇게 늦었냐며 의부증이 있는 여자처럼 영찬을 추궁했다. 영찬은 이런 하연에게 점점 더 숨이 막혀갔다.

 영찬이 "야, 김하연. 나 편의점 갔다 오는데 몇 시간 걸려? 오 분 십 분 만에 어떻게 잠실까지 가서 다혜를 만나고 와? 대체 왜 그래? 하연아 너 혹시 병 있니? 의부증이니?" 하고 화를 내면, 하연은 영찬의 의부증이라는 말에 더 흥분을 했다. 그리고는 거실의 집기들을 마구마구 집어 던지며 길길이 날뛰며 소리 쳐댔다.

 "그래, 나 의부증이다, 미친년이다. 죽은 사람 소원도 들어 준다는데? 그깟 산 사람 소원하나 못 들어줘? 누가 날 이렇게 만들었는데? 그깟 이혼 도장 하나 못 받아와? 이혼 도장만 받아오면 큰 회사 하나 차려 줄게. 외제차도 한 대 뽑아주고." 라며 하연은 레파토리처럼 이혼 얘기를 해댔다.

하연은 의부증이 라는 영찬의 말에, 충격을 받았는지,
분을 이기지 못한 듯 소리소리 지르고 성질성질 부리고,
하루에 한 번꼴로 싸우게 되었다.
그리고 싸우게 되는 이유가 늘 어이가 없었다.
편의점만 갔다 와도 "왜 그렇게 늦었냐?
전부인 만나고 왔냐?" 전화만 와도 "누구냐?"
늘 이렇게 영찬을 들들 볶아댔다.

이렇게 작은 일에도 늘 성질내는 하연에게, "하연아 나 여기 있잖아? 나 어디 안 가잖아? 성질 좀 그만 내, 왜 이렇게 날뛰어 대체 매사에. 나 어디 안 도망가." 하는 영찬의 다독이는 말에도 하연은 다시 꼬투리를 잡으며 "뭐? 날뛰어?" 하며 뒷목을 잡고 쓰러졌다.
영찬이 몇 날 며칠째 이렇게 엄청난 스트레스를 받자, 탈모 증상이 왔는지 머리숱은 빠져가고 있었고 그의 남성마저도 점점 힘을 잃어갔다. 영찬은 그런 하연에게 점점 더 숨이 막혀왔다. 조만간 둘 다 울화병이 걸리던지, 심장마비가 오던지 그럴 지경이었다. 두 사람은 점점 더 미쳐가고 있었다. 돈 많고, 어리고, 예쁜 여자랑 산다고 행복한 게 아니란 걸 영찬은 이제 서야 서서히 깨달아 가고 있었다.

공짜가 제일 비싸게 먹힌다는 말이 있듯이, 쉽게 얻은 게 제일 비싼 값을 치룬다는 교훈을 영찬은 뒤늦게야 알게 된 것이다.

마천동 남한산성 자락의 골목길.

불량남편 101

몸이 좋고 키가 큰 남자가 집으로 걸어가고 있었다. 그런데 어디선가 날카로운 여자의 비명소리가 들려왔다.

"살려주세요....살려주세요....제발 살려주세요...아무도 없어요? 아무도 없어요?" 하는 도움을 요청하는 소리에 남자는 비명소리가 나는 곳으로 바람처럼 달려가 보니 10여 명의 양아치들에게 둘러싸여 위기에 처한 가냘픈 아가씨가 도움을 요청하고 있었다.

이 모습을 보고 몸이 좋고 키가 큰 남자가 "야, 니들 뭐야 이 새끼들아?" 하고 소리쳤다.
그러자 놈들 중 한 명이 건방진 투로 말했다. "야, 끼어들지 말고 그냥 가던 길 가라. 다치기 싫으면."
그 말에 남자는 겁도 안 나는지 놈들에게 다가가며 "야, 니들 장래 희망이 깜빵이냐?" 하고 말했다. 그러자 우두머리인듯한 놈이 남자에게 손가락질을 하며 말했다. "야, 재 뿌리지 말고 가라고 새끼야."

그러더니 그중에서 덩치가 제일 큰 온몸에 문신을 가득 새긴 놈이 빡빡 빨아대던 담배를 바닥에 획 집어 던지고는 고개를 치켜들면서 다가오더니 "이 새끼가, 실시간으로 까부네?" 하며 남자에게 주먹을 냅다 내질렀다.

그러자 남자는 혀를 내두를 정도로 날렵하게 놈의 주먹을 피하며 "누구 맘대로 이 새끼야?" 소리치며 순식간에 놈의 팔을 붙잡아 비틀어서 확 꺾어 버렸다.
놈의 팔에서 우두둑 소리가 나더니 다시 뚜두둑 하면서 팔이 부러지는 소리가 났다. 그러자 덩치 큰 놈은 비명 소리를 질러댔다. "아아아....아아악.... 안 놔 이 새끼야...내팔 내 팔...."

그러자 남자는 비웃듯 말했다. "왜? 엄청 아파서 죽을 거 같지?" 하며 놈의 아구창을 날려버렸다. 그러는 사이에 두 놈이 또 달려들었다. 남자는 순식간에 주먹을 날려 놈들의 턱주가리를 퍽퍽하고 가격을 했다. 놈들은 턱주가리를 끌어안고 나뒹굴었다.

 남자는 쓰러진 놈들을 발로 마구마구 짓밟으며 말했다. "야? 이 새끼들아 니들은 얼굴이 가드냐? 주먹이 날라 오면 얼른 피해야지 얼굴로 방어를 하냐? 무식한 새끼들아?" 하면서 마치 춤을 추듯 이리 뛰고 저리 뛰고 이리 구르고 저리 구르고 하면서 놈들을 마구마구 처치해 나갔다.
 그리고는 다시 달려드는 놈들에게 주먹을 날리며 소리쳤다.
 "어쭈구리 요놈 봐라? 너도 얼굴로 가드를 하겠다? 야이 병신아 주먹이 먼저 나와야지 얼굴부터 들어오면 어떡하냐?"하면서 몸을 쌩하고 날리며, 돌려차기로 날렵하게 놈의 관자놀이를 가격해 또 한 놈을 쓰러트렸다.

 남자는 놈들을 마치 무슨 샌드백을 다루듯이 주먹과 발차기를 마구마구 날려댔다.
 그러자 기절한 놈, 뇌진탕으로 쓰러진 놈, 큰 대자로 뻗은 놈 등 별별 놈이 다 있었다.

 잠시 뒤, 남자는 여유 있게 말했다. "야, 다음 놈 나와 봐?"
 순간, 몽둥이가 날아와서 남자의 뒤통수를 후려쳤다. 그러자 남자는 아무 일 없었다는 듯 고개를 좌우로 돌리며 목에서 우드득 소리를 냈다. 그리고는 놈들에게 말했다.
 "야? 내가 일부러 한 대 맞아 준거다. 뭐 별것도 아니네?" 하자 그중 우두머리인듯한 놈이 말했다.
 "병신아 그렇게 방심하니까 쥐어터지기나 하지. 그건 어디서 배운 허무

맹랑한 무술이냐? 뭐? 일부러 맞아주는 무술도 다 있냐?" 하고 지껄여댔다. 그러면서 다시 "야 그 뻣뻣한 몸으로 되겠냐?" 하더니, 고개를 돌려 인상이 더럽게 생긴 놈에게 말했다. "야 똥개. 니가 이 새끼 좀 혼내줘라."

그러자 진짜 인상이 더럽게 생긴 잔인해 보이는 놈이 남자의 앞으로 서서히 걸어 나오며 "마침 몸도 근질근질 했었는데……이 몸이 직접 한번 나서볼까." 하더니 남자에게 앞발 차기와 주먹을 동시에 날렸다.

남자는 한 발자국 뒤로 훌쩍 물러서더니 옆쪽으로 몸을 살짝 비틀면서, 순식간에 놈의 턱주가리에 주먹을 꽂았다. 그러자 놈은 남자의 주먹 한방에 턱에서 우지직하고 부러지는 소리가 나더니 "컥" 소리를 내면서 쭉 뻗어서 나뒹굴었다.

잠시의 정적이 흐른 후, 우두머리 놈은 놀란 표정으로 "야, 한 번에 다 덤벼, 단체로 다 덤벼." 하고 외쳤다. 그러자 우두머리 놈의 외침과 동시에 "야, 저 새끼 죽여...야 저 새끼 보내버려" 하며 놈들은 고함을 지르며 단체로 달려들었다.
무서운 싸움이 시작되었다.
야구방망이, 쇠파이프 등이 엄청난 속도로 날아왔다. 쇠파이프 하나가 남자의 뒤통수를 아슬아슬하게 비켜 나갔다. 그러자 남자는 인정사정 봐주지 않고, 손날치기를 사정없이 휘둘러 놈들의 목을 후려갈기며 공격했다.
여기저기서 비명 소리가 난무했다. "아이쿠 아이쿠……컥 억억억……퍽퍽……억억…… 윽윽윽……퍽퍽……"하고 수도 없이 때리는 소리와 얻어맞고 쓰러지며 비명을 지르는 소리가 난무했다.

우두머리 놈이 남자를 향해서 소리쳤다. "야? 허세 부리지 말고 꺼져라."

그러자 몸 좋은 키 큰 남자가 우두머리 놈에게 "야? 니들은 싸움의 목표가 겨우 연약한 여자냐? 이 남자답지 못한 양아치 새끼들아?" 하고는 우두머리 놈의 죽통에다 눈을 부릅뜨고 돌려차기를 날렸다.

놈의 눈에서 번개가 번쩍 하는 듯하더니 쭉 하고 큰 대자로 뻗어 버렸다. 그러자 놈들은 겁을 먹었는지 당황한 얼굴로 슬금슬금 뒷걸음질을 치면서 도망치기 시작했다. 이 남자는 그야말로 상 남자였다. 정의의 사도였다.

이 모습을 실시간으로 바라보던 아가씨는 이 남자가 자기가 본 남자 중에서 최고의 멋진 남자처럼 보였다. 마치 무술 영화의 주인공처럼 보였다. 모르는 여자 하나를 지켜주려고 싸우던 그 모습이 정말로 멋있게 보였다.

20대 초반의 아가씨는 피부와 얼굴이 뽀샤시하고, 새하얗고 우아하고 착해 보였다. 그리고 엄청나게 예뻤다. 한번만 웃어주면 남자들이 다 넘어갈 정도로 웃는 미소까지도 너무나 아름다웠다. 눈은 커다랗고 깊었으며, 귀여운 볼살이 특히나 이 아가씨를 더 어리게 보이게 했다.

아가씨는 엄청나게 겁먹은 얼굴로 오들오들 떨면서 말했다.
"저 구해주셔서 감사합니다....." 하며 눈물을 뚝뚝 흘렸다.
그러자 남자는 다정스런 목소리로 말했다. "어휴, 큰일 날 뻔 하셨어요. 이 동네는 으슥해서 늦게 여자혼자 다니면 위험해요. 제가 집근처까지 모셔다 드릴게요."
남자는 후들후들 다리가 떨려서 걸음조차 제대로 못 걷는 아가씨를 팔을 잡고 부축해 집근처까지 데려다 주었다. 아가씨는 남자에게 전화번호를 알려주면서 감사하다는 표정으로 "제가 나중에 커피 한잔 사드릴게요. 진짜 감사합니다, 고맙습니다." 하며 연신 고개를 숙여 인사를 건네고는 집으로 들어갔다.
 며칠 후, 마천동의 한 커피숍.

 얼마 전에 남자가 구해 주었던 아가씨와 남자가 만나고 있었다. 커피숍 분위기는 따뜻하고 아늑했으며 깔끔하면서도 은은한 조명과 군데군데 배치된 화초들이 커피숍의 분위기를 더 살아나게 했다.

 아가씨가 먼저 입을 열었다. "저, 구해 주셔서 진짜 감사드립니다."
 그러자 남자는 선녀보다 아름다운 아가씨와 눈도 잘 못 마주친 채, 부끄러운 표정으로 말했다.
 "에이 별것도 아닌데요, 뭐. 혹시 어디 다치신 데는 없으시죠?"
 아가씨는 남자의 그런 모습이 순수하게 보였다. 아가씨가 얼굴에 미소를 띠며 말했다.
 "저, 제 이름은 주다혜예요." 하고 아가씨가 먼저 자신의 이름을 말했다.

 그러자 남자도 그제서야 긴장이 좀 풀렸는지 편안한 표정과 말투로 말했다.
 "얼굴만큼이나 아름다운 이름이네요. 전 태영찬입니다. 강남에 있는 회사 다니구요." 라고 말하는 동안에도 남자는 계속해서 흘깃흘깃 아가씨를 스캔했다.

 아가씨가 손거울을 꺼내 보면서 연분홍 립스틱을 입술에 바르는 모습도 예뻤고, 생글생글 웃는 모습은 애간장이 다 녹을 정도였다.

 그리고 아가씨에게서는 엄청나게 달콤한 향이 났다. 그녀의 커다란 눈동자는 새까맣고 호수처럼 깊었으며, 그녀의 치렁치렁한 웨이브끼 있는 풍성한 긴 머리칼은 꽂고 나온 빨간 머리핀과 굉장히 잘 어울렸다. 그리고 말투까지도 얼마나 사분사분 한지, 마치 동화책을 읽듯이 또박또박 차분했다.

 영찬은 갑자기 그녀를 꽉 끌어안고 싶어졌다. 태영찬은 스스로 깜짝 놀랐다. 그리고는 자신에게 욕을 했다. '에라이 나쁜 놈아, 니가 인간이냐? 어떻게 며칠 전에 지켜주려고 했던, 아기 사슴처럼 떨고 있던 아가씨를 욕보일 생각을 하냐? 또라이 정신병자 같은 놈아.' 하고 저주를 퍼부었다.

 양아치들과 싸우면서 지켜주려고 했던 아가씨를 덮치고 싶다는 생각을 했는지 영찬은 자신을 이해할 수가 없었다. 그만큼 주다혜는 예쁘고 아름답고 황홀했다. 마치 여신을 보는 듯했다.

 찬 바람이 불어대는 12월의 끝자락.
 영찬과 다혜가 손을 꼭 잡고 마천동 시장을 지나, 언덕으로 한참을 더 올라가다 좁디좁은 골목길로 쭉 더 들어가더니 허름한 집안으로 들어가 반지하 쪽방으로 들어갔다. 영찬이 씻는 사이에 다혜는 주방으로 들어갔다. 신혼 살림살이래야 보잘것 없었다.

 다혜가 가스레인지 위에 뚝배기를 올려놓고 부지런히 풀은 된장 국물에 두부를 썰어 넣고, 양파, 감자를 썰어 넣고, 잘게 썬 청양고추와 각종 양념을 찌게에 넣자 식욕이 확 당기는 맛있는 된장찌개 냄새가 온 집안에 가득 퍼졌다.

 "영찬씨, 얼른 밥 먹자. 밥 다됐어. 배고팠지? 얼른 먹어." 하며 다혜가 밥상을 다 차려놓고 영찬을 부르자, 영찬은 깜작 놀라는 표정을 지으며 숟가락을 들으며 말했다.

"와, 여보야 언제 이걸 다 차렸어? 완전 진수성찬이네? 고마워 잘 먹을 게. 여보 이리 와서 같이 먹자." 하고 말하며 다혜를 불렀다.

그러자 다혜가 웃으며 말했다. "에이 여보, 반찬도 몇 개 없고 이렇게 작고 초라한 밥상을 진수성찬이 뭐야?"
다혜가 웃으며 말하자 영찬은 싱글벙글 웃는 표정으로 말했다. "나한텐 우리 색시가 차려 주는 게 진수성찬이고 세상에서 제일 맛있는 밥상이야. 고마워 우리 색시, 맛있게 잘 먹을게."

영찬은 몇 분도 안 돼서 밥 한 공기를 뚝딱 비웠다. 그리고는 또 한 공기를 뚝딱 비웠다.
이 모습을 흐뭇하게 바라보던 다혜가 행복한 미소를 지으며 눈에서 살짝 눈물을 흘렸다. 다혜는 반지하의 작은 창문으로 고개를 빼꼼히 내밀고는 커다란 보름달과 무수히 많은 별빛들을 바라보다가 말했다.

"영찬씨? 여기 좀 봐봐? 세상에, 어쩜 보름달이 쟁반보다 더 크게 보여. 그리고 또 별빛들은 얼마나 많은? 금방 막 쏟아질 것 같아. 같이 보자 얼른 와 봐." 하며 다혜가 들뜬 듯 말하자, 영찬도 다혜의 곁에 서서는 말했다.
"와, 진짜 신비로운 세상에 와 있는 거 같네? 어쩜 이렇게 별빛들이 머리 위에 있는 거 같지? 달도 그렇고." 두 사람은 반지하의 창문턱에 턱을 괴고 서서는 한참을 커다란 달빛과 별빛들을 바라봤다.

잠시 후, 두 사람은 잠자리에 들어 서로를 끌어안고 행복에 겨운 미소로 서로를 안아주며 키스를 했다. 그러다 영찬은 다혜의 옷을 하나씩 모두 다 벗겨냈다. 그리고는 자신도 후다닥 옷을 벗고는 다혜를 끌어안았다. 그러자 두 사람의 체온이 냉기가 돌던 집안을 따뜻하게 만들어 주었다.

영찬이 다시 다혜의 새하얀 몸 위로 올라가 한 손으로는 다혜의 풍성하고 향기로운 머리칼을 쓰다듬도, 한 손으로는 부드럽게 다혜의 새하얗고 커다란 풍만한 젖가슴을 움켜쥐고는 입으로 가져다가 맛있는 아이스크림을 먹듯이 핥아먹었다.

그리고는 좀 더 아래로 내려가 다혜의 새하얀 대리석 기둥을 지나 그녀의 신전이 머무는 세상의 모든 어머니의 강, 세상의 모든 강의 발원지, 그녀의 계곡을 탐했다. 그러자 그녀의 계곡에선 맑은 물줄기가 샘솟듯 솟았다. 영찬은 마음껏 계곡물을 들이켜 갈증이 가시자, 다시 계곡을 거슬러 올라가 두 손으로 그녀의 풍만한 젖가슴을 움켜쥐고는 손가락들과 입술과 혀로 다혜의 은밀한 곳을 한참을 애무 해대며 다혜의 애를 태웠다.

다혜는 잠시 후, 거대하고 뜨거운 그것이 자신의 계곡 동굴 속으로 쑤욱 하고 밀려 들어오는 것을 느꼈다. 그러자 다혜의 은밀한 그곳과 온몸에 쾌감들이 밀려 들어왔다. 그리고는 온몸이 뜨거워지며 흥분들이 밀려들었다. 다혜는 그 짜릿짜릿 함들에 온몸을 움찔움찔거렸다. 온몸이 구름 위로 둥둥 떠오르는 느낌이 들었다.

다혜는 두 팔과 두 다리로 영찬을 끌어안았다. 그리고는 영찬의 입술과 영찬의 젖꼭지에 키스를 퍼부었다. 그들은 절정을 향해 달려 나갔다. 다혜는 영찬의 밑에서 영찬의 리듬에 맞춰서 허리와 엉덩이를 움직이며 자신의 은밀한 곳에 힘을 주어 쪼여대며, 항문에 힘을 주며 반복해서 들어 올렸다.

그러자 다혜의 5센치 깊이 음부 속에 모여 있던 쾌감 신경들이 마구마구 난리가 났다. 어서 빨리 들어오라고 난리가 났다. 영찬은 허리를 움직여 자신의 남성을 부드럽게 그녀의 신전 안에 깊숙이 밀어 넣었다.

그러자 그 순간, 다혜의 입에서 아욱아욱 하는 신음소리가 터졌다. 그러자 영찬은 마구마구 온몸을 움직여 있는 힘껏 허리와 엉덩이로 드릴로 땅을 파대듯이 계속해서 다혜의 동굴 안을 드륵드륵 드르륵 파고 들어갔다. 그러자 다혜도 참지 못하고 허리와 엉덩이를 쉴새 없이 위로 아래로 움직여대며 두 손으로는 영찬의 등을 끌어안으며 영찬의 등을 손톱으로 할퀴어대더니, "아아앙 아아앙, 아아앙 앙앙앙 앙앙앙, 아흐흥 아이쿠 아이쿠 나죽네....앙앙앙 앙앙앙 아이쿠 영찬씨" 하고 신음소리를 질러댔다.

다혜는 갑자기 "영찬씨 나 뒤에서 해줘, 나 뒤치기로 해줘. 엉덩이도 때리면서 해줘. 그래야 난 홍콩 가." 라고 들릴 듯 말 듯 한 신음소리로 웅얼거렸다.

영찬은 다시 그녀를 무릎을 꿇린 자세로 엎드리게 한 후, 그녀의 새하얗고 커다란 엉덩이를 하늘 높이 쳐들어 올리게 해놓고는 자신의 거대한 남성을 그녀의 신전 안에 깊숙이 넣고는 위에서 아래로 아래에서 위로 드릴을 덜덜덜 밀어 넣었다.

그러자 그녀의 입에서 또 신음소리가 터졌다. "앙앙앙 앙앙앙, 아흐흥 아이쿠..앙앙앙 앙앙앙, 아흐흥 아이쿠......흐흥, 아흐흥 영찬씨.."

그녀는 항문과 엉덩이를 움찔하더니 미친 듯이 허리와 엉덩이를 움직여 영찬의 몸 쪽으로 자신의 엉덩이를 마구 밀어댔다. 끊임없이, 끊임없이 밀어댔다.

영찬은 더 쉴새없이 밀어붙였다. 계곡 속을 드릴로 드륵드륵 드륵드륵

땅을 파듯 공격을 해댔다. 그러면서 사정없이 손바닥으로 다혜의 엉덩이를 찰싹찰싹 철썩철썩 계속해서 때려주자, 다혜는 "영찬씨 더 세게 더 세게 때려줘 아응아응 아응아응, 아응아응, 아으응....아이쿠 아이쿠, 영찬씨 나죽네...아이쿠 아이쿠, 영찬씨 나죽네" 하며 몸부림을 쳤다.

그녀의 신음소리는 천한 괴성 같지가 않았고, 마치 천상의 멜로디만 같았다. 그렇게 한 시간을 달려서 영찬과 다혜는 목적지에 다 달았다.

쌀 가게, 부동산 가게, 채소 가게 등 게딱지만한 집들이 다닥다닥 붙어서 쭉 늘어선 달동네, 그곳에서.

영찬은 다혜와의 행복했던 날들을 생각하다가 끝도 없이 눈물을 주르륵 주르륵 흘렸다. 아무것도 가진 게 없을 때는 서로가 서로를 위해주며, 아껴주며 다툼 없이 행복하게 살았었건만. 영찬은 신혼 초의 다혜의 모습을 떠올리며 옷소매로 눈물을 훔쳤다. 그리고는 혼잣말로 중얼거렸다.

'미안해 다혜야...정말로 미안해....'

뒤죽박죽   태영찬

무엇이 나를 절망하게 하는가?

형벌처럼 가혹하게 나를 꾸짖는 자는 누구인가?

어둠의 표면에 별빛들을 그려놓은 자는 또 누구인가?

또 그 별빛들이 어둠을 헤치고

빛의 굴절로 나에게 와 닿게 한 이는 누구인가?

또 그 빛을 외면한자는 누구인가?

바보처럼.

영찬의 머릿속은 이미 뒤죽박죽이 되어버렸다. 영찬이 편의점에 들리려고 밖을 나가자, 오늘따라 유난히 밝은 별빛 하나가 다혜처럼 환하게 웃었다.

편의점에 들렸다가 나오며, 맞은편 카페에서 커피를 마시는 여자를 보자 영찬은 또 깜짝 놀랐다. 다혜에 대한 그리움 때문일까? 마치 다혜가 앉아있는 듯한 착각이 들었다. 체형이며 살짝 웨이브끼 있는 머리칼이며 너무나 닮았다.

'에이, 내가 무슨 상상을 하고 있는 거야? 다혜가 무슨 여기를?' 하고 생각하며, 영찬은 한숨을 푹 내쉬었다.

이카로스의 날개 태영찬

난 꿈을 찾아 헤맸다

이카루스의 날개를 달고서

밀납으로 된 날개를 달고서 꿈을 찾아 헤맸다

그리고는 태양을 향해 하늘 높이 날아올랐다

나는 달콤한 인생을 꿈꾸었다

나는 이카루스의 날개를 펄럭였다

그리고는 하늘을 날았다

그리고는 허공에서 추락했다

날개 잃은 새처럼.

영찬은 한참 동안을 맞은편 카페에서 커피를 마시는 여자를 하염없이 바라보다가 돌아섰다.

7화
백기사

영찬과 하연이 다녀간 한 달 후, 잠실 장미 아파트 다혜의 집으로 등기가 한 통 송달돼 날아왔다. 문정동 가정법원에서 한 달 후 출석하라는 서류였다.

 서류의 내용증명은 태영찬과의 이혼과 함께, 아기를 아빠인 태영찬이 아기를 양육하게 해달라는 소송이었다. 마른 하늘에 날벼락이었다. 등기를 받아든 다혜의 손은 덜덜 떨렸고, 온몸이 다 바들바들 떨렸다. 다혜는 서류를 바닥에 내팽겨치고 아기 연주를 끌어안고는 흐르는 눈물을 주체할 수가 없었다.

 다혜는 영찬이 한없이 미웠다. 게다가 당장 변호사 비용도 문제였다. 수백만 원 아니면 수천만 원이 들지도 몰랐기에 다혜는 정신이 아득해졌다. 그리고는 연주를 끌어안고 눈물만 흘렸다.
 "연주야 어떡하니? 아기야 어떡하니? 엄마는 우리 연주 없으면 못살아." 다혜는 앞이 다 캄캄했다. 어떻게 해야 할지 감도 안 왔고 머리는 멍했다.
 "이런 바보 같은 인간, 이런 바보 같은 인간." 하고 다혜는 영찬을 원망했다.

 자신이 걸어가는 길이 바람 한 점 훅하고 불면 날아갈 환상인지, 오로라인지, 무지개인지도 모르고, 허공으로 촉수를 뻗어 올리는 바보 같은 가련한 영혼, 태영찬.

그 바보 같은 영혼 때문에 이토록 수많은 날들을 맨발로 송곳 위를 걸어가듯, 걸어가야만 하는 자신이 서럽고, 날마다 슬픈 눈물을 뿌리며 그렇게 견디는 자신이 다혜는 가여웠다.

따르릉 따르릉.... 오후 3시쯤, 분당 하이테크 시스템 사무실에 있는 대표 박준호에게 전화가 걸려 왔다. "여보세요? 안녕하세요 박준호 대표님 이시죠? 저 혹시 기억하세요? 방이동 빵집에서 알바하던 주다혜에요."

다혜가 인사를 건네자 수화기 너머에서 반가워하는 박준호 목소리가 들려왔다.
"아이구, 다혜씨 오랜만이네요? 어떻게 잘 지내시죠? 별일 없으시죠?" 하며 안부를 건네는 준호의 목소리가 들려왔다.

다혜가 "네, 대표님 덕분에 잘 지내고 있어요. 혹시 퇴근 후에 잠깐만 좀 뵐 수 있을까요? 의논드릴게 있어서요." 하고 기운 없는 목소리로 말했다. 그러자 박 준호는 일 초도 망설임 없이 대답했다. "네 알겠습니다, 다혜씨. 이따가 저녁 일곱시에 잠실역 맘카페에서 뵐께요."

오후 7시, 잠실역 맘 커피숍.

한쪽 구석에 아기를 안고 있는 다혜와 베이지색 양복에 흰 라운드 티셔츠를 입은, 잘생기고 훤칠한 준호가 앉아있다.

커피를 마시며 다혜의 자초지종을 들은 준호는 잠시 심각한 표정을 짓더니 웃으며 말했다.

"하늘이 무너져도 솟아날 구멍은 있다잖아요? 너무 걱정마세요 다혜씨. 하늘이 도와줄 거예요. 제가 남편분 만나서 이야기 해볼게요." 하며 다혜를 안심시켰다. 그리고는 다혜가 안고 있는 연주를 환하게 바라보며 말했다.
"아이쿠, 우리 공주님은 예쁘기도 하셔라. 엄마 편하라고 울지도 않지, 착하기도 하지 효녀네, 효녀야. 아주 효녀야."

집으로 아기와 함께 돌아오는 내내, 다혜는 걱정돼서 마음이 불편해 미칠 지경이었다.
"세상아 세상아, 지금 여기서 젤 불쌍한 사람이 누구냐? 대체 왜 나한테만 이래?" 하고 다혜가 하늘에 대고 소리를 질러대자, '뭐 그래서 어쩌라구? 왜? 동정이라도 받길 원하냐? 세상엔 너보다 더 불쌍한 사람들이 얼마나 많은데?' 하는 메아리들의 반응만 들려왔다.

그러자 다혜가 다시 소리쳤다. "죽 쒀서 남 준 꼴 아니냐고. 잘해주고 인물 만들어줬더니, 이게 뭐냐고? 난 늘 기죽어 살았던 게 후회가 돼. 그리고 불륜을 눈감아주는 년이 어디 있어? 나 말고? 그리고 생각해 봐. 온 동네를 휘젓고 다니면서 불륜에, 동거에, 이혼 소송까지미친 거 아니냐구? 미친 거 아니냐구…태영찬은 틀림없이 미친 거라고. 그렇게 착하던 사람이, 그렇게 성실하던 사람이 어떻게 이래?"

다혜는 마치 정신 나간 여자처럼 중얼중얼 헛소리를 하며 집으로 걸어왔다. 정말 그랬다. 다혜의 마음은 이혼 소송에 경제적 압박까지, 설상가상 그 자체였다.

이틀 후, 우면동 하연의 집 근처 커피숍에서 영찬과 준호가 앉아있다. 조금 떨어진 테이블에선 하연이 이들을 지켜보고 있다.

박준호가 명함을 건네며 인사를 하고는, 우연하게 인연이 된 다혜와의 관계를 설명한 후 영찬에게 말을 꺼냈다.

"태영찬씨께서는 어쩌시려고 그렇게 예쁘고 착하신 부인을 버리고, 소송까지 하셨는지...안타깝습니다. 혹시 소송 취소하실 맘은 없으세요? 부인께서 나쁜 맘이라도 먹으시면 어쩌시려고...이렇게 부인을 코너로 몰아 부치세요?"

준호의 입에서 부인께서 나쁜 맘이라도 먹으면 어쩌려고 이러냐는 말이 나오자, 그제서야 영찬은 덜컥했다. 막상 영찬은 이럴 맘까지는 없었다. 변호사를 구한 것도, 소송을 한 것도, 아기를 뺏어 오겠다고 한 것도, 모두 다 하연이 한 일이었다. 태영찬의 심경의 변화를 눈치 챈 박준호가 다시 말했다.

"좋게 해결하세요. 그렇게 예쁘고 착한 부인과 아기에게 못할 짓 하시면 후회합니다. 그리고 아기를 엄마만큼 잘 키울 사람이 세상에 어디 있겠어요? 지금 같이 사시는 분이 예쁜 아기를 잘 키울 거라는 보장있으세요?"

준호의 구구절절 맞는 말에 영찬은 할 말이 없었다. 영찬은 속으로 생각했다.
'하긴, 구박이나 안 하면 다행이지, 저 또라이 같은 성격으로.'

준호가 "그럼 생각해 보시고 연락주세요. 이 결정은 다른 분이 하시는 게 아니에요. 아기의 장래를 위해서라도 결정 잘 하세요." 하며 먼저 자리에서 일어나 나가자 하연이 금새 달려와 물어댔다.

"누구야? 저 남자? 부인 남자친구야? 남자 잘생겼네, 잘됐네. 이혼하고 저 남자랑 같이 살면 되겠네? 부인도 잘됐네."하며 호들갑을 떨어댔다.

 영찬은 하연의 그 말에 한 번도 생각하지 못했던 생각이 번뜩 들었다. '다혜가, 그 예쁜 다혜가, 다른 남자랑 산다고? 그 예쁘고 착한 다혜가, 다른 남자 품에 안겨서? 같은 침대에서 알몸으로 호호호 호호호 하면서 잠자리를 한다고?'

 여기까지 생각하다가 영찬은 갑자기 질투심이 확 일었다. 자기는 다른 여자랑 일 년을 넘게 살면서, 막상 다혜가 다른 남자 품에 안겨 샐샐 대면서 알몸으로 잠자리하는 상상을 하자 도저히 견딜 수가 없었다.

 영찬은 하연의 다그침에 화가 난 듯한 목소리로 말했다.
 "에이 몰라, 그리고 소송 취소해, 당장. 안 그러면 내가 취소할 테니까. 당사자는 나야." 하며 영찬은 먼저 일어나 나가 버렸다.

 우면동 하연의 집.

 커피숍에서 돌아온 영찬과 하연이 말다툼을 시작했다. 다시 전쟁이 시작된 것이다.
 대화가 안 되는 하연과 영찬, 이 둘은 늘 지뢰밭을 건널 때처럼 아슬아슬했다.
 자칫 잘못했다가는 금방 폭발하여 터질 것처럼, 모든 게 산산조각이 날 것처럼 아슬아슬했다. 하연, 그녀는 걸어 다니는 시한폭탄 있었다.

 하연의 공격이 시작되었다.
 "왜 당신은 항상 똑 부러지는 게 없어? 왜 항상 어정쩡하냐구? 사람이?

불량남편 119

나를 배려해 주는 맘이 그렇게 없어? 왜 말 한마디 못하고 돌아와? 죽어도 소송하겠다, 아기도 내가 키우겠다왜 말을 못해? 소송하면 우리가 금방 이겨. 빵빵한 변호사 몇 명을 붙였는데 뭐 소송을 취하해? 난 못해, 만약 소송 취소하면 가만 안 있어. 잠실 집 부인한테 가서 맨날 들들 볶을 테니까. 왜? 내가 못 할 거 같아?" 하며 하연이 길길이 날뛰자, 이번만은 영찬이 대차게 말했다.

"소송이고 뭐고 할 생각 하지 마, 김하연. 내가 다 취소할 테니까, 적당히 몰아부쳐야지. 너 다혜가 나쁜 맘 먹으면 니가 책임질래? 아기까지 있는데? 다혜랑 아기 잘못되면 너랑 나랑도 같이 죽는 거야." 하고 하연에게 못을 박듯이 말했다.
 적반하장도 유분수였다. 원래 본처가 불륜녀한테 친구들이나 가족들 데리고 몰려가서 난리쳐야 그게 이치가 맞는 건데, 이건 완전 반대였다. 이젠 이들 둘 간에도 냉전이 시작되었다.

 다음날 영찬은 이혼 소송과 아기 양육권 소송을 취하했다. 그리고는 다혜에게 문자 한 통을 날렸다. 소송 취하했으니 걱정말라고.

 이게 다 박준호의 사업가적인 유려한 말솜씨와 계산이 적중 한 결과였다. 다혜는 이제 아기와 떨어지지 않아도 된다는 생각에 뛸 듯이 기뻤다.

 다혜는 아기를 끌어안고 아기에게 말했다. "연주야? 이제 엄마랑 안 떨어져도 돼, 우리 연주랑 엄마랑 평생 같이 살자? 우리 떨어지지 말고. 그리고 아빠 착하니까 돌아올 거야, 금방. 그땐 우리 연주랑 엄마랑 아빠랑 오순도순 행복하게 살자. 알았지? 우리 예쁜 아가야?"
 잠시 후, 다혜는 아기를 재워놓고 일기를 썼다.

운명의 장난   주다혜

이 무슨 운명의 장난입니까?

고통까지도 사랑의 일부입니까?

한바탕 쏟아지는 소낙비처럼

흠뻑 빠져들었던 그 사랑은 한낱 무지개였습니까?

한 사람을 사랑하던 그 신비롭고 그 아름답던 사랑의 낙원은

이제 폭풍우가 휩쓴, 모든 게 망가져 버린 해변처럼 삭막하기만 합니다.

별빛처럼 반짝반짝 빛나던

향기 나는 꽃잎들처럼 아스라했던 우리의 사랑은

어느새 종착역을 향해 달려만 갑니다.

이토록 가혹한 운명에게 묻습니다.

대체 왜 이다지도 가혹한 시련을

나에게 주시는 겁니까?

제발 운명의 장난을 멈춰 주세요.

기분이 좀 나아진 다혜는 다음날 연주를 유모차에 태우고, 방이 시장 근처의 혜정의 집에 놀러갔다. 다혜의 인기척을 느낀 까뮈가 뛰어나와 다혜를 반겼다. 까뮈는 멍멍멍 짖으며 꼬리를 흔들며 다혜를 반겼다.

다혜는 "까뮈야 잘 있었어?" 하고 머리를 쓰다듬어 준 후, "할머니 저 왔어요." 하고 크게 인사를 했다. 그러자 할머니는 "오냐, 다혜야." 하시며 반가운 얼굴로 맞아 주셨다.

혜정은 외할머니의 손에서 자랐다. 혜정의 방안엔 택배 상자들로 발 디딜 틈이 없었다.
"안녕하세요? 저 할머니 보고 싶어서 놀러왔어요. 할머니 어디 아프신 데는 없으시죠?" 하고 다혜가 인사를 하자 할머니는 반갑게 맞아주시며 살갑게 말하셨다.

"어서 오너라, 에구 우리 착한 다혜 왔구나? 이쁜 연주도 같이 왔네. 어디 보자 까꿍까꿍 이쁘기도 하지." 하고 할머니는 아기에게 미소를 지으시더니 이내 혜정을 바라보며 말했다.

"야 이년아, 좀 치워, 치우고 살아. 뭔 지랄로 돈 벌어서 다 택배만 사들여 쌓아놔? 다 입지도 않고, 박스째 뜯지도 않고? 그러다가 다 버릴 거면서 너도 다혜 반만 닮아봐라, 이년아."

"할머니? 그만 좀 해. 다혜도 왔는데?" 하며 혜정이 신경질을 부려댔다.

그러자 할머니는 "뭐? 저년이 외손주라고 오냐오냐 키웠더니 저렇게 버릇이 없다니까? 다혜야 할머니 얘기 좀 한번 들어봐라. 글쎄 내가 지 엄마, 지 아빠도 맨날 싸우고 지랄하다 이혼하고 저걸 버린걸, 내가 저걸 데려다가 키웠더니 웬수라니까 아주 웬수야. 에휴."

할머니의 말이 끝나자, 혜정은 "할머니, 그만 좀 해. 챙피하게." 하며 볼멘소리를 했다.

그 말에 할머니는 "에라 이년아" 하며 혜정의 등짝을 냅다 후려치셨다.

그러자 혜정의 앙탈이 다시 이어졌다. "할머니, 왜 때려? 할머니는 왜 맨날 나만 때려." 하면서 눈을 흘깃했다.

혜정의 모습에 할머니는 또 한바탕 퍼부으셨다. "그럼, 이년아 내가 때릴 사람이 너 말고 또 누가 있어? 에휴, 저게 키워준 은공도 모르고. 저게 나중에 나 죽으면 제사상이나 한번 차려 줄라나 몰라?"

그러자 혜정이 다시 악다구니를 써댔다. "할머니가 죽기는 왜 죽어? 나랑 오래오래 살아야지."

그러더니 갑자기 혜정의 악다구니가 대성통곡으로 변했다. 그리고는 "할머니 죽지 마? 나랑 오래오래 살아?" 하면서 할머니를 와락 끌어안고 울어댔다.

할머니가 "됐어, 이년아. 내가 늙어 죽기 전에 속 터지고 복장 터져서 죽겠다. 이년아." 하시면서 그 거칠고 쭈글쭈글한 손으로 혜정의 눈물을 닦아주셨다.

할머니는 다혜를 웃는 얼굴로 보시며 말하셨다. "다혜야 할머니가 반찬 좀 싸줄까? 파김치하고, 오이 소백이 김치 맛있게 됐는데? 집에 반찬 없지? 하긴 연주 키우느라고 반찬 할 새나 있겠어?"

그러자 다혜가 할머니께 말했다. "할머니, 할머니는 심장도 안 좋으시고 무릎도 안 좋으신데안 주셔도 괜찮아요. 할머니 힘드시잖아요? 저 올 때마다 이렇게 싸주시면 어떻게 해요?"
하고 말리자, 할머니는 "별것도 아닌데 뭘 그래. 이게 다 사람 사는 정인거야." 하시며 굳이 반찬을 싸주셨다.

다혜는 환하게 웃으며 인사를 드렸다. "감사합니다 할머니, 잘 먹을게요." 하고는 할머니 손을 살갑게 쓰다듬어 드렸다. 그러자 할머니는 또 묻지도 않은 말씀을 하셨다.

"에휴, 우리 딸하고 사위가 내 있는 돈 없는 돈 전부 다 갔다가 들어먹고 집까지 들어 먹어서 내가 이 모양 이 꼴이 됐다니까? 자식이 웬수야 웬수. 진짜 웬수라니까? 뭘, 지랄한다고 사업은 한다고 망해서 이혼까지 하고, 핏덩이 자식까지 버리고 몹쓸 놈들. 다혜야 넌 사업하지 마라. 202호 아들도, 302호 아들도 사업하다가 다 말아먹고 거지도 상 거지꼴로 산다더라."

다혜는 할머니 말씀이 끝나자 방이시장을 걸어서 올라 올 때 할머니께 드리려고 샀던 예쁜 머플러를 꺼내 할머니 목에 둘러 드리고는 환하게 웃으며 말했다.

"할머니! 진짜 예쁘시다. 시집가셔도 되겠어요?" 그리고는 다시 "할머니 잠깐만요?" 하고 말하더니 "이것도 할머니 선물이야." 하면서 아이크림을 듬뿍 퍼서 할머니 얼굴에 발라 드리고 말했다.

"이거 할머니 드리려고 산 거에요. 듬뿍듬뿍 퍼서 발라요? 내가 또 사다 줄게요." 하며 화장품을 할머니 손에 쥐어드리자 할머니는 또 혜정을 바라보며 말하셨다.
"야, 이년아 너도 좀 보고 배워. 여자는 아무리 늙어도 여자야 이년아." 하고는 혜정을 흘겨보셨다. 잠시 후 다혜는 혜정의 기분을 풀어주려고 말했다.
"혜정아? 내가 재미있는 얘기 해줄까? 혜정아 조개 껍데기를 두 글자로 줄이면 뭐게?"
하고 묻자 혜정은 "조개" 하고 대답했다.
그러자 다혜가 고개를 절레절레 흔들며 말했다. "아니, 노팬티."
그 말에 혜정은 "엥? 뭐? 너 미쳤냐? 어디서 그런 19금 개그를 나한테 써먹어?" 하며 깔깔깔 웃어댔다.

그러자 다혜가 다시 말했다. "문제 하나 더 낼 게 맞춰봐? 너 양 시리즈 알아? 모르지? 내가 알려줄까? 어느 날 엄마가 고등학생 딸한테 엉덩이에 양이 그려진 팬티를 선물 한 거야. 그런데 이상하게 자고 일어나면 양 그림이 자꾸 앞으로 와있는 거야. 다음날도, 또 다음날도. 그래서 딸이 엄마한테 물었대, "엄마 이 팬티 이상해, 왜 엉덩이에 있던 양 그림이 아침에 자고 일어나면, 자꾸 앞으로 와있어? 엄마가 한번 입어봐, 이 팬티 진짜 이상하다니까?" 하고 딸이 찌푸린 인상으로 말하자 엄마는 "이상하긴 뭐가 이상하냐? 그냥 평범한 팬티인데. 니가 잠결에 거꾸로 돌려서 입는 거 아니야? 아니면 혼자 팬티 벗고 자기 위로, 뭐 그런 이상한 짓 하다가 돌려 입었거나?" 하는 엄마의 말에 딸은 신경질이 나서 엄마한테 말했어. "그럼 엄마가 한번 입어봐?" 하고 신경질적으로 팬티를 엄마 얼굴에다 휙 던져놓고는 방문을 쾅 닫고 자기 방으로 들어간 거야. 그래서 그날은 엄마가 한번 양 그림 팬티를 입고 잔 거야. 그런데 희한하게 아침에 일어나보니 똑같이 팬티가 돌아가 있는 거야. 엉덩이 쪽이 앞쪽으로 뒤에 있던 양 그림이 앞쪽으로 와 있는 거야. 그래서 다음날은 아빠한테도 팬티를 입혀 봤대, 그리고 아침에 일어나서 보니 희한하게 똑같이 엉덩이 쪽에 있던 양 그림이 앞쪽으로 돌아가 있더래. 양 그림이 왜 그랬게?" 하고 다혜가 문제를 냈다.

그러자 잠시 골똘히 생각하던 혜정이 말했다.
"응? 뭥미? 혹시 마술팬티인가?"
다혜가 말했다. "아니, 그게 아니고 양이 풀 뜯어 먹으려고 그런거야."
혜정은 잠시 멍했다.
"엥? 뭐? 이런 미친, 주책바가지 년이 다 있어? 주다혜 너 아주 미친년이구나. 연주야 넌 엄마 닮지 마라 알겠지?" 하고 혜정은 연주를 바라보며 연주의 볼을 쓰다듬으며 말했다.

두 사람은 그렇게 한참을 깔깔대고 웃었다. 다혜가 다시 말했다.
"혜정아, 하나만 더 내볼게. 맞춰볼래? 고추잠자리를 두 글자로 줄이면 뭘까?
"글쎄, 모르겠는데." 하며 혜정이 대답을 못하자 다혜는 "팬티" 하고 답을 말했다,
"엥? 그게 왜?" 하며 혜정이 이해를 못한 듯 다혜를 바라보자, 다혜는 싱글싱글 웃으며 말했다.
"야, 남자들 고추가 어디서 잠을 자니? 잠잘 때? 팬티에서 자 자나."
"엥? 이런 또라이 미친년....이년이 이거 아주 혼자 살더니.......에라이 미친년아."

그렇게 두 사람은 또 한참을 웃어댔다. 간만에.

8화
갈등

뽀송뽀송 폭신한 아기 담요 위에서 젖 냄새를 풍기며 웃고 있는, 천사 같은 아기 연주를 보며 다혜는 아기에게 말을 걸었다.

"우리 아가 예쁘기도 하지, 새록새록 숨소리도 예쁘지. 웃는 것도 예쁘지, 쉬야를 해도 예쁘지, 이렇게 예쁜 것이 어디서 태어났을까? 엄마 뱃속에서 나왔지." 하며 아기랑 놀아주다가 잠시 후 아기가 새근새근 잠이 들자 다혜는 일기를 썼다.

사랑할 것이다   주다혜

무작정 사랑할 것이다

숙는 날 까지 사랑할 것이다

처절하게 사랑할 것이다

빛바랜 그리움이 추억을 지운다 해도

쏟아지는 힘겨움이 기억을 지운다 해도

무작정 사랑할 것이다

숙는 날 까지 사랑할 것이다

처절하게 사랑할 것이다

슬픔은 떠나거라

눈물도 떠나거라

내 울음도 떠나거라.

철옹성 같은 영찬에 대한 다혜의 마음은 아직도 금이 가고 있지 않았다. 혹시나 집 앞에서 미안해서 못 들어오고 있나 하고는 현관문을 열어봤다가 문자가 와 있지나 않을까 하고는 수도 없이 휴대폰을 열어보았다.

다혜는 휴대폰을 열어 데이빗 가렛의 쇼팽 녹턴 바이올린의 슬픈 연주를 들으며 이것이, 영찬과의 이별이, 자신을 어디로 이끌지 수렁으로 걸어 들어가는 첫 발자국인지, 행복으로 가라는 신호인지, 아니면 막무가내로 등짝을 후려갈기며 떠미는 운명의 장난인지 고민에 빠져 허우적거렸다.
다혜는 인생의 갈림길에 서서 고민했다. 새로운 여행을 시작할지, 윙윙거리며 달려드는 매서운 바람 같은 운명과 부딪치며 으르렁거리며 싸워나가야 할지. 아니면 슬픔과 비탄에 빠져 울며불며 살아야 할지, 두려움과 떨림과 불안으로 새로운 길을 걸어가야 할지 결정을 할 때가 다가왔음을 알았다.

다혜는 다음날 부지런히 아침을 먹고 연주의 기저귀와 분유를 챙겨서 대전으로 향했다. 어떻게 해야 할지 시어머님과 의논도 할 겸 연주도 보여드릴 겸 대전으로 향했다.
시어머님은 아직 다혜가 연주를 낳은지 모르셨다.
"어머님 안녕하세요? 별일 없으시죠?" 하며 아기를 안고서 인사하는 다혜를 보시고는 시어머님은 눈이 휘둥그레 지셨다.

"어머님 저 아기 낳았어요, 영찬씨 아기요. 말씀 못 드려서 죄송해요." 하며 다혜가 눈물을 주르륵 흘리자, "에구 독한 것, 에구 모진 것, 그래도 나한테는 말을 했어야지." 하시며 다혜의 등을 탁탁탁 때리셨다.

그리고는 "에구 내새끼 어디보자, 할미한테 좀 와봐라. 에구 이쁘게도 생겼네." 하시며 조심스레 연주를 안고는 눈을 맞추었다. 그리고는 "에휴 이렇게 예쁜 것을 두고 바보 같은 놈, 썩을 놈, 못된 놈." 하시며 영찬에게 욕을 해대셨다.

그리고는 무얼 잊기라도 하신 듯 "다혜야, 오느라고 배고프지? 잠깐만 기다려라." 하시고는 한 시간도 안돼서 된장찌개며 제육볶음이며 오징어볶음까지 아주 진수성찬을 차려 주셨다.

그리고 다혜에게서 연주를 받아 품에 꼭 안아주시며 말하셨다.
"천천히 꼭꼭 씹어 먹어라. 많이 먹어라." 하며 연주의 기저귀를 봐주시고는, 분유를 타서 연주에게 먹여주셨다.

그리고 나서 다혜의 얼굴과 머리를 쓰다듬으시며 "다혜야 니맘 다 안다. 어떤 맘인지....어떻게 해야 할지 모르겠어서 나 보러 온 거 다 안다." 하고 다독거리셨다.

다혜는 시어머님의 그 따뜻한 말씀에 콧물과 눈물로 밥을 말아 먹었다.

"다혜야 그냥 그놈은 잊어버려. 애 저녁에 사람 되긴 그른 놈이야, 이제 너도 살길 찾아라. 우리 다혜는 착하니까 하늘이 좋은 사람 보내 주실 거야. 그리고 나한테는 이제 안 내려와도 된다." 하시며 시어머님은 다혜의 숟가락에 이것저것 반찬을 올려 놓아 주셨다.

다혜는 시어머님이 말씀하시는 동안에 그냥 울고만 있었다. 아무 말도 못한 채.

이 시각, 영찬의 마음은 갈등을 하고 있었다. 영찬은 주먹으로 맞지만 않았지 늘 비 오는 날 먼지 나게 흠씬 두들겨 맞은 기분으로 살았다.

아둔한 자를 위하여 태영찬

아둔한 자를 위하여

아둔한 자를 위하여

천둥아, 비바람아 몰아쳐라

슬픈 자를 위하여 어리석은 자를 위하여

태풍아 몰아쳐라

야한 여자가 좋다고 미쳐버렸던

그 여자가 지르는 짐승의 울음 같은,

그 신음을 놓지 못했던

그 여자가 뱀처럼 온몸을 휘감았던

그 쾌감을 잊지 못했던

그래서 미쳤던, 미칠 것 같았던, 미쳐 버렸던

아둔한 자를 위하여

아둔한 자를 위하여

천둥아, 비바람아 몰아쳐라

천둥아, 비바람아 몰아쳐라

그 광풍을 쫓다가 궁핍해 져버린

아둔한 자를 위하여

천둥아, 비바람아 몰아쳐라.

영찬은 일기를 쓰고 난 후 자책했다.
'난 미친 거였어, 제대로 미친 거였어. 진심으로 대해주고, 아낌없이 챙겨주고, 늘 한결같던 착한 다혜를 두고 악녀나 다름없이 변해가는 야한 여자, 하연을 택했으니 벌 받아 마땅하지. 주다혜, 주다혜, 주다혜 넌 정말 나한테는, 분수에 넘치는 과분한 여자였어. 미안해 다혜야 진심으로 미안해.' 하고 날마다 속울음으로 울었다.

구름 한 점 없이 별이 총총한 가을밤 영찬은 속이 탔다. 아궁이 속에 장작불이 타들어 가듯 속이 타들어 갔다. 새까맣게.

별빛들이 빛을 발하는 듯 그 아름답던 다혜와의 사랑도, 폭발하는 용암과도 같았던 하연과의 그 뜨겁던 사랑도 모두 다 재가 되어, 하얀 연기가 되어, 신기루가 되어 쓰러지고 있었기에 영찬은 속이 타들어 갔다.

그 뜨겁던 사랑도, 그 아름답던 사랑도 망쳐버리고 망가트린 게 모두가 다 자신의 부질없는 욕망 때문에 일어난 일들이었음을 알았기에, 이제 와서 깨달았기에 영찬은 수없이 자신을 책망했다.

며칠 후, 가을비가 주룩주룩 퍼붓던 날.
영찬은 하연이 잠든 사이에 "하연아 고마웠다, 잘살아." 라는 문자 한 통만을 남겨 놓은 채 짐을 싸서 하연의 집을 나왔다.

집을 나가는 영찬을 하연이 그냥 두고 보지 않을 것이 뻔했기에 영찬은 하연이 잠이든 사이 짐을 싸서 몰래 하연의 집을 나왔다.

영찬은 잠실 장미 아파트 다혜의 집 창문을 참담한 심정으로 밖에서 한참을 바라보았다.
만약 영찬이 잠실 장미 아파트로 들어간 걸 하연이 안다면, 그 성질에 무슨 짓을 벌일지 알 수 없었기 때문에 집으로 돌아갈 수도 없었다. 영찬은 다혜와 아기가 머물고 있는 창가를 바라보며 가슴이 미어졌다.

'다혜야, 다혜야, 다혜야 내 삶의 그리움이 묻어 있는 그곳, 내가 사랑하던 사람의 그림자가 있는 그곳, 집안 곳곳에 배어있을 나와 그 사람 냄새와 흔적들 그리고 또 미련들.'

여기까지 생각하다 영찬은 발길을 돌렸다. 비가 쏟아지는 그 가을밤에.

잠실 방이동 밤 10시.
 한 식당에서 영찬과 또래의 한 남자가 낙지 연포탕을 시켜놓고 소주잔을 기울이고 있다.

 그 남자는 185센치 가량의 키에, 살짝 호리호리해 보이는 몸에 반듯한 이마와 눈 끝이 살짝 올라간 게 평범해 보이지 않았다. 잘생긴 코와 남자다운 입술이 가벼워 보이지 않았다. 그의 이름은 김민준, 영찬의 오랜 죽마고우다.
 "민준아, 오랜만이다 잘 지내지? 밧데리 부품 사업은 잘돼? 힘든데 왜 제조업을 해가지고는. 에휴, 제조업이 힘들다니까." 영찬은 늘 힘들게 사업을 이어 나가는 민준이 안쓰러웠다.

 민준은 자동차 밧데리 부품 사업을 한다. 영찬에게도 얼마간의 자금을 융통했다.
 영찬의 걱정에 민준은 영찬에게 소주를 따라주며 말했다.
 "언젠가는 해뜰 날 있겠지 걱정 마." 하고 힘없이 대답하는 민준의 말에 영찬은 말했다.
 "힘내, 민준아. 자, 소주 한잔 받아. 그리고 나 잠깐 서울 떠나려고. 너 당분간 못볼 거 같아서 소주 한잔 하자고 했어."

 두 사람은 소주 한잔씩을 들이켰다.
 민준이 영찬의 잔에 소주를 따르며, 영찬의 얼굴을 한번 흘깃 바라보고는 "하는 일이 잘 안돼? 얼굴이 안 편해 보이네? 다혜씨는 어떡하고? 너희 싸웠니?" 하고 물었다.

그러자 영찬이 빙긋이 웃으며 말했다.
"아니 그게 아니고, 엄마한테 몇 달 좀 가 있으려고. 엄마가 몸이 좀 불편하셔서." 하고 영찬은 엄마 핑계를 댔다.

엄마 핑계를 대며 말하는 영찬을 바라보며 민준은 영찬에게 무슨 일이 벌어지고 있음을 직감했다. 민준은 영찬의 빈 소주잔에 잔을 채워주며 "야, 그래도 다혜씨한테 연락 좀 자주하고. 뭔 일 있으면 나한테 전화도 하고 알았지?" 하고 신신 당부를 했다. 두 사람은 소주를 다섯 병이나 비우고 일어났다.

잠시 후, 방이동 sbs노래방.

휘황찬란한 불빛들을 쏟아내는 싸이키 조명이 돌아가자, 영찬이 노래를 부르고 민준은 맥주를 마시며 술에 취해 부르는 영찬의 노래를 듣고 있다.

가라, 이제는 가라
머물지 못하는 사랑
가라, 영원히 가라
쫓기듯 버거운 인생

울고 웃고 견디며 사는 게 그런 거지만
운명의 장난은 오늘까지만
빠이빠이 잘 가라 오늘부로 완전 끝이야
빠이빠이 잘 가라 입술 물고 참아낼거야
빠이빠이 잘 가라 세상이 날 속일지라도

이제 다시는 울지 않아
비바람 불어와도 햇살은 뜨는 거야
눈물나게 아픈날은 다시는 오지마라
잃어버린 꿈을 찾아 달려가 보는거야
잘 가라, 아듀.

느렇게 영찬과 민준은 두 시간 가량 노래를 불렀다. 그리고는 그 길로 영찬은 서울을 떠났다. 돌이켜보면 모든 게 다 태영찬 자신의 반칙 때문에 일어난 일들이었다.

광풍   태영찬

광풍이었다, 광풍이었다

미친 광풍이었다, 바람이었다

젊은 날의 혈기는 몰아치는 광풍이었다

진실한 사랑을 버리고

꿈이었다고 믿으며 찾아가 미쳐버렸던 사랑은

광풍이었다 한낱 광풍이었다

휩쓸고 지나가면 그만인 광풍이었다.

덜컹거리며 서울을 떠나는 기차의 차창 밖의 모습을 바라보며 영찬은 마치 이 기차가 불안과 초조의 늪 속으로 달려가는 연체동물 같았다.

  고독과 좌절감을 안고 굴속으로 아무도 없는, 아무도 모르는 어두운 늪 속의 땅굴 속으로 도망을 치는, 혼자만의 굴속으로 도망을 치는 연체동물만 같았다. 자신과 똑 닮은.

허무의 바퀴   _{태영찬}

난 허무의 바퀴만을 따라 돌았다
이제껏 허무의 바퀴만을 따라 돌았다
욕망의 노예가 되어
탐욕의 노예가 되어
그 따뜻한 울타리 그 포근하던 안식처가,
나를 가두는 감옥 이었다 투정하며
자유라는 허무에 홀려
방랑하며 떠돌다가, 미쳐서 헤매다가
희뜩희뜩 날카로운 바위산을 떠돌다가
광막한 황무지의 산기슭을 떠돌다가
다시 그 울타리 안이 그리워
돌아가고 싶어지는 난
허무의 바퀴만을 따라 돌았다
이제껏 허무의 바퀴만을 따라 돌았다

바보처럼.

 영찬은 인생이라는 정글에서 뚝 부러지게 어디 한군데서도 자리 잡지 못하고, 이리저리 기웃거리다가 집단에서 쫓겨난 수컷 늑대처럼 이제 인생의 변두리에서 방황하는 신세가 되었다.
 30대의 젊고 출렁거리는 부푼 가슴으로 숨 가쁘게 사랑했던 연인들을 뒤로한 채, 40대가 되어 에너지가 고갈되어 찌든 채 인생의 변두리로 쫓겨나고 있었다. 집단에서 쫓겨나는 수컷 늑대처럼.

 어깨가 축 처진 자신의 모습은 아마 누가 보아도 "저놈은 왜 저렇게 축 처져 있어? 볼 장 다 본 놈처럼? 그리고 왜 또 저러고 걸어? 마치 다 죽어가는 놈처럼. 에이, 참 안됐네 젊은 놈이." 하기 딱 좋은 모습이었다.

9화
미친개

영찬이 서울을 떠난 다음날 아침, 우면동 하연의 집.
아침에 일어나자마자 하연은 영찬을 찾았다.
"영찬씨, 영찬씨? 어디 있어? 영찬씨?"

침대 옆자리를 보니 영찬이 없었다. 이상한 생각에 밖으로 뛰쳐나가 하연은 온 집안을 구석구석 다니며 영찬을 찾다가, 다시 방으로 들어와 휴대폰 문자를 보고는 악을 써댔다. 미친개처럼 날뛰며 악을 써댔다.

"영찬씨? 나 죽는 거 보려고 그래? 영찬씨 어딨어?"
하연은 다시 미친개처럼 악을 써대며 날뛰다가, "이것들이 어디서 날 속여? 꼼짝 말고 기다려 니들 다 죽었어." 하고 소리를 지르며 부랴부랴 옷을 걸치고는 잠실 장미 아파트로 향했다. 씻지도 않은 채.

잠실 장미 아파트 다혜의 집.

"띵동 띵동 띵동" 하고 수없이 초인종 소리가 울리자, 다혜가 누구인가 확인하고는 문을 열어주었다.

머리는 미친년 머리처럼 산발을 한 채, 신발도 양말도 신지 않은 흙투성이의 맨발인 하연이 뛰어 들어와서 이방 저방 열어대며, "영찬씨, 영찬씨?" 하고 영찬을 찾아댔다.

다혜가 멍한 표정으로 "뭔 일이에요? 왜 영찬씨를 여기서 찾아요?" 하며 하연을 빤히 바라보며 물었다.

그러자 하연은 식탁 위에 있던 그릇 몇 개를 바닥에 확 집어 던지며 소리쳤다.
"야? 내가 니들 짜고 치는 고스톱 모를 줄 알아? 너? 영찬씨 어디다 숨겼어? 니가 숨겼잖아? 얼른 말해? 어디다 숨겼냐고? 우리 영찬씨 빨리 찾아내. 너는 알거 아니야? 영찬씨 어디 갔는지? 너 전화기 가져와봐? 확인해 보게 빨리?"

소리치면서 하연은 다시 식탁 위의 그릇들을 모두 밀어내 바닥으로 떨어트렸다.
하연의 눈빛에선 미친 광기가 흘렀다. 흡사 무서운 악마를 보는 것처럼 거의 미쳐 있었다.

다혜는 그런 하연이 무서웠다. 꼭 뭔 일이라도 저지를 것 같은 광기가 가득한 그녀의 무서운 눈빛이 너무나 섬찟했다. 더군다나 안방에는 아기까지 자고 있었기에 다혜는 걱정이 되었다.

아무리 찾아도 영찬이 보이질 않자 하연은 다시 미쳐서 날뛰었다. 자기 머리카락을 양손으로 움켜잡고, 쥐어뜯으며 엉엉엉 울었다가 까르르 까르르 웃었다가, "야 태영찬? 야 태영찬? 빨리 안 나와?" 하고 소리를 지르다가 "야? 어떻게 좀 해봐? 지금 당장 찾아오란 말 야? 안 그러면 나 오늘 집에 못가." 하고 소리치며 아예 바닥에 드러누워 버렸다.
 다혜가 영찬에게 전화를 걸어 봤지만, 전화기는 꺼져있었다. 다혜는 아기가 깨서 놀랄까봐조용히 말했다.

 "하연씨, 집에 가있어요. 영찬씨 연락되면 돌려보낼게." 하고 달래듯이 말을 했지만, 안 통했다. 하연은 갑자기 다혜에게 분풀이를 해댔다.
 "야? 이게 어디서 착한 척이야? 내가 니 가면 확 찢어줄까? 벗겨줄까? 이 카멜레온 같은 년이 어디서 뒷구멍으로 몰래 숨겨 놓고 시치미야? 내가 모를 줄 알아? 난 못가, 맘대로 해. 경찰에 신고 하던지? 포크레인을 가져와서 날 끌어내던지. 죽이던지 살리던지 마음대로 해." 하며 하연은 입에 거품을 물고 날뛰었다.

 다혜가 다시 하연을 달랬다. "진짜야, 하연씨. 진짜 나 몰라. 영찬씨 어디 있는지 몰라, 그러니까 집에 가있어. 혹시 연락 오면 돌려보낼게." 하고 달래자 그제서야 하연은 벌떡 일어나며 말했다.

 "진짜지? 진짜지? 그 말 믿어도 되지? 허튼수작 부리면 알지? 내 성질? 그땐 우리 다 같이 죽는 거다." 하며 바닥에 떨어진 그릇 하나를 발로 확 걷어차더니, 다시 "내 성질 알지 너? 내 성질 알지?" 하고 다혜에게 엄포를 놓고는 겨우 나갔다.

 다혜는 영찬이 또 미웠다.
 '대체 뭐야? 저런 미친년인 줄도 모르고 만난거야? 어디서 만날 년이 없어서 저런 미친년을 만나? 기가 차네. 그리고 나올 거면? 좋게 해결하고, 끝내고 나와야 될 거 아니야? 지가 몰래 도망치면 저년이 응 알았어, 영찬씨 잘살아, 그럴 줄 알았어? 미쳤어, 이것들이 둘 다 쌍으로 미쳤어 정신병자들.'이라 생각하며 다혜는 여기저기 굴러떨어진 그릇들을 주섬주섬 설거지통에 가져다 놓았다.

하연은 집으로 돌아가서 신발도 벗지 않고, 눈물이 범벅인 채로 양주를 글라스에 가득 부어 연속해서 따라 마셨다. 그리고는 술잔이며 술병이며 그릇들을 마구마구 집어던져 집안을 난장판으로 만들었다.

하연은 "영찬씨? 영찬씨?" 하고 영찬을 부르며 악다구니를 써대다가 또 헛소리를 중얼거렸다. "이건 꿈이야, 이건 꿈이야, 이건 꿈이라고...두고 봐 영찬씨 니가 내손에서 벗어날 줄 알아?"

이대로 쉽게 끝낼 하연이 아니었다. 다음날 하연은 다시 흥신소 직원들을 열 명이나 고용했다. 그들에게 영찬의 사진을 건네주며 돈은 얼마가 들어도 좋으니까 찾아만 오라고 일을 맡겼다.

다음 날부터 잠실 장미 아파트 다혜의 집 근처에, 새까만 승합차 한대가 상주를 했다.
10여 명의 덩치들이 상주를 했다. 혹시라도 언젠가는 영찬이 찾아올 수도 있다는 생각으로
하연은 흥신소 직원들을 다혜 집에 상주시킨 것이다.

이 무렵 영찬은 지방의 공사장에서 막일을 하고 있었다. 생전 막일은 안해봤지만 타고난 건강체질이라 자갈, 모래, 벽돌 등을 지게에 지고 계단을 오르는 힘든 일을 척척 해내며 일하고 있었다. 영찬은 시멘트 콘크리트를 타설할 거푸집을 만드는 무거운 판넬을 들어 나르며, 목수들이 시키는 일을 하며 그런대로 견뎌내고 있었다.

영찬은 이렇게까지 추락한 자신을 자책했다. 더 높이, 더 위로 질주할 것만 같던 자신의 인생이 이렇게 바닥까지 떨어져 추락해 가는 것을 보며 자책했다.

'실수만 안했어도, 실수만 안했어도.' 하고 생각하며 영찬은 수많은 자책들로 살았다.
영찬은 착실하게 직장을 다니면서 평범하게 살았더라면 예쁜 다혜랑, 예쁜 아기랑, 좋은 직장 다니면서 행복했을 자신을 생각하며 가슴에서 끝없는 피눈물이 흘렸다.

영찬은 그것은 실수가 아니라 자신의 욕심과 욕망이었음을 깨달으며 그렇게 하루하루를 반성하는 심정으로 살았다.

영찬은 인생의 희로애락을 느껴가며 매일 새벽 5시에 일어나 저녁 8시에 잠을 자는, 마치 시계 바늘 같은 반복된 생활을 했다. 일당 잡부로 일해가며 직업에 귀천은 없는 거라며 수도 없이 자신을 다독여가며 살았다.

노가다일은 끼리끼리 모여서 하는 일이라 누가 노가다라고 깔보는 시선은 없었다. 하지만, 영찬은 자신을 스스로 망가뜨리고 있었다.

어느덧 3개월 간 몸을 막 굴려가며 일하자, 고된 일들과 술에 쩔어 사는 일상에 영찬은 그 잘생겼던 인물이 후줄근한 모습으로 변해있었다.

영찬이 사라진 지 3개월쯤 후, 12월의 강바람이 미친 듯한 추위를 몰고 오던 날.
저녁 밤 11경, 장미 아파트 다혜의 집 주변에 영찬이 나타났다.

기차를 타고 서울로 올라오며 영찬은 오는 내내, 아무리 생각을 해봐도 자신이 한심스러웠다. 외롭고 쓸쓸한 처지가 돼버린 자신이 한심스러웠다.

더군다나 그립고 그리운 다혜와 방긋방긋 웃으며 눈 맞추던 아기가 눈에 선해 가슴이 더 미칠 것만 같았다. 영찬은 그간 일해서 번 돈 얼마라도 다혜의 집 현관 틈에 넣어주고 갈 요량으로 후줄근한 모습으로 나타났다.

영찬은 다혜의 집 창문에 혹시라도 불이 켜져 있나 하고 살피던 중 쉭쉭 하는 뭔가를 뿌리는 소리와 함께 정신을 잃었다.

영찬이 정신을 차리고 깨어나 보니 하연의 집이었다. 하연과 자신이 함께 쓰던 침대 위에 있었다. 벌떡 일어나서 나가려는 영찬에게 하연은 웃으며 말했다.

"영찬씨, 갈 때 가더라도 전화나 한 통 받고 갈래? 반가운 사람이 바꿔 달라네, 얼른 받아봐, 영찬씨." 하더니 "아참, 그리고 주다혜씨, 저기 말 잘해요? 내 성질 건드리면 알죠?" 하고 다혜에게 협박을 하고는 전화를 영찬에게 바꿔 주었다.

영찬이 "여보세요?" 하자 다혜의 화살들이 날아왔다.
"영찬씨? 아니 그 집에서 나올 때 나오더라도 좋게 하고 나왔어야지 그년 성질 몰라서 도망 나와? 여기 와서 그년이 어떻게 하고 갔는지 알아? 어디서 만나도 미친개 같은 찐드기 같은 년을 만나? 나 심장병 걸릴 거 같아. 누가 초인종만 눌러도 그 미친년이 지난번처럼 산발하고 흙투성이 맨발인 채로 뛰어 들어와서 또 난리난리 칠까봐 겁난다고. 내가 얼마나 무섭고 놀랐는 줄 알아? 그 미친년 같은 게 큰 대자로 누워서 영찬씨 찾아내라고 고래고래 소리 지르고, 울고불고 악써대고 이랬다고, 영찬씨 이 병신아. 그러다가 아기 놀라서 잘못되면? 니가 책임 질 거야? 왜 그렇게 생각이 없어? 왜 그렇게 생각이 모자라? 칠푼이 팔푼이 병신 쪼다야." 하고 영찬에게 원망의 말들을 쏟아냈다.

다혜의 원망들을 말 없이 듣고 있던 영찬의 입에서, "미안해 다혜야." 하는 소리가 끝나자마자, 뚜뚜 하고 전화기가 꺼져버렸다.

김하연 이 여자는 진짜 웬수였다. 사람이 아니고 웬수였다. 다혜의 말대로, 미친개에 미친 찐드기였다. 힘으로도 어떻게 할 수가 없는 여자였다.

쪼금만 쎄게 나가면 금방 다혜와 아기에게 불똥이 튀게 될 테고, 어떻게 할 수가 없는 여자였다. 전화를 끊자 하연이 웃으며 말했다.

"영찬씨~ 다시 잠수 타려면 타보세요? 내가 어떻게 나갈지 잘 아시겠죠? 나 이판사판 공사판 이에요. 더 잃을 것도 없어, 난 영찬씨 아니면 못 살아. 그러니까 내 옆에 곱게 붙어있어 주세요~ 영찬씨~." 하며 썩소를 날렸다.

다 자신의 죄였다. 누구의 잘못도 아니었다. 모든 게 다 자신의 업보였다. 몇 번의 달콤한 바람이 자신의 모든것을 망가트렸고, 다혜와 아기에게도 큰 고통을 안겨준 것이다.
김하연 이 여자는 힘으로도, 이해로도, 어떻게 해서도 해결이 안 되는 그런 미친 여자였다.
영찬은 그렇게 미친개에게 물려 옴짝달싹 못하는 신세가 되었다.

며칠 후, 싱그런 장미꽃들과 안개꽃이 꽃병에 꽂혀있는 주방의 식탁 의자에 앉아서 다혜가 아기에게 먹일 분유를 젖병에 넣고 흔들고 있었다. 데이빗 가렛의 쇼팽 녹턴 바이올린 연주를 들으며 젖병에 분유를 넣고 흔들었다.

순간, 영찬의 웃는 모습이 스쳐 지나갔다. 투덜거리며 쓰레기봉투를 들고 나가는 모습, 같이 밥을 먹던 모습들도, 사랑을 나누던 모습들도 생각해 보니 모든 게 너무나 아름다웠던 행복했던 날들이었다.

침대 위에 누워있는 다혜에게 갑자기 영찬이 달려들어 다혜의 옷을 벗겨댔다.
"여보, 영찬씨, 어머니 아직 안 주무셔."
"아이 몰라, 난 못 참아 하루도 못 참아. 엄마한테 귀마개라도 사다 드릴까봐, 내일 당장."
"아이 영찬씨"
다혜가 몸을 웅크리며 영찬의 손길을 가로막자, 영찬은 억지로 다혜의 옷을 하나씩 벗겨낸 후 다혜의 빨간색 티 팬티를 입으로 물어서 다리 아래까지 끌어내렸다.
그리고는 영찬은 다혜의 입술에 살짝 키스를 하고는 혀를 밀어 넣어 다혜의 입안을 휘저으며 키스를 해댔다. 영찬은 한참을 키스를 해대더니 다시 다혜의 크고 새하얀 가슴을 양손으로 움켜쥐고는 혀로 다혜의 분홍빛 유두와 가슴을 맞나게 핥아먹었다.

다시 영찬은 혀로 다혜의 은밀한 그곳 그녀의 신전 안을 애무했다. 그리고는 그녀의 성스런 계곡물로 쉼 없이 갈증을 달랬다. 이내 영찬은 그녀의 신전 안에 자신의 거대한 남성을 깊숙이 힘차게 넣고는 허리와 엉덩이를 쉴 새 없이 움직여 댔다.

그러자 그녀의 입에서 신음들이 터졌다. "아아아, 으으으, 영찬씨...앙앙 응응 응응 앙앙응응...."
잠시 후, 그녀는 "영찬씨, 뒤치기로 해줘. 그리고 엉덩이도 막 때리면서 해줘." 하고 웅얼거렸다. 그러자 영찬은 그녀를 무릎 꿇린 자세로 엎드리게 한 후에 그녀의 엉덩이를 하늘 높이 들어 올리게 하고는, 그녀의 크고 흰 엉덩이를 양손으로 잡고는 그녀의 엉덩이 사이의 그녀의 신전 안을 혀와 입술로 탐하며 유린 해댔다.

그러자 그녀는 자신의 엉덩이와 그곳을 영찬의 얼굴에 쉴새 없이 밀어붙였다. 영찬은 그녀의 신전 안에 다시 혀를 깊숙이 밀어 넣고는 위에서 아래로 움직이면서 예쁜 엉덩이를 찰싹찰싹 철썩철썩 때리면서, 그녀의 국화꽃 항문에 혀와 입술을 문질렀다.

그녀는 부끄러운지 아잉 하면서 엉덩이와 항문을 움찔하더니 한손으로 영찬의 머리를 밀쳐냈다. 그래도 영찬은 계속해서 그녀의 국화꽃 항문에 혀와 입술을 마구마구 문질러댔다.

그러자 잠시 후, 그녀의 온몸의 쾌감 신경들이 그녀에게 무슨 짓을 했는지 이상하게 온몸이 달달달 떨리더니 국화꽃 모양의 그곳까지 경련이 일었다.

"앙앙으응 앙앙응응, 앙앙응응....앙앙앙 앙앙앙 아흐흥, 아흐흥 아흐흥... 아응아응, 아응아응 아응아응, 영찬씨..."
다혜가 신음을 내며 엉덩이와 골반, 온몸 전부를 떨었다.

다혜는 마치 천상을 나는 기분이었다. 이러다가 죽을 것만 같았다. 끊임없이 이어지는 온몸의 경련들에 온몸이 남아나질 않을 것만 같았다. 그녀는 자신의 계곡물을 쏟아냈다. 온 침대를 적시고 온 세상을 물바다로 만들며, 계곡물을 끊임없이 쏟아냈다.

이때, 갑자기 다혜의 귀에 "으아아앙 으아아앙 으아아앙"하는 연주의 울음소리가 들렸다.
깜짝 놀란 다혜는 식탁 의자에서 벌떡 일어나서 우유병을 들고서 연주에게 달려가 연주의 입에 우유병을 물려줬다.

그런데 츄리닝 바지가 축축해서 바라보니, 바지가 물에 흠뻑 적셨다가 방금 꺼내 입은 것처럼 물이 줄줄 흘러 있었다. 영찬에 대한 그리움이 만든 몽정이었다.

다혜는 연주가 우유를 다 먹고 다시 잠이 들자, 좀 전의 꿈의 여운이 다 가시지 않은 듯 욕실로 들어가 따뜻한 물을 틀어놓고는 샤워기 꼭지로 자신의 은밀한 곳에 쏘아대며, 손가락으로 그곳을 빠르게 문질러댔다. 힘을 줬다가 뺐다가 하면서 문질러댔다.

그리고는 클럽에서 속옷도 입지 않은 채 얇고 짧은 꽃무늬 원피스만을 걸치고 골반을 돌리며 야한 춤을 추고 있는 자신을 상상했다.
그리고는 자신의 맨 엉덩이를 강제로 양손으로 꽉 움켜쥔 채, 끝도 없이 부비부비를 해대며 뜨겁게 밀착해 오는, 덩치가 산만한 낯선 흑인 남자에게 강제로 키스를 당하는 상상을 하면서, 그 남자 몸의 땀 냄새를 맡는 상상을 하면서, 계속해서 자신의 클리토리스를 문질러 댔다. 그러다가 온몸이 젖은 채로 침대로 돌아와서는, 인터넷으로 얼마 전에 사놓았던 흑인 남성 모양의 엄청나게 커다랗고 굵은 그것을 입안에 넣고는 애무를 해댔다.

 그리고 다혜는 거대한 그것에 침을 발라 계속해서 항문을 문질러 댔다. 그러자 다혜의 항문과 은밀한 그곳이 경련을 일으키며 쾌감들이 미친 듯이 몰려들었다.
 다혜는 "앙앙앙, 앙앙앙 앙앙앙, 아흐흥 아흐흥 아흐흥……아응아응 아응아응…." 소리를 질러대며 엉덩이와 항문을 조였다 풀었다 하면서 거칠고 낯선 흑인 남자의 거대한 그것을 자신의 은밀한 그곳의 질구 깊숙이 찔러 넣으며, 다리를 배배 꼬며 신음을 질러댔다.

 그러자 잠시 후, 다혜의 계곡 속에서 홍수가 나면서 온몸이 또다시 덜덜덜 덜덜덜 끝도 없이 떨려왔다. 그래도 거칠고 낯선 흑인 남자의 그것은 다혜의 은밀한 곳에 공격을 해댔다. 다혜는 거칠고 낯선 흑인 남자의 땀 냄새를 맡으며 끝도 없이 엉덩이를 조여댔다.

 다혜는 아주 어릴 적부터 크게 스트레스를 받는 날은 자위를 했었다. 처음에는 그게 자위인지도 모르고, 만지면 기분이 좋으니까 했었지만, 점점 무언가를 넣으며 집중하게 됐다. 더군다나 다혜는 신혼 생활을 하던 혈기 왕성한 삼십 대 초반이었다. 그렇게 다혜는 외로울 때마다 흑인 남성을 불러들여 외도를 하며 자기 위로를 했다.

10화
봄바람

우면동 하연의 집에서 영찬이 쥐 죽은 듯이 살던 그 시각, 잠실의 석촌호수엔 벚꽃 잎들이 흐드러지게 만발했다.

"슬픔만이 가득한 내 가슴, 얼어붙은 겨울의 땅에
다시 꽃피는 봄날이 왔네
우리아기 예쁜 아기 방긋방긋한 웃음에 봄날이 왔네
살랑살랑 봄바람에 엄마 치맛단이 춤을 추네
우리아기 예쁜 아기 데리고
엄마랑 아기랑 치맛바람이라도 날까나?
덩실덩실 덩실덩실 치맛바람이라도 날까나?" 하고 다혜는 연주를 안고 어르며 노래를 부르다가 연주를 유모차에 태워서 석촌호수 벚꽃 구경을 나섰다.

벚꽃 축제가 한창인 석촌호수엔 인산인해였다. 그렇게 다혜가 연주를 유모차에 태우고 석촌호수를 반 바퀴째 돌 무렵, 엔젤리너스 근처에서 누군가가 어깨를 툭툭 쳤다. 뒤 돌아보니 박준호였다.

준호는 늘 다혜가 어른거렸다. 다혜만 생각하면 가슴이 콩닥콩닥하고 두근두근 거렸다. 다혜가 빵집 알바라도 하면 얼른 뛰어가 얼굴이라도 볼수 있을 텐데, 알바도 안 하고, 전화를 하기도 그래서 병이 날 지경이었다. 그렇다고 장미 아파트 주변을 서성거릴 수도 없었다. 다혜가 아직은 유부녀인걸 알기에 전화를 걸기도 그랬다.

"어머? 안녕하세요 대표님. 여기 어쩐 일이세요?"

다혜가 먼저 반갑게 인사를 했다.

박준호는 환하게 웃으며 말했다. "저도 꽃구경 나왔습니다, 다혜씨. 그러다가 꽃보다 더 예쁜 꽃을 만났습니다. 다혜씨, 어떻게 이렇게 벚꽃보다 더 예쁘셔요? 벚꽃 잎들이 아주 단체로 질투를 하겠어요?" 하고는 준호는 허리를 굽혀 아기에게 시선을 맞춘 후, 환하게 웃으며 손을 흔들어 보였다.

"우와 어쩜, 이렇게 예쁠까? 우리 공주님은? 엄마를 닮아서 이렇게 예쁜가? 누구를 닮아서 이렇게 예쁜가? 우리 공주님 크면 미스코리아 진 되겠네?" 하며 준호는 유모차 옆에 쭈그리고 앉아 아기와 대화를 나누다가 다혜에게 다시 말을 건넸다.

"다혜씨 요즘은 잘 지내시죠? 별일 없으시죠?"

다혜는 웃으며 준호에게 말했다. "네, 별일 없어요. 다 대표님 덕분이에요. 제가 보답도 못해드렸는데 어떻게 시간 되시면 제가 보답으로 커피 한 잔 사드릴까요?"

그러자 준호는 신이 난 어린아이처럼 좋아하며, "정말요? 감사합니다. 자자손손 대대로 영광입니다. 그리고 저 남아도는 게 시간이에요. 언제든 전화만 하시면 저는 감사하죠." 하고 대답했다.

두 사람은 엔젤리너스 쪽으로 함께 걸어갔다. 누가 보면 영락없는 행복한 젊은 부부처럼 보였다. 싱그러운 포근한 봄바람들은 불어오고, 그 불어오는 싱그러운 봄바람들에 벚꽃 잎들은 흩날리고 그야말로 벚꽃 엔딩의 찬란한 축제였다.

준호와 다혜는 싱그러운 봄바람들에 벚꽃 잎들이 흩날릴 때마다, 누가 먼저랄 것도 없이 와....와...하고 감탄을 연발했다. 벚꽃잎들이 흐드러지게 피어있는 석촌호수 길은 싱그러운 생명의 기운들이 완연했다.

그렇게 흩날리는 벚꽃잎들은 연분홍빛의 꽃비를 내리게 했고, 꽃길을 만들게 했으며 벚꽃잎들의 찬란한 낙화는 그야말로 봄날의 향연이었다.

그렇게 아름다운 꽃길을 걸어서 두 사람은 엔젤리너스에 도착했다. 다혜는 얼른 아메리카노 커피 두잔하고 맛있는 바게트들을 이것저것 잔뜩 주문했다. 이곳은 바게트를 살 수 있는 커피숍이었다.

커피를 마시며 준호가 "저 다혜씨? 언제 우리 저녁 같이 먹어요. 제가 맛있는 저녁 쏠게요." 하고 다혜의 눈치를 살피며 특유의 유쾌한 말투로 말했다.
순간 다혜의 얼굴이 살짝 경직되었다가 풀리며, "제가 요즘 아기 보느라 힘이 들어서요. 나중에 사주시면 안 될까요?" 하고 말했다.

그러자 준호는 마음속으로는 약간 실망했지만, 겉으로는 아무렇지도 않은 듯 "네, 괜찮습니다. 다혜씨 알겠습니다." 하며 씩씩하게 대답했다. 그러나 준호의 얼굴에서는 살짝 실망하는 표정이 역력했다.

그 모습에 다혜는 준호가 민망할까봐 "죄송해요, 항상 좋게만 봐주시는데. 어떡해요? 자존심 상하셨죠? 혹시 상처 받으신 거 아니죠?" 하고 준호의 표정을 살피며 웃으며 물었다.

준호는 이내 밝은 표정을 되찾으며 말했다. "저 괜찮아요. 자존심은 저기 배편으로 무인도에 부쳐 버렸구요. 상처는 비행기 태워서 미국 보내 버렸습니다, 하하하."

그리고는 다시 "그럼 다혜씨 다른 부탁 드려도 될까요?" 하고 다시 말했다. 다혜가 "네?" 하고 머뭇거리자 준호는 환하게 웃으며 유모차의 연주를 바라보며 말했다.
"다른 게 아니라, 집에 가실 때 우리 공주님 선물 좀 사주려구요. 그건 괜찮죠?" 하며 준호는 유모차를 얼른 다혜의 손에서 뺏어 앞서서 끌고 가면서 부릉부릉 하고 흥얼거리며 걸었다.

"자 가시죠, 우리 공주님. 우리 예쁜 공주님 선물 사러 가시죠? 우리 예쁜 공주님 아저씨랑 선물 사러 가시죠? 우리 공주님도 좋죠? 아저씨가 예쁜 선물 많이많이 사줄게요." 하며 앞장서서 롯데마트 쪽으로 걸어갔다.

잠실 롯데백화점 지하 마트 코너.

다혜가 유모차를 끌고 따라오자, 준호는 앞장서서 카트를 끌고 다니며 이것저것 쓸어 담았다. 분유와 이유식은 박스째로 한 박스씩 담았고, 거기에 젖병에 아기 기저귀까지 가득 담아 계산을 하고는 다혜의 집으로 배달시켰다. 그리고 억지로 유모차를 자기가 뺏어 끌고는, 또 윗층 아기 옷 매장으로 올라가서 봉투 가득 옷이며 앙증맞은 신발에, 양말에, 보행기에, 거품 비누까지 바리바리 싸들고 계산을 한 후 다혜의 집 앞 엘리베이터까지 바래다 주었다.

그리고는 다시 유쾌한 말투로 말했다. "다혜씨? 잊지 마세요. 아직 밥 사는 거 남아 있어요. 아시죠? 에이, 아예 야경까지 봤어야 하는 건데." 하고는 다시 손을 흔들며 돌아갔다.

다혜는 집으로 돌아와 '어쩜 사람이 저렇게 자상할까? 어쩜 사람이 저렇게 예의 바를까? 거기다가 위트에, 좋은 성격에.' 하고 생각하다가, '에이, 내가 무슨 생각을' 하고는 픽 웃고 말았다. 그날 다혜는 일기를 썼다.

기다림 주다혜

찬 서리가 세상을 덮고 찬바람이 불던 날
낙엽들은 계곡의 음짜기들로 달려갔고
들판의 국화꽃들은 며칠을 앓았다
찬바람들은 살을 에는 듯한, 추위를 몰고 왔고
세상은 시리지 않은 곳이 없었다.
화단을 지키던 몇 송이의 국화는 찬바람들에 의해 시들어 갔고

찬바람들은 그것도 성에 차지 않았는지

나의 창문을 흔들어대며 숨을 헐떡여 댔다.

그리고는 기다림, 기다림, 긴 기다림 끝에

햇살이 검은 먹구름들을 쏟아내던 날

벚꽃 잎들은 흐드러지게 피어나 만발했다

인생은, 꽃피는 봄날을 기다리듯이

날마다 견디기 위하여 사는 그런 일인지도 모르겠다.

기다림 기다림을 안고

그렇게 살아가는 일인지도 모르겠다.

11화
불청객

다음날 다혜는 저녁으로 짜장면을 시켜 먹었다. 그런데 검정색 모자를 푹 눌러쓰고, 검정색 마스크를 쓰고 배달 온 남자의 눈빛이 예사롭지 않았다. 그 남자는 집안을 두리번 두리번 살피더니 현관에 있는 신발까지도 살펴보는 것 같았다. 그러더니 갑자기 눈빛이 게슴츠레하게 변했다. 다혜의 반사 신경은 그 순간 본능적으로 다혜의 몸을 움츠리게 했다.

잠시 후 늦은 저녁 시간, 연주를 아기방에 재우고 문을 닫고 나오는 순간, 띵동 띵동 하고 초인종이 울려댔다.

다혜가 "누구세요?" 하고 말하면서 인터폰으로 보니 저녁에 배달을 왔던 그 남자였다.
"무슨 일이세요?"하고 다혜가 다시 묻자 남자가 말했다.
"저 짜장면 그릇 찾으러 왔는데요?"
그러자 다혜가 "그릇 밖에 내놨는데요." 하고 말했다.
남자가 대답했다. "밖에 그릇이 없어서요."
그 말에 다혜가 "잠깐만요" 하고는 가벼운 노란색 반팔 티셔츠에 베이지색 츄리닝 바지 바람으로 현관문을 열고서 얼굴을 빼꼼히 내미는 순간, 남자는 다혜를 확 밀치면서 재빨리 현관문이 닫히기 전에 들어왔다. 그리고는 다혜의 입을 콱 틀어막았다.

남자는 무서운 눈빛으로 다혜를 기선제압 하며 말했다.
"쉿, 조용히 해? 살고 싶으면 조용히 해. 조용히만 하면 살려줄게 알았지?"
다혜가 고개를 끄덕끄덕하자, 남자는 집안을 살피더니 남자 신발이 없자, 미리 준비해 온 노끈으로 다혜의 손과 발을 묶고는 살려달라고 사정하는 다혜의 입을 청 테이프로 틀어막고 식탁 의자에 앉혀 놓았다. 그리고는 자신의 바지와 팬티를 벗고 다혜 앞에서 자위를 시작했다.

"바바리맨, 바바리맨, 난 바바리맨, 바바리맨, 바바리맨, 난 바바리맨, 봄바람 났네, 봄바람 났네 난 바바리맨" 하고 노래를 부르면서 자위를 해댔다.

그러다가는 성에 안 차는지 다혜를 끌어다가 침대위에 엎드리게 하고는 다혜의 엉덩이만 보이게 바지를 벗기더니, 다혜의 엉덩이를 손바닥으로 철썩철썩 수도 없이 때려댔다. 다혜의 엉덩이가 새빨갛게 부르트도록 바바리맨은 계속해서 철썩철썩 때리기만 했다.

남자는 "아, 존나 예뻐 아 존나 섹시해. 아 씨팔 엉덩이 진짜 존나 찰지네. 무슨 엉덩이가 이렇게 존나 찰지고 예쁘냐?" 하면서 계속해서 다혜의 엉덩이를 때려댔다.

다혜는 아무리 아파도 소리를 지를 수가 없었다. 청 테이프로 입이 틀어막혀 있어서 소리를 지를 수가 없었다. '우우우, 우우우' 소리밖에 낼 수가 없었다. 다혜는 아프고 무서워서 눈물만 펑펑 쏟아졌다.

그렇게 다혜의 엉덩이를 때리던 바바리 맨은 손길을 멈추더니 빨갛게 부르튼 다혜의 엉덩이를 혀로 핥아 먹으며 온몸을 부들부들 떨어댔다. 그리고는 또다시 다혜의 엉덩이와 엉덩이사이를 핥아 먹으며 또다시 온몸을 부들부들 떨어댔다.

 다혜가 온몸을 배배 꼬며 반항하자, 남자는 손으로 다혜의 허리와 엉덩이를 꽉 찍어 누르면서, 다혜의 눈을 보며 또 자위를 시작했다.

 다혜가 눈을 꼭 감아 버리자 남자가 말했다.
 "야, 눈 똑바로 뜨고 봐라. 안 그러면 너 또 엉덩이 맴매한다."
 다혜는 할 수 없이 바바리맨의 자위하는 모습을 바라보고 있을 수밖에 없었다.

 잠시 후, 바바리맨은 다혜의 눈을 똑바로 보며 말했다.
 "야, 귀염둥이? 내 고추 보니까 좋니? 내 고추 보니까 좋냐구, 대답 안 할래? 나 아까 배달 왔을 때 니 엉덩이 보는 순간, 한방에 훅 갔다. 하도 떨려서 흥분돼서 나 바지에 살짝 지렸었다. 너도 니 엉덩이 예쁜 건 알지?"

 그러더니 바바리맨은 다혜의 부르튼 엉덩이를 "아홉아홉 아후흡 아홉아홉 아후흡 아홉아홉 아흑 아흑"하고 신음소리를 내며 계속해서 핥아대며 자위를 해댔다.

 남자가 다시 "야, 넌 진짜 왜 이렇게 엉덩이 냄새도 좋고, 똥꼬 냄새도 좋고 너 왜 이렇게 날 미치게 만드냐? 아 씨팔." 하더니 갑자기 다혜의 똥꼬를 빨아먹었다.

 다혜가 똥꼬를 움츠리자 바바리맨은 "야, 얼른 똥꼬 풀어라. 엉덩이 또 맴매하기 전에?" 하며 협박을 해댔다. 다혜가 할 수 없이 엉덩이를 뒤로 쭉 빼서 똥꼬에 힘을 풀자, 바바리맨 은 또다시 다혜의 엉덩이와 똥꼬를 핥아 대더니, 다혜의 얼굴에 대고 사정을 해댔다.

 그렇게 자위가 끝나자 바바리맨은 노래를 흥얼거리며 휴대폰을 꺼내 다혜의 새빨갛게 부르튼 엉덩이만을 촬영하고는 다혜를 묶었던 손도 풀어주지 않고 사라졌다. 다혜는 그렇게 무방비 상태로 성추행을 당했다. 다혜는 혼자서 손과 발을 묶은 끈을 풀려고 기를 쓰다가 잠에서 깼다.

 다혜는 자신의 내적 심리안에 대체 어떤 뜨겁고 더러운 짐승이 살길래 이런 개 같은 꿈을 꾸는 건지 이해할 수가 없었다. 아직도 온몸 곳곳과 마음 안에는 더러운 욕정들의 여운이 가득했다. 다혜는 그것들을 씻어내려고 욕실로 향했다.

 다혜는 그 몇 년 동안 뜨겁고 한창 젊은 육체를 힘들여 다 잡고 살아오던 욕정에 대한 창과 방패가 서서히 허물어지고 있음을 느꼈다. 언제 또 찾아오게 될지 모르는 내재되어 있던 그동안 풀지 못한 젊음의 뜨거운 욕정이, 자위로도 풀리지 않는 욕정이 또 무슨 짓을 할지 몰라 두려웠다.

 그런 일이 실제로 일어날까봐 그 뒤로 다혜는 배달 음식을 시켜 먹지 않았다. 그리고 복도 현관문 천장 위에 웹캠도 설치하고 휴대폰에 연동을 해놓았다. 어두워지는 저녁시간에는 현관문을 빈틈없이 둘러보는 것이 다혜의 일상이 되었다.
 다혜는 어두워지는 저녁 세상이 무서워졌다. 늦은 밤, 낯선 남자의 모습을 보는 건 더 무서웠다. 그렇게 다혜는 감내하던 두려움이 들불처럼 일어나 긴장할 일이 하나 더 생겼다.
 재활용 분리배출을 하는 날에 다혜가 내놓는 빈 소주병을 보며 "소주 좋아하시나 봐요?" 하고 누가 물어만 봐도 기분이 별로였다.

현관문엔 불청객 접근금지 스티커를 붙이고, 일부러 '마동식'이라는 남자 이름도 메모지에 크게 써 붙여 놓았다. 그리고 현관에는 남자 신발도 사다 놓았다.

12화
사랑 받지 못한 여자

영찬과 하연은 오늘도 옥신각신하고 있다.
하연이 생글생글 영찬을 바라보며 말했다.
"영찬씨 나 사랑해?"
그러자 영찬이 하연의 볼에 뽀뽀를 하며 "응 사랑하지, 바다만큼 땅만큼 사랑하지."
영찬이 대답하자, 하연이 콧소리를 섞어서 말했다. "진짜, 영찬씨? 그럼 증명해 봐? 오늘부터 속옷은 이 속옷만 입어 알겠지?"

침대 위엔 새로 사온 여자용 검정, 핑크, 빨강 등 여러 장의 노 라인 팬티와 투명한 실크 망사 팬티들이 여기저기 가득 널려 있었다. 하연이 다시 영찬에게 콧소리를 섞어서 말했다.
"영찬씨 있잖아, 영찬씨가 입던 속옷들은 내가 싹 다 버렸으니까, 그렇게 알아. 제발 내 소원이니까 들어줄 거지? 영찬씨? 난 영찬씨가 이거 입고 있을 때, 존나 흥분될 거 같아서 그래. 제발 응응응?" 하고 계속해서 하연은 콧소리를 내면서 애교를 떨어댔다. 하연은 상상의 나래를 펴면서 무슨 신비로운 꿈을 꾸는 듯했다.

영찬은 하연의 얼토당토않은 요구에 어떻게 해야 할지, 또 무슨 말을 해야 할지 머리가 아팠다.

"야, 김하연. 너 이거 무슨 야동 찍는 거냐? 난 못해 절대. 너 이러다가 나한테 끈나시까지 입으라고 떼쓰는 거 아냐?" 하고 영찬이 말하자, 하연은 반색하며 말했다.

"와 그거, 아이디어 기발하고 좋네? 영찬씨 내 끈나시 한번 입어볼래? 빨간색 예쁜 거 있는데? 이참에 아주 동영상도 찍을까 우리? 사랑할 때 말이야, 홀딱 벗고 할 때 어때? 와 영찬씨 진짜 천재다. 이따 우리 잠자리할 때 진짜 동영상도 한번 찍어보자. 그런데 누가 찍어주지?" 하고 하연이 신이 난 듯 말하자 울화통에 화딱지가 난 영찬이 말했다.
"이런 미친, 또라이. 난 더 이상 너 못 맞춰 줘. 너 정신병자 아니야?" 하고 소리치며 문을 쾅 닫고 나가버렸다.

그러자 하연은 침대 위의 속옷들을 끌어안았다가 얼굴에 부볐다가, 냄새를 맡았다가 흐뭇한 미소를 띠며 잠시 후 영찬을 따라 밖으로 나왔다.

그날 저녁 하연이 침대에 누워 여자용 살색 사각팬티만 입은 채 서 있는 영찬에게 말했다.
"자기야 옆으로 돌아봐. 뒤태 좀 보여 줘봐, 앞으로 돌아서 봐. 살짝 엉덩이 쭉 빼고 숙여봐? 아냐, 다른 거로 갈아입고 와. 이게 더 흥분되네, 핑크색 삼각 망사 팬티 그거 좋네. 영찬씨 천천히 기어서 한번 나한테 와봐. 옳지, 옳지, 기어서 오니까 존나 섹시하네. 우와 엄청 존나 섹시하네. 아 흥분돼, 영찬씨 목에다가 개 목줄만 채우면 딱인데." 하며 하연은 야시시하게 스스로의 몸을 만져댔다.

영찬이 이렇게 속옷 쇼를 하고 있는 동안, 하연은 살색 끈나시 슬립만 걸친 채 속옷은 모두 다 벗어서 영찬이 서 있는 바닥 쪽으로 집어 던져 놓고는 흥분을 참지 못하고, 입을 헤 벌린 채 온몸을 부르르 떨어댔다. 그리고는 혼자서 자신의 풍만한 가슴을 손으로 끌어올려 입으로 자신의 핑크빛 유두를 빨아대며 신음소리를 질러댔다. 그리고는 영찬에게 또 다른 요구를 해댔다.

"영찬씨? 영찬씨 손으로 자기 것 좀 주물러봐. 주물러서 크게 키워봐. 아니, 잠깐만. 이렇게 아니지." 하더니 하연은 주방으로 가서 생크림을 가져 오더니 자신의 젖꼭지에 바르고는 혀를 길게 뽑아내서는 천천히 핥아먹으며 신음소리를 내댔다. 그리고는 자신의 은밀한 곳에도 생크림을 듬뿍 발라 놓고는 영찬에게 "영찬씨 멍멍하고 짖으면서 개처럼 기어 와서 혀를 길게 빼내서 개처럼 핥아먹어봐." 하고 시켰다.

 그러자 영찬은 "멍멍" 하고 짖으면서 기어 오더니 혀를 길게 빼 하연의 그곳에 발라져 있는
생크림을 핥아 먹었다. 하연은 또다시 생크림을 자신의 젖꼭지에 듬뿍 바르더니, 생크림이 묻어있는 자신의 그 커다란 젖가슴을 오른손으로 꽉 쥐고는 영찬의 얼굴에 젖싸대기를 휙 날렸다.

 그러자 영찬이 "어 뭐야?" 하고 얼굴에 묻은 생크림을 손으로 닦아서 핥아먹자, 하연은 아아아...아아아...하고 뜨거운 입김으로 신음 소리를 지르다가, "아 씨팔, 아 씨팔 존나 좋아. 아 씨팔 존나 좋아. 아아아 으으으 으으..." 하며 신음 소리를 냈다.

 그리고는 잠시 후 욕정이 잔뜩 묻어있는 목소리로 말했다. "아 씨팔 존나 흥분돼.....영찬씨 왜 할 때 보다 이게 더 흥분되지? 기분이 이상해. 할때 하고는 다르게 이상해." 하더니 온 몸을 부르르 부르르 떨어대다가 마치

빗물이 대지의 틈바구니로 스며들었다가 마그마의 압력에 의해서 지표면으로 솟구쳐지는, 화산지대의 간헐천 분수처럼 분수를 솟구쳐 쏟아냈다.

그리고는 연속해서 엉덩이를 들어올리며 더 높게 간헐천의 분수를 쏟아냈다. 그러자 영찬은 그녀에게로 달려가서 그녀의 계곡물을 들이키며 용암을 분출했다.

하연이 이제 하다하다 이제 영찬의 속옷에까지 집착하는 건 심리적으로 볼 때, 영찬의 마음보다는 영찬의 몸을 더 지배하려는 듯한 행동이었다. 한마디로 영찬은 쾌락의 상대 그 이상도 그 이하도 아니었다. 마음은 어딜 가든 몸만은 꼭 붙잡고 싶다는, 하연의 영찬에 대한 강한 소유욕이었다.

하연과 영찬은 욕정을 풀고 난 후 식탁을 마주 보고 앉아서 양주를 마셨다. 술을 마시다가 취기가 돌자 혀 풀린 소리로 하연이 입을 열었다.

"영찬씨, 우리 집 얘기, 내 얘기 궁금하지 않아? 나 있잖아 어릴 때 유치원 때 엄마가 나 버리고 집 나갔다? 그래서 아빠가 나 혼자 키웠어. 그때 나 얼마나 슬펐는지 몰라. 매일매일 엄마를 기다려도 엄마가 안 왔어. 그래서 나 아빠가 혼자 키웠어. 그래서 지금 내가 영찬씨한테 이러는 건 아마 버림받는 걸 인정 못하는 거야. 또 버림받을까 봐, 너무 두려워서 그래서 그러는 거야. 버림받는다는 게 두려워서 그러는 거야. 영찬씨도 속으로 그랬겠지? 저런 미친년, 저런 또라이 같은 년, 정신병자년 그래, 나 욕해도 좋아. 하지만, 영찬씨가 도망가는 건 난 못 참아, 못 견뎌. 영찬씨는 나한테서 도망갈 수도 없고 도망가서도 안 돼. 나 좀 이해해줘." 하며 눈물을 뚝뚝 흘렸다.

그러더니 다시 말을 이어나갔다. "영찬씨, 있잖아 부탁인데 영찬씨 마음은 부인한테 가 있어도 좋아. 다 괜찮아. 그런데 영찬씨는 여기 있어야 돼 꼭. 나한테 내 곁에서 영원히. 알았지?" 하고는 식탁 위에 폭 엎드려 잠이 들어 버렸다.

영찬은 머릿속이 하얘졌다. 술에 취해 자신의 치부를 드러내는 그녀는 마치 구원의 손길을 기다리는 슬픈 짐승만 같았다.

'치료되지 못한 채 방치된 상처가 널 이렇게 슬픈 괴물로 만들었구나. 끊임없이 사랑을 갈구했던 니가 돈과 빽으로라도 나를 휘어잡아 보려했던, 사랑받지 못한 여자, 너가 나보다 더 불쌍하구나. 니 아픈 상처의 과거로 돌아가 너의 그 아픈 상처를 싸매 줄 수 있다면? 보듬어 줄 수만 있다면 너도 달라질 텐데.'하고 생각했다.
 그러다가 다시 '하긴? 자존심 강한 사람일수록 상처가 더 아픈 법이지.' 하고 생각했다.

영찬은 자신이 그녀에 대해 안쓰러움이 느껴지자 갑자기 머리가 혼란스러워졌다.
 며칠 후, 새벽 1시 우면동 이모네 실내 포장마차.

영찬은 하연이 잠이 들자 인생도 백지상태, 머릿속도 백지상태인 자신이 너무 한심해서 견딜 수가 없었다. 그래서 영찬은 술 한잔을 하러 나왔다. 그러더니 그냥 눈에 띈 이모네 실내 포장마차에 들어왔다.

"이모? 여기요, 꼼장어구이 하고 계란찜 주시구요, 소주도 몇 병 주세요. 이모님도 시간 되시면 같이 술 한 잔 하셔요. 안 바쁘시면 저랑 같이 한잔

하셔요?" 하고 영찬이 말했다.

그러자 사람 좋게 생긴 포장마차 사장님이 주방 안에서 꼼장어구이와 계란찜을 만들며 말했다.

"네, 손님 잠시만 기다리세요. 금방 나갈게요." 하고 밝게 웃으며 말했다. 그녀의 말투는 직업적이지 않고 상냥했다.

포장마차 이모는 잠시 후 꼼장어구이랑 계란찜을 가지고 영찬의 앞자리에 앉았다. 그리고는 영찬에게 소주를 한잔 따라줬다. 그러자 영찬도 사장님께 소주를 한잔 권했다. 영찬은 50대의 사람 좋게 생긴 여사장 이모님과 서로 몇 잔씩을 주고받은 후 취기가 살짝 오르자 혀 풀린 소리로 신세 한탄을 해댔다.

"제가요, 이모님 제가요 눈이 회까닥 돌았었는지, 미쳤었는지, 예쁘고 착한 마누라 놔두고요
어리고 돈 많고 예쁜 여자한테 홀려서요, 여시한테 홀려서요, 이러지도 저러지도 못하는 한심한 신세가 돼버렸어요. 마누라를 따르자니 여시가 지구 끝까지 쫓아와서 깽판치고 난리치고 마누라 괴롭히고 상처를 줄 테고, 여시를 따르자니 마누라가 불쌍하고. 전 어떡하면 좋죠? 그런데 또 알고 보니까? 여시도 불쌍한 여자더라구요. 상처가 많은 여자더라구요. 저 참 한심한 놈이죠? 이모 그쵸? 답이 없어요. 답이. 나란 놈도 답이 없고, 여시도 답이 없고, 제갈량이 와도 해결 못해요 이건요. 콱 그냥 죽어 버릴 수도 없구요." 하고 주저리 주저리 신세 한탄을 해댔다.

그러자 고개를 끄덕이며 이야기를 듣고 있던 이모가 영찬의 손등을 탁 때리며 말했다.

"어이구 죽긴 왜 죽어? 버텨야지. 잘생기고 훤칠한 것도 죄라면 죄라니까? 키 작고 볼품없어봐? 여시가 달라붙었겠어? 그리고 세상에 아무 근심 걱정도 없는 사람이 있겠어? 세상에 그런 사람은 없어. 나도 뭐라고 조언을 해줘야 될지 모르겠지만......그냥 흘러 가는대로 살면서 기다려 봐요. 지금 당장은 답이 없지만, 언젠간 답이 보일거야. 내가 들어보니까 두 분 다 안쓰럽네요. 부인분도 지금 사시는 분도 다 안쓰럽네요. 아니 세분 다. 앞에 계신 분도 그러네. 일단 지금 사시는 여자분한테 그냥 나 죽었오 하고 죽어 살던지, 아니면 그 여자분 마음이 누그러질 때까지 기다렸다가 그 때 부인한테 돌아 가던가, 그 수밖에 없을 거 같네요. 그러니까 남자들 여자조심 해야 된다니까? 함부로 거시기 놀리지 말고. 하긴 뭐 여자들도 마찬가지지만. 자 한잔 더 받고 힘내요."

포장마차 이모는 생각했다. 한창 꽃 피워야 될 나이의 젊은이에게 이렇게 큰 아픔이 있다는 게 너무나 안쓰러웠다. 그리고는 "손님, 힘들 땐 참지 말고 찾아와요. 내가 다 받아 줄게, 누구한테 말이라도 하고나면 그래도 속이라도 시원해 질테니까." 하고 말했다.

다음날, 영찬은 하연에게서 자신이 자라온 이야기를 듣고 난 후 측은한 생각이 들어서 하연의 기분을 좋게 해줄 요량으로 맑고 투명한 햇살이 아침이슬을 말리는 시간인 오전 일곱시쯤 일어나서 유럽식 건축 양식으로 잘 지어진 하연의 커다란 저택의 정원에서 정원 손질 가위를 들고 향나무, 주목, 소나무, 꽃나무 등을 조금씩 손질해 나가기 시작했다.

그런데 정원을 손질하는 동안 신기하게도 영찬의 머릿속을 꽉 채우던 잡념들이 사라졌다.
'태영찬 너 그 따위로 살지 말아라. 아니야, 그냥 시치미 떼고 살아.' 하고 싸우던 두 마음이순식간에 사라지고 머릿속이 맑아지며 환해졌다.

　영찬은 정원 손질을 다 마치고 난 후, 들고 나왔던 생수의 뚜껑을 열어 목을 뒤로 젖힌 후 꿀꺽꿀꺽 물을 들이켰다. 그러자 짜르르한 시원한 느낌이 내장을 타고 내려가더니 쌓아만 두었던 가슴을 짓누르던 체증이 쑥하고 내려가 사라져 버렸다.

　살아간다는 일은 끊임없이 인생 실험을 하게 되는 일이다. 영찬의 인생 실험은 아직도 끝나지 않았나 보다.

　한편, 민준은 연락이 되지 않았다. 민준은 영찬과 같은 고향인 대전에서 올라와서 밑바닥 인생부터 시작했다. 자동차 밧데리 생산직 공장 직원부터 시작해서, 집을 담보로 대출을 받고 친구인 영찬에게도 조금의 도움을 받아서 어렵게 사업을 하고 있었다.

　그런데 갑자기 민준에게 문제가 생겼는지, 평생의 절친인 민준이 몇 달째 연락이 안 됐다. 어디 가서 무얼 하는 건지, 자금 부족으로 사업을 손들고 잠수를 타 버린 건지 알 수가 없었다.

　영찬은 민준이 혹시라도 나쁜 맘을 먹지 않았을까, 밥은 굶고 다니지 않을까 걱정이 돼 민준의 공장에도 가봤지만 공장문은 굳게 닫혀 있었다. 영찬은 몇 날 며칠을 불안해했다. '내가 좀 더 여유가 있었더라면 더 많이 도와줬을 텐데.' 하고 생각하며 마음도 아파왔다.

　민준은 늘 영찬에게 미안해했었다. 그런 민준에게 영찬은 늘 "괜찮아 민준아, 힘내. 사는 게 다 그런 거야. 우리는 어쩌면 누구나 다 인생 실험을 하며 사는 건지도 모르잖아? 사나이로 태어나서 하고 싶은 일 한번쯤 해

보는 것도 괜찮은 거야. 인생은 실험을 많이 할수록, 기회가 더 많을지도 모르잖냐? 누가 아냐? 너 혹시 나중에 대기업 회장님 될지? 너 나중에 회장님 되면 모르는 체나 하지 마라, 하하하." 하면서 용기를 주었다.

그러면 민준은 늘 "고맙다, 영찬아. 은혜 있지 않을게. 자, 사업 얘기 그만하고 소주나 한잔 더 받아라." 하고 영찬의 잔에 소주를 따라주곤 했다. 그렇게 서로는 둘도 없는 절친이었다.

그런데 이렇게 열심히 살던 민준이 몇 달째나 연락두절이었다. 전화기마저 꺼져있었다. 그렇게 영찬이 애태우던 어느 날이었다. 모르는 여자로부터 전화가 왔다.

"여보세요? 저 혹시 영찬오빠 아니세요?"
"네 맞는데요, 누구시죠?"
"안녕하세요, 저는 민준오빠 동생인데요. 오빠한테는 알려드려야 될 것 같아서요. 오빠가 회사가 부도가 나서 여기저기 여관방을 떠돌다가 갑자기 심장마비로 돌아가셔서 화장해서 바닷가에 뿌려드렸어요."

영찬은 수화기 너머에서 들려오는 민준의 동생의 말에 가슴이 덜컥 내려앉고 가슴이 미어져 왔다. 그리고는 다리까지 후들거렸다.

영찬은 운명을 원망하면서, 하늘을 원망하면서, 굵은 눈물을 뚝뚝 흘렸다. 그리고는 무슨 덫에 걸린 짐승처럼 몇 날 며칠을 슬퍼했다.

영찬은 자신이야 이미 꿈이 없어진지 오래였지만, 친구라도 잘됐으면 하는 바램이 있었다. 세상은 원래 그런 거였다. 마음먹은 대로 되는 게 하나도 없는 거였다. 내 멋대로 골라 살수도 없는 거였다. 모진 운명이든 뭐든 받아들이며 살 수 밖에 없는 게, 그런 게 인생이었다. 요즘의 영찬은 그냥 살아있으니까 사는, 허깨비가 되어버렸다.

　며칠 후 영찬은 민준의 유골을 뿌렸다는 곳에 찾아가서 "친구야 미안하다. 더 도와주지 못해서 미안하다. 잘 살고 있으려니, 잘 되고 있으려니 하고 소홀했던 내가 원망스럽다. 아직도 믿기지가 않는다……나 힘들다고, 도와 달라고, 전화라도 하지 이 미련한 친구야. 보고 싶다 친구야…보고 싶다고 친구야……잘 지내고 있어라……나중에 내가 너 보러갈게, 이 바보 같은 친구야." 하고 울부짖었다. 그리고는 민준이 좋아하던 소주를 한 병 뿌렸다.

　영찬이 민준의 유골이 뿌려진 바닷가에 소주를 뿌리고 돌아서자, 누렇게 빛바랜 나뭇잎들과 말라비틀어진 갈대 잎들이 사각사각 소리를 내며 두 팔을 치켜들고 있었다.

　"야 이 바보 같은 태영찬 놈아, 넌 이제 하나밖에 없던 우정도 잃었고, 사랑하는 아내에게도 곧 버림을 받을 거야. 왜? 모진 말로 말하니까 아프냐? 니가 찾아서 헤매던 욕망은 그냥 허망한 모래성이었어. 니가 니 복을 발로 차서 스스로 쫓아낸 거야. 너 같은 건 행복할 자격도 없어. 니 착한 아내 주다혜가 얼마나 지독한 상처를 받았는지 너는 알기나 하냐? 너 같은 걸 남편이라고 믿고 의지하고 그랬던 주다혜가 얼마나 절망했을까? 얼마나 아팠을까? 생각은 해봤냐? 인생은 밤하늘의 유성처럼 짧은 거야." 하고 영찬은 스스로에게 소리 질렀다.

　영찬은 곰곰이 생각했다. 그렇게 착한 아내에게는 아무렇지도 않게 지독한 상처를 줬으면서도, 어째서 자신이 받는 이 작은 모욕은 참아내지 못하는지. 영찬은 스스로에게 화가 났다. 영찬은 주먹을 꽉 움켜쥐었다.

그러자 영찬의 가슴에 아직도 남아 있는 다혜에 대한 미련이, 다혜에 대한 그리움이 해일처럼 밀려왔다. 그리고 그 해일은 영찬을 덮쳐왔다.

영찬은 어금니를 악물며 생각했다.
'아, 나는 내가 사랑한 여자가 마땅히 누려야 할 모든 것을 바보같이 다 망쳐버렸구나.'
영찬은 자신이 한심스러워졌다. 영찬은 주다혜를 감싸 안기는커녕, 모진 말들만 해댔던 스스로에게 구토했다.

13화
쌍코피

잠결에 영찬은 콧물이 흐르는 것 같은 느낌에 옷소매로 코를 훔치다가 깜짝 놀랐다.
옷소매에는 피가 흠뻑 묻어 있었다. 얼른 일어나 거울을 보니 얼굴은 피범벅이 돼 있었고, 코에선 쌍코피가 줄줄 흐르고 있었다.

영찬은 "이거 뭐지? 잠결에 휘두른 하연이 주먹에 맞았나? 아니지? 여자한테 맞았다고 쌍코피 날 리가 없고." 하고 생각했다. 이때, 부스럭거리는 소리에 잠이 깬 하연도 영찬의 피범벅 된 얼굴을 보고는 깜짝 놀랐다.

"영찬씨 왜 그래? 어디 부딪쳤어? 고개 뒤로 젖혀 봐, 지혈되게."라고 한 후, 하연은 수건에 찬물을 묻혀다가 영찬의 피 묻은 얼굴을 닦아주며 말했다.
"안 되겠다 영찬씨. 보약이라도 먹어야겠다. 보기보다 약골이네, 영찬씨?"

하연이 안쓰러운 표정으로 말하자 영찬은 약골이라는 말에 발끈하며 말했다.
"뭐? 약골? 이게 다 니 비위 맞추느라 골병들고 스트레스받아서 그런 거 아냐? 낮이고 밤이고 사람을 좀 적당히 들들 볶아 대야지, 이거 봐? 머리숱도 휑해진 거 안 보여? 이게 내 얼굴이 마흔 살 얼굴이야? 오십대 얼굴이지?"

영찬이 화를 내며 짜증을 부리자, 하연은 영찬의 등을 어린아이 달래듯

두드리며 말했다.
 "미안해 영찬씨, 내가 보약 사줄게. 몸에 좋다는 좋은 건 전부 다 사줄게? 알았지, 영찬씨?
 그리고 쌍코피 핑계로 딴 생각하면 알지?" 하고 다짐까지 받으며 어디론가 전화를 걸었다.

 저녁노을이 지고 해가 비실비실 산기슭을 넘어가 어둠이 몰려올 무렵이었다.
 하연은 예쁜 앞치마를 두르고서 보글보글 끓는 뚝배기에 얇게 썬 소고기를 잔뜩 집어 넣고는 대파를 잘게 썰어서 휘휘 저어, 맛있는 곰탕을 끓여 내왔다. 그리고는 직접 만든 맛깔나 보이는 깍두기까지 내놓았다.

 "어때 자기? 싱거우면 말해. 소금 좀 더 넣을까? 맛은 어때? 괜찮아? 식기 전에 얼른 먹어. 팍팍 먹고 힘내야지. 이거 한우라서 진짜 몸에 좋은 거야. 내일도 모래도 소고기하고 사골하고, 우족하고 잔뜩 더 사다가 또 끓여 놓을게. 잔뜩 먹어, 알았지?" 하며 하연은 영찬의 숟가락으로 곰탕 국밥을 한 숟가락씩 뜬 후 그 위에 반찬들을 올려놓고 후후 불어가며 영찬의 입에 먹여 주었다.

 영찬이 못 이기는 척 눈을 내리깔고 식탁에 앉아 하연이 먹여주는 곰탕을 다 비우자, 하연은 금새 보약 한 탕기를 덥혀다가 영찬의 입에 억지로 먹였다. 그리고 사탕 한 알까지 입에 넣어줬다.

 영찬은 속으로 중얼거렸다.
 '이걸 어떻게 직접 끓였지? 깍두기도 직접 만들고? 시켜다 줘도 될 텐데. 앞치마까지 두르고 여성스럽게. 허 참, 알다가도 모를 일이네? 그냥 돈 많

은 부잣집, 철없는 못된 여자인 줄만 알았는데.'

 식사를 마친 후 영찬은 하연에게 살갑게 말했다. "하연아, 술 사줘? 우리 한잔하러 나갈까?"
 그 말에 하연은 환하고 밝은 표정으로 반색하며 영찬의 팔짱을 끼며 말했다.
 "웬일이야 영찬씨? 오늘은 해가 동쪽으로 졌나? 나, 뭐 입고 나가지? 바지는 뭐 입고 나가지?" 하며 이 옷도 입어봤다가 저 옷도 입어봤다가 어린 아이처럼 부산을 떨어댔다.

 사랑의 작대기가 이리저리 헷갈려서 이상한 운명이 되긴 했지만, 영찬은 그래도 이것도 운명이라고 생각했다.
 "영찬씨? 우리 어디로 갈까?" 하며 환하게 팔짱을 끼고 매달리는 하연과 영찬은 양재역 주변으로 한 잔을 하러 갔다.

 술은 마치 마법과도 같아서 한잔 하는 동안 금방 로맨틱한 분위기를 만들어줬다. 하연이 영찬의 손을 두 손으로 포근하게 감싸며 말했다.
 "영찬씨, 미안해. 못되게 굴어서." 하고 하연이 먼저 사과의 말을 하자 영찬도 자신의 큰 손으로 작고 가녀린 하연의 손을 따뜻하게 잡으며 말했다.
 "아니야, 괜찮아. 내 잘못도 큰데 뭐. 내가 병신이었어. 이러지도 저러지도 못하는 한심한 병신." 라며 영찬도 자신의 진심을 말했다.

 술이 가져다주는 마법은 서로에게 솔직한 맘들을 털어놓게 했다. 영찬은 하연의 손등을 잡고서 따뜻하게 계속 감싸주었다. 그것은 뭐랄까? 하연에 대한 암묵적인 사랑의 표현이었다.
 영찬은 또다시 혼자가 될까 두려움에 대한 방어벽을 치는 하연의 세계가 결코 변할 리 없다는 것을 깨닫고, 또 결코 무너트릴 수 없음을 깨닫고는 따뜻하게 손을 감싸 준 것이다.

그러자 하연은 금방 예전에 처음 보았을 때처럼 밝게 웃으며 말했다.
"안녕하세요, 저는 김하연입니다. 진짜 젠틀하고 매너쩔고 잘생기셨네요."
하면서 슬쩍슬쩍 영찬을 스캔하는 척을 하더니 다시, "저, 저녁 식사 안 하셨죠? 제가 예약해 둔 맛집 있는데요? 회사는 어디 다니세요? 술은 좀 하세요? 저는 동국대 연극영화과 나왔구요." 하며 소개팅이라도 나온 것처럼 장난을 치며 행복해했다.

사랑이란 하기 나름이었다. 남자는 여자 하기 나름이었고, 여자는 남자 하기 나름이었다.
두 사람은 이 순간만은 진실한 사랑이었다. 영찬은 이렇게 행복해하는 하연을 바라보며 생각했다. '하긴 알고 보면 하연도, 가련한 인생일지도 모르지? 자신을 지키려고 본능적으로 더 크게 짖어대는 겁 많은 강아지처럼?'

영찬은 자신의 슬픔을 솔직하게 말하는 하연이 안쓰럽기도 했다. 영찬은 점점 더 이렇게 하연에게 길들여져 가고 있었다.

다음날 찌뿌둥한 날씨 때문에 짜증 지수가 최고치를 찍더니, 한바탕 소나기가 지나갔다.
그리고는 거짓말처럼 맑은 하늘에선 흰 구름들이 뭉실뭉실 피어올랐다.

오전 아홉시 쯤 영찬은 엄마가 아파 대전 병원에 입원했다는 전화를 받고 병문안을 왔다.
혼자 오려는 영찬을 하연도 기어이 따라나서며 두 사람은 함께 병문안을 왔다.

 대전 병원 9층 입원실.
 "엄마? 몸은 좀 어때? 괜찮아? 어디가 아프대? 죽을병은 아니라지 엄마?" 하고 영찬의 말이 끝나자마자 아들 때문에 화딱지가 나서 눈에서 천불이 난 엄마가 말했다.

 "그래, 나 죽을병이다, 이놈아. 그리고 나 속 터져서 죽으라고 저 여시같은 년이랑 같이 왔냐?" 하며 영찬에게 냅다 소리를 질러댔다.

 그러자 영찬은 얼른 하연의 안색을 살피며 말했다.
 "엄마? 박옥순씨? 하연이 그런 여자 아냐, 어릴 때부터 상처가 많아서 트라우마가 생겨서 그래. 그래서 말이 공격적으로 나가는 거지, 마음은 천사처럼 착해, 엄마. 엄마는 알지도 못하면서 그래?" 하며 영찬이 하연을 거들자, 하연의 얼굴을 흠칫 쳐다보고는 엄마가 말했다.

 "뭐? 천사? 야 이놈아 천하에 둘도 없는 사악한 여자가 천사라더라, 이놈아. 그리고 저 여시가? 30년을 저 모양 저 꼴로 살았는데? 변하면 얼마나 더 변하겠냐. 에휴, 보고 배운 게 없어서 그런지 넌 무슨 패션쇼 왔냐? 어른한테 병문안 오면서 조신하게 입고 와야지, 쯧쯧." 하고 혀를 차댔다.

 그러자 하연이 박옥순 여사에게 다가가 다소곳하게 두 손을 앞으로 모으고는 말했다.
 "그게 아니라요, 어머니. 갑자기 오느라구요." 하고 말끝을 흐리자 박옥순 여사가 다시 말했다.

"뭐? 저것 좀 봐라, 저것 좀 봐. 말대답, 따박따박 하는 거? 에휴, 버르장머리 없는 것. 어디다 어른한테?" 하며 고개를 돌려 버렸다.

그렇게 화만 내는 엄마를 보는 내내 영찬은 답답하고 짜증이 나 죽는 줄 알았다.

"박옥순씨? 대체 왜 그렇게 말을 안 예쁘게 해? 누구 못 잡아먹어서 안달 난 사람처럼? 엄마 혹시 이 사람한테 스트레스 푸는 거야? 아주 말투며 눈빛이며, 내가 들어도 열불 나네."

하며 영찬이 악다구니를 써대자 어머니는 "아으, 스트레스. 야 이놈아 얼른 가라 가, 이 못된 놈아." 하며 영찬과 하연을 쫓아냈다.

아들이 돌아간 후 박옥순 여사는 속에서 더 천불이 났다. "어휴 저 여시 같은 것, 어휴 저 여시 같은 것." 하고 수없이 되뇌이며, 박옥순 여사는 불쌍한 며느리가 생각나 눈물을 훔쳤다.

영찬은 대전에서 엄마를 만나고 온 며칠 후, 자신의 불안정한 미래와 다혜와 아기에 대한 방치가 끝도 없이 이어지자, 이혼하는 게 다혜를 행복하게 해주는 것이란 생각이 들어 드디어 결심을 굳혔다.

7월의 무더운 여름, 토요일 오후 3시. 잠실 장미 아파트 다혜의 집.

영찬과 하연과 다혜가 식탁을 마주 보고 앉아서 이야기를 나누고 있다.
"다혜야, 이혼해 줘라. 더 버티지 말고. 니가 날 버려 그냥." 하는 말 같지도 않은 영찬의 독한 말에 다혜는 정나미가 뚝뚝 떨어지고 있었다. 그나마 붙어있던 정도 떨어지는 듯했다.

"영찬씨? 내가 뭘 그렇게 널 힘들게 했니? 그리고 여기가 무슨 아무나 왔다가는 휴게소야? 다방이야? 그리고 저 여시는 또 왜 끌고 와?" 하고 다혜가 화를 내며 말했다.

"뭐 여시? 이게 무슨 개소리야. 어처구니가 없네? 진짜, 왜 뭐든지 다 내 탓이야? 또 날 마녀사냥 하시겠다? 왜 가만있는 나를 또 걸고 넘어져?" 하며 하연도 지지 않고 눈에 쌍심지를 켰다.

그러자 열불이 난 다혜가 하연을 노려보며 말했다. "야, 여시? 넌 빠져, 끼지 말고. 어른들 말씀하시는데." 하자 영찬이 끼어들며 사정하는 듯한 얼굴로 말했다.
"다혜야, 좋게 생각해 그냥. 내가 널 버리는 게 아니라 니가 나를 버리는 거야. 그리고 내 앞길 막지 말고, 얼른 이혼해 줘."

영찬이 사정을 하는듯한 투로 말하자 곧바로 다혜가 눈에 힘이 들어간 얼굴로 목에 힘을 주어 말했다.
"뭐 앞길 막지 말고? 영찬씨는 끝까지 날 나쁜 년 만드는구나? 그리고 우리가 사랑했던 날들, 그리고 나랑 우리 애기는 발가락 때만큼도 안 여기는 거니?" 하고 다혜가 영찬의 눈을 똑바로 보며 말하자 하연이 또 끼어들었다.

"영찬씨, 더 시간 끌지 말고 다시 소송해 그냥. 그리고 이제 여기 살던 구질구질했던 과거는 싹 다 잊고 이제 나랑 세상 내려다보면서 살아. 어때? 생각만 해도 즐겁지 않아? 안 그래 영찬씨? 그리고 언니, 내가 경고하는데 이혼 셀프 정리할래, 아니면 내가 정리해 줄까? 말만 해?"

하연의 말에 다혜는 다시 우르르 부화가 치밀어 소리쳤다.

"이것들이 내가 죽을힘을 다해 참고 살았더니만, 쌍욕이 자동으로 나오네. 야 꺼져, 태영찬 김하연 니들 맘대로 해, 난 죽어도 이혼 못 해." 하더니 냉수를 벌컥 들이켰다.

그러자 영찬은 다음에 올게 하며 하연의 손을 끌고 나갔다. 다혜는 또 한 번 깊은 상처를 받았다. 다혜는 영찬과 하연이 돌아가자 일기를 썼다.

내 님, 내 님 그리운 내 님, 사랑하는 내 님

난 자꾸만 멀어지려 하는 그대 놓칠까봐

날마다 가슴을 졸이는데

그대는 왜 이토록 내게서 멀어지려 합니까?

왜 나를 자꾸 슬프게만 합니까?

내게 있어 당신은 그리움아니면 전부

난 수많은 날들을 바람을 붙잡고 물어봤죠.

바람 앞을 가로막고 서서 물어봤죠.

그대 소식 물어봤죠.

차오르는 내 슬픔을 삼켜가며.

다혜는 일기를 쓰다 말고 엎드려 잠이 들었다. "죽어도 못 놔, 죽어도 못

놔, 죽어도 못 놔." 라고 중얼대며.

　다혜는 영찬과 하연이 이혼 문제로 다녀간 바로 며칠 후, 문정동 무료 상담 변호사 사무실을 혜정과 함께 찾아가 상담했다.
　다혜의 이야기를 다 듣고 난 사무장은 아기와 다혜를 번갈아 보며 측은한 표정을 지었다.
　"저 혹시, 부인분 직업 있으세요? 반듯한 직업이 있으면 유리할 텐데요? 그리고 뭐 다른 수입은 없으시죠? 아니면 부인 앞으로 재산은 있나요?" 하고 물어봤다. 물음에 다혜가 대답을 못하자 사무장이 말했다.

　"세상이 그래요, 그렇게 공평하지 않아요, 돈이 죄죠……있는 트집 없는 트집 잡아다가 다 갖다 붙이면....그리고 사람이 어디 허점 없는 사람 있겠어요? 또 그쪽은 돈이 많다고 하니까 변호사 열 명 스무 명 붙이면서 질질 끌면 사람 말라죽습니다. 방법은 그래도 남편분이 착하시다 하니까, 남편분만 믿는 수 밖에요."

　여기까지 말하는 사무장의 말을 듣고 다혜가 일어서며 "감사합니다, 고맙습니다" 하고 인사를 건네고는 사무소를 나왔다. 혜정과 다혜는 그렇게 돌아올 수밖에 없었다.

　"없는 게 죄지? 없는 게 죄야? 더러운 세상." 하고 혜정은 화가 나 글썽글썽하며 혼자 소리쳐 댔다. 그리고는 다시 말했다.
　"에이 더러워서, 다음 생엔 우리도 부자로 태어나자 다혜야?" 하며 다혜보다 혜정이 더 길길이 날뛰었다.
　다혜는 집으로 돌아와 거울을 봤다. 거울 속 자신의 모습은 아무리 미소를 띠어 봐도 쓸쓸함과 불안함과 걱정스런 모습들이 혼합되어 내재해 있었다. 그리고 눈동자에는 길을 잃은 나그네의 슬픔이 어려 있었다. 다혜는 혼자 생각했다.

'춥고 힘들었지만 행복했던........게딱지 같은 집들이 다닥다닥 붙어있던....마천동 쪽방촌에서의 기억들을.....영찬씨는 잊었단 말인가? 바보 같은 인간......어떻게 나한테 헤어지자는 말을 해? 내가 너무 행복해 보이니까 저년 한번 기죽여 볼까 하고 심술부려 보는 운명의 개수작인가? 인생 어쩌라는 거야? 떡하니 너 이리 가라 하고 이정표를 탁 붙여주던가? 너 저리 가라 하고 목적지라도 알려주던가? 에이, 낼 부터 국회의사당 앞에 가서 표지판 들고 이혼 금지법도 만들라고 1인 시위라도 하던가....'

14화
개수작

강남 우면동, 김하연의 집.

영찬과 하연은 이혼소송 문제로 다투고 있었다. 영찬이 소송은 안 한다며 버텼기에 둘은 다투었다.

영찬과 하연이 다툰 며칠 후, 오후 6시 반경. 해가 어스름할 무렵의 잠실 장미 아파트 주변.

시장을 보고 오던 다혜 앞으로 한 40대 초반의 부인이 걸어왔다. 그러더니 갑자기 유모차에 부딪히더니 넘어졌다. 그리고는 배를 움켜쥐고는 소리쳤다. 부인의 치마 속에서는 피가 줄줄 줄 흘러나왔다. 주변에 있던 몇몇 사람들이 몰려들며 말했다.

"이거 뭔 일이야? 이분 유산했나봐?"
"아주머니? 연락처 어떻게 되세요? 우리가 증인 서 드릴게요." 하면서 넘어져 피를 흘리고 있는 여자에게 말했다. 그리고 또다른 남자는 피를 흘리고 있는 여자의 팔을 부축해서 일으키며 말했다.

"증인 필요하시면, 연락주세요?" 하며 피를 흘리는 여자의 사진을 찍고는 어쩔 줄 몰라 하는 다혜의 사진도 찍었다.
 잠시 뒤, 그중 한 명이 경찰 부르자, 119 부르자 난리 쳤고, 다혜의 연락처와 주소를 확인한 후 부인은 119차를 타고 떠났다. 곧 몰려들었던 사람들도 사라졌다.

 다혜는 갑자기 당한 황당한 일이라서 뭐가 어떻게 돌아가는 건지 정신이 하나도 없었다.
 다리는 후들후들 떨리고 온몸은 사시나무 떨리듯 떨려 와서 어떻게 해야 할 지 아무 생각도 안 났다. 집으로 돌아와 불안감에 떨며 그날 밤 한잠도 못 잤다.

 다음날, 다친 부인의 남편이라며 모르는 번호로 전화가 왔다.
 "저기요, 애기엄마? 애기엄마가 유모차로 우리 마누라 배때기를 일부러 쾅 들이받아서 유산 시켰다면서? 어떻게 책임질 거야? 우리 삼대독자 아들, 어떻게 책임질 거냐구? 합의할 거야? 아니면 애기 혼자 두고 콩밥 먹으러 갈 거야? 경찰서 가서 고소할까?" 하고 윽박질러댔다.

 다혜는 전화를 받는 동안 눈물만 흘렸다. 대체 왜 이렇게 자꾸만 나쁜 일들만 생기는 건지.
 남자의 윽박지르는 말에 기죽은 목소리로 다혜가 말했다.
 "죄송합니다. 부인께서는 몸 좀 괜찮으세요? 제가 어떻게 해드리면 될까요?" 하며 어쩔 줄 몰라 하는 다혜의 말에 남자가 거칠게 말했다.

 "뭐? 몸은 괜찮으세요? 애기엄마 같으면 괜찮겠어? 그리고 남의 삼대독자 아들 죽여 놓고 어떻게 해드릴까요?" 하며 계속 몰아 부치자 다혜는 기어들어가는 목소리로 말했다.

"저, 그럼 돈으로라도 보상 해드릴게요." 하자, 또 남자는 거칠게 말했다.
"뭐? 돈으로 보상하시겠다? 돈 많은가 보네? 1억은 받아야 하는데. 내가 애기엄마 사정 봐줘서 절반 5천 만 원만 받을게, 됐지? 언제까지 해줄건데 돈은?" 하고 윽박지르는 남자의 목소리에 다혜는 더 정신이 없었다.
다혜가 "저, 며칠만 시간을 주시면 안되겠어요? 지금은 가진 돈이 없어서요." 하자 남자는 인심을 쓰듯이 말했다.
"내가 3일 줄테니 돈 되면 연락하슈. 아이구 우리 삼대독자, 아이구, 우리 삼대독자, 엄마 아부지 얼굴 한번 못 보고, 하늘나라 갔네. 불쌍해서 어떡하냐? 아이구, 우리 삼대독자 불쌍해서 어떡하냐?" 하며 전화를 끊었다.

다혜는 대체 어떻게 해야 할지 몰랐다. 주변에 힘이 될 만한 사람도 없었다. 그런데 그날 오후에 일이 또 생겼다.

하연이 찾아와서는 식탁 의자에 다짜고짜 앉아서 말했다. "저기요 언니, 자꾸 버티지 말고 5천만 원 줄 테니 요기다 도장 쾅 찍어요, 언니. 나 지난번에 소송하려고 변호사 몇 명 샀을 때 그때 돈 얼마 들었는지 알아요? 몇 억 들었어요, 언니. 요기 이혼서류에 도장 쾅쾅 찍고 맘 편히 살아요, 언니. 지금 못 찍겠으면 여기 서류 두고 갈 테니까 이번 주까지 연락해요. 요기 내 전화번호." 하며 커다란 종이에 대문짝만하게 전화번호를 적어주고 갔다.

정말이지 엎친 데 덮친 격이었다. 다혜는 콱 죽어버리고 싶었지만 연주 때문에 그럴 수도 없었다. 다혜는 그날 밤 연주를 끌어안고 밤새도록 엉엉 울었다.

다음 날 오전, 다혜는 눈이 퉁퉁 부은 채 은행을 찾아가서 아파트를 담보로 5천만 원을 대출받았다.
 그날 오후 5시경, 잠실역 7번 출구 쪽 맘카페 한쪽 구석.

 다혜와 박준호, 그리고 유산됐다는 부인과 그 부인의 남편이 같이 앉아 있다. 박준호가 먼저 입을 열었다.

 "우선 죄송하게 됐습니다. 두 분, 몸은 좀 괜찮으세요? 저는 옆에 있는 애기 엄마 사촌 오빠입니다. 그리고 한 가지만 여쭐게요. 5천만 원이나 되는 큰돈을 덥석 내드릴 순 없으니, 몇 가지만 여쭙겠습니다."
 "당신은 빠지쇼, 제 3자는 빠지라고."
 박준호의 말에 남편이라는 자가 테이블 위에 있는 물컵까지 들었다가 쾅 하고 내려놓으면서 큰소리를 질렀다.

 그래도 박준호는 아랑곳하지 않고 두 사람을 똑바로 바라보며 말을 이어갔다.
 "저는 3자가 아니라 사촌 오빠입니다. 그리고 고소하실 거면 고소하세요. 동생 말 들어보니까 아주머니께서 일부러 와서 유모차에 부딪힌 것 같다고 하는데? 경찰에 CCTV 요청해도 되겠죠?"

 박준호의 말에 남자도 지지 않고 말했다. "뭔 개소리야? 당신이 하고 싶은 말이 뭔데?"
 그러자 준호는 이때를 놓치지 않고 육하원칙에 따라 조리 있게 말을 이어 나갔다.
 "죄송하지만 혹시 임신 5개월이라 하셨는데 그러면 부인 명의로 진료받은 진료기록 카드는 있으신지? 초음파 사진은 있으신지? 또 유산 되셨다는 진료 기록이 있으신지? 다니시는 병원은 어느 병원인지 확인하고 합의금 드려도 되겠죠?" 하고는 두 사람의 표정을 살폈다.

그러자 두 사람은 당황하는 기색이 역력했다. 이때를 놓치지 않고 준호는 그들에게 겁을 줬다. "혹시 두 분 거짓이면 10년 이하 징역인 거 아시죠?"

그 말에 남편이란 자가 말했다.
"아이구, 남의 귀한 삼대독자 죽여 놓고 협박하네. 동네 사람들 여기 좀 보소? 이 사람들이 남의 귀한 삼대독자 죽여놓고 협박하네. 얼굴도 뻔뻔 하지 참, 없는 게 죄라니까?" 하고 외쳐댔다.

그러자 여기저기서 웅성웅성 대며 사람들이 다혜와 준호 쪽을 향해 시선을 돌렸다.
박준호가 다혜를 바라보며 말했다. "다혜야, 당장 112에 신고해. 여기 사기꾼들 붙잡았다고."

그 말에 다혜가 전화기를 꺼내 112에 신고했다. 그러자 남편이라는 자가 벌떡 일어나며 "에이, 재수 없게. 뭐 이런 것들이 다 있어? 야, 가자. 똥 밟았네." 하고 유산했다는 부인의 팔을 끌고 나가려고 했다.

그러자 박준호는 여자의 팔목을 꽉 붙잡고는 사람들을 향해서 소리쳤다. "여기 좀 도와주세요, 사기꾼들 붙잡았어요. 살인 누명 씌우려던 사기꾼들 붙잡았어요. 못 도망가게 좀 도와주세요!"
그 말에 사람들이 모여들었다. 남편이라는 자가 먼저 도망을 쳤다. 박준호는 여자를 도로 의자에 앉힌 뒤 사실대로 말하면 봐주겠다며 여자를 달랬다.

여자는 눈물을 글썽이며 말했다. "잘못 했습니다, 저 사실은요, 먹고살기 힘들어서 300만 원받고 저 사람들이 시키는 대로 했어요. 죄송합니다, 용서해 주세요. 그리고 그날 증인 서주겠다고 했던 사람들도 저 사람들 하고 다 한 패거리예요. 정말로 죄송합니다." 하며 이실직고했다.

"그럼 피는요?" 하고 준호가 다시 물었다.
 그러자 여자는 "피는요, 순대국집 가서 돼지 피 얻어다가 비닐 봉투에 담아서 터트렸어요. 죽을 죄를 졌습니다. 한 번만 봐주세요. 다시는 이런 일 하지 않겠습니다. 그리고 애기 엄마, 진짜 미안해요." 하며 눈물을 흘렸다.
 준호와 다혜는 여자의 음성을 전부 녹음했다. 그리고는 도망간 남자와 여자의 전화번호도 저장을 했다. 상황은 이렇게 끝이 났다.

 다혜는 이번에도 어쩔 수 없이 박준호의 도움을 받았다. 준호는 전보다 훨씬 핼쑥해져 있었다. 다혜가 눈물까지 글썽거리며 말했다.

"대표님, 진짜 감사합니다, 이번에도 대표님이 도와주셔서 해결이 잘됐어요." 하며 눈물을 글썽이며 연신 감사 인사를 했다.

 그러자 준호가 "아니에요, 한 것도 별로 없는데요 뭐. 다혜씨가 맘고생 하셨죠. 아니, 김하연 그 여자는 목적을 위해서는 무슨 짓이라도 서슴치 않는 파시스트야? 기망전도 서슴지 않는 물불을 안 가리는 실천론자야? 아니, 임산부를 유산시킨 살인자로 만들어? 수단과 방법을 안 가리고? 이해가 안 되네요. 아무튼 고생하셨어요?" 하고 말했다.

 다혜는 박준호에게 감사하다며 몇 번씩이나 인사한 후 집으로 돌아왔다. 유모차를 끌고 터벅터벅 집으로 돌아오는 다혜의 머리 위로 황금빛 햇살이 쏟아지고 있었다. 사람들은 모두가 아무런 걱정 근심도 없는 듯 보였다.

다혜는 하연이 스스로 올가미에 걸리려고 버둥대는 사악한 짐승인것만 같았다.
다혜가 생각했다. '그렇게 가진 게 많은데, 뭘 더 욕심을 부리는 거야 김하연. 있는 것만 가져도 평생을 호의호식하며 살 텐데, 배고픈 것도 아니고 미래가 없는 것도 아니고, 자기는 99%를 가졌으면서 그 1% 더 갖겠다고? 내 1%를 더 뺏겠다고? 왜 빈털터리인 나한테? 뭘 더 뺏을게 남아있다고? 왜 이래 김하연. 그러다가 너, 니가 만든 올가미에 니가 걸리지. 왜 그렇게 속 끓이며 사는 거냐고, 김하연.'

다혜는 찬물로 얼굴을 씻었다. 그러자 정신이 번쩍 들었다. 그리고는 영찬에게 전화를 걸었다.

"영찬씨 당신 뭐야? 무슨 일을 꾸민 거야? 대체 나하고 애기한테 왜 그래? 흥신소 시켜서 나를 산모 유산시킨 살인자로 만들어? 전생에 나하고 무슨 원수를 졌다고? 이건 악몽이야 악몽, 당신도 악몽이야. 자꾸 왜 이래? 제발 좀, 말 좀 해봐 이 등신아?"

악을 써대는 다혜의 말에 영찬은 그저 "미안해"하는 수밖에 없었다. 그러자 다혜의 속사포가 또 쏟아졌다.
"이건 악연이야 악연. 당신하고 나하고는 악연이야. 그깟 운명한테 대들지도 못하니 넌? 맘대로 해, 난 연주 지킬 거야. 비웃을 테면 비웃던지, 아님 화내던지 맘대로 해. 더러운 운명아 하고 대들지도 못하니? 넌 또 그러겠지, 내 말 끝나면 세상의 고뇌를 다 짊어진 듯이, 고통스러운 표정을 지으면서 소주나 한 병 까서 홀짝거리면서 말하겠지. 미안하다 다혜야, 미안하다 다혜야. 그리곤 다음날 또 그러겠지? 어제 뭔 일 있었나요? 별일 없으시죠? 이러겠지, 에라이 병신아." 하고 연속해서 영찬에게 욕설을 퍼부었다.

 영찬이 "그게 아니고" 하며 말하려는 순간, 전화기가 뚜뚜뚜 하며 끊어졌다. 안 봐도 비디오였다. 하연의 개수작이 뻔했기 때문에.

15화
증오

강남 우면동 김하연의 집.

다혜의 전화를 받은 후 영찬은 하연의 집 살림살이들을 사정 없이 부셔 댔다.

"뭐야? 왜 그래 영찬씨, 무슨 일이야?" 소리치는 하연에게 영찬은 "몰라서 물어? 야 니가 사람이냐? 하다하다 못해 이젠 사람을 살인자를 만들어? 산모를 유산시킨 살인자로 만들어?
다혜가 어쨌다고? 그 착한 다혜가 어쨌다고? 너한테 어쨌다고? 변명할 생각 하지 마. 너 오늘 너 죽고 나 죽자, 너 흥신소 시켜서 니가 꾸몄잖아? 왜 가만있는 사람을 자꾸 건드려? 잘못은 내가 했잖아? 화풀이하려면 나한테 해야지? 에이 이런 좆같은 세상, 더 살아서 뭐해." 하고 욕설을 내뱉고 길길이 날뛰자 하연도 놀랐다. 하연은 영찬의 이런 모습을 처음 봤다.

"미안해 영찬씨, 잘못했어, 내가 다 잘못했어. 용서해 줘, 다시는 안 그럴게."하며 하연은 무릎까지 꿇으며 영찬의 다리를 붙잡고 매달렸다.

"너 다시는 나 볼 생각 하지 마? 알았어? 이게 어디서 미친 짓도 한두 번 해야지?" 하고 영찬이 방으로 들어가 짐을 싸자, 하연이 뛰어 들어와 다리를 붙잡고 다시 매달렸다.
 "영찬씨 제발 부탁이야, 제발 한 번만 용서해 줘? 나 영찬씨 없으면 못살아." 하며 울고불고 매달렸다.

 그래도 영찬이 하연을 뿌리치고 나가려 하자, 하연은 "못 가 못가, 못 간다고. 갈 거면 나 죽이고 가, 나 밟고 가라고." 하며 영찬의 바짓가랑이를 붙잡고 매달리며 늘어졌다.

 그러자 영찬은 하연에게 섬찟한 목소리로 차갑게 말했다.
 "너 한 번만 더 잠실 가서 난리 치면 그땐 너 죽어? 알겠어?" 하고 하고는 매달리는 하연을 밀치고 그길로 하연의 집을 떠났다. 다음날 영찬은 이혼서류를 작성한 후 다혜의 집 문틈에 밀어 넣고 서울을 떠났다.

 영찬은 서류에 편지 하나를 써서 넣었다. "다혜야, 남편의 조건에 안 맞는 나는 잊고 새 출발 해. 다혜야 정말 미안해." 라는 짤막한 메모를 남기고 지축을 울리며 달리는 기차를 타고
 서울역, 노량진, 천안을 지나 부산으로 향했다.

 먼지와 소음으로 가득한 부산의 한 아파트 공사 현장.

 "어이 태씨? 조심해, 사고 나니까. 그리고 안전띠 꼭 매고 안전모 꼭 쓰고. 태씨? 거기 철근 좀 줘 봐. 그리고 그거 다 끝나면, 레미콘 차 들어오니까 장화 신고 삽 들고 따라와. 알았지?"
 "네, 반장님 알겠습니다. 열심히 하겠습니다."
 "그리고 이따 일 끝나면, 같이 술 한잔 할 거니까 그렇게 알고. 먼저 가면 안 돼?"

영찬은 현장에서 태씨로 통한다. 특별한 기술이 없는 영찬은 그렇게 막노동을 할 수 밖에 없었다. 시멘트를 나르며, 철근을 나르며, 무거운 판넬을 들어 나르며 그러다가 팔에 상처가 나고, 무릎에 상처가 나고, 피가 흐르고, 성한 곳이 없었다.

어느덧 1년이 지나자 영찬은 뼈마디 사이사이가 여기저기 안 쑤시는 곳이 없었고, 이곳저곳 온몸이 안 아픈 곳이 없었다.

일이 끝나면 대포 집에 들러 제육볶음에 소주 몇 병을 까고는, 그 술기운으로 곯아떨어져 잠을 잤다.

"태씨, 술 좀 그만 마셔. 그러다가 큰일 나겠어." 하며 오늘도 김 반장은 영찬이 걱정돼 잔소리를 해댔다.
"먹는 거라도 제대로 챙겨먹고 일을 해야지? 맨날 술기운으로 일하면 어떡해?" 하는 걱정스러운 김반장의 말에 영찬은 늘 머리를 조아리며 말했다.
"네, 반장님. 조심하겠습니다."
그러면 김반장은 영찬의 어깨를 두드려 주며 "내가 태씨 걱정돼서 하는 말이야, 고깝게 듣지 말고. 그러다 금방 몸 망가져 이 사람아." 하며 영찬을 다독였다.

반장은 늘 영찬을 걱정했고, 영찬은 또 이런 큰형님 같은 반장을 잘 따랐다. 어느 날, 반장이 살갑게 말했다.
"사람은 참 성실한데, 술이 문제야 술이 태씨는. 정신 차리고 살아, 이 사람아. 젊은 사람이 왜 그래? 그러다 몸 금방 망가져." 하며 걱정 어린 눈빛을 보냈다.

이러기를 또다시 2년째 되는 어느 날이었다. 영찬을 늘 아니꼽게 보던 패거리들이 나타나 시비조로 말했다.

 "어이 태씨, 오늘은 미꾸라지처럼 쏙 빠져나가기 없기다? 먼저는 왜 태씨 혼자만 도망쳤어? 티켓다방 같이 가기로 했던 날? 왕따당하는 애들은 다 이유가 있다니까? 니가 서울물 먹었다고 건방지게 어디서 제멋대로야, 단체행동 몰라? 단체행동 모르냐구? 맨 날 취해서 해롱대니까 남들하고 어울릴 줄도 모르지?" 하며 시비를 걸어댔다.

 그러자 영찬이 주먹을 쥐면서 말했다. "야 박씨, 이게 어디서 따돌림이야, 박씨 너 한 번만 더 이러면 뒤진다." 하자 박씨도 지지 않고 눈에 힘을 주며 말했다.

 "야 태시 너 오늘은 빠지지 마라? 방석집 가는 날 이니까?" 하면서 영찬을 넌지시 바라봤다. 박씨의 입에서는 이미 술 냄새가 났다.

 그러자 영찬도 지지 않고 말했다. "이 새끼들 이거, 완전 밑바닥 쓰레기네. 야 작부들 끼고 노는 데를 거기를 내가 왜 가? 니들이나 끼고 놀아, 남들한테 피해주지 말고." 하며 영찬도지지 않았다.

 중간에서는 김반장만 곤란하게 됐다. 이렇게 상황이 일촉즉발로 흐르자, 반장이 가운데로 끼어들며 말했다.
 "그만 좀 들 해. 맨 날 얼굴 보면서 일하는 사람들끼리." 하며 화해시키려고 애를 썼다.
 그 말에 순간 박씨가 반장을 확 밀치며 말했다. "야 반장, 너는 빠져. 뒤지기 싫으면. 낼 부터 우리 단체로 현장 다 빵꾸내 볼까? 이 병신 새끼야,

너 낄끼빠빠 몰라? 낄때끼고 빠질때 빠지라고 이 새끼야?" 하면서 반장의 가슴팍을 퍽하고 걷어찼다.

발길질에 반장이 저만큼 나가떨어져 뒹굴었다. 이렇게 박씨 일행은 늘 안하무인이었다. 그들은 민주노총에 가입되어 있었다. 그래서 이들의 행동을 누구도 함부로 제지할 수 없었다.

반장이 박씨가 걷어찬 발길질에 저만큼 나가떨어져 뒹굴자, 순간 영찬의 눈에서 천불이 났다. 영찬의 눈에는 도깨비불이 번쩍 하고 나타났다가 사라졌다.

"야, 박씨. 살다 보니까 별꼴을 다 보네 진짜. 야, 남의 사생활에 괜히 끼어들어 오지랖 떨지 말고, 술 쳐먹고 할 일 없으면 자빠져 자 병신아, 천박한 말투로 시비 걸지 말고 이 새끼야." 하며 영찬이 박씨에게 달려들어 주먹으로 박씨의 턱주가리를 날렸다.

그러자 박씨가 저만큼 나가 떨어졌다. 곧이어 박씨의 똘마니들이 달려들었다.
영찬도 주먹과 발길질로 놈들에게 대항하며 "이런, 씨팔 놈의 인간들이 돌았나. 배운게 없어서 천성은 그렇다 쳐도, 배운게 없으면 예절이라도 있어야지 이 새끼들아. 어디서 어른을 때려 이 새끼들아." 맨 앞의 한 놈을 또 발로 차서 쓰러트렸다.

그러자 또 다른 놈이 또 달려들었다. 한 새끼를 처리하고 나면 또 한 새끼가 달려들고, 또 한 새끼를 처리하고 나면 한 새끼가 달려들었다.

그러다가 아무래도 안 되겠는지 박씨가 말했다.

"어? 이 새끼 봐라? 이 새끼 이거 쉽게 볼 놈이 아니네? 너 틀림없이 니가 먼저 선빵 날린 거다?" 하며 입술에 묻은 피를 소매에 닦으며 영찬에게 다시 달려들었다.

박씨의 패거리들은 떼거지로 달려 들어 영찬을 쓰러트려 놓고 짓밟아댔다. 그러면서 영찬을 향해 말했다. "야 니가 어디서 좀 놀았나 본데, 여긴 부산이야, 이 새끼야. 부산에 오면 부산 법을 따라야지, 니가 어디서 서울 물 먹었다고 건방지게?"

놈들의 집단 구타에 영찬은 결국 정신을 잃고 쓰러졌다. 그러자 놈들은 피를 흘리는 영찬을 방치한 채 어디론가 사라져 버렸다.

30분쯤이나 지나서야 정신이든 영찬은 일어날 수가 없었다. 여기저기 온몸이 부러진 듯 몸이 말을 듣지 않았다. 영찬은 누워서 입술에 흐르는 피를 닦으며 한동안 하늘을 보며 멍만 때렸다.

김반장의 부축을 받으며 영찬은 고시원으로 돌아와, 며칠을 앓아누워 있었다. 팔다리, 무릎, 허리 등이 아파서 제대로 움직일 수가 없었다. 영찬은 자신이 먼저 선빵을 날렸고, 반장의 얼굴을 봐서도 고소할 수도 없었다.

영찬은 술의 힘없이는 견딜 수가 없었다. 이러는 사이에 술병들은 쌓여갔고 자존감은 낮아졌다. 육체와 정신은 점점 더 좀이 먹어갔다. 더는 중노동을 할 수 없을 만큼 망가졌다. 온몸 또한 성한 곳이 없었다. 결국 영찬은 폐인처럼 되어 버렸다.

영찬은 분노가 가득 찬 자처럼 증오를 읊조렸다. 가슴 저 깊은 곳에서 우러나오는 증오를 읊조렸다.

분노   태영찬

오 나를 경멸하라

오 나를 증오하라

나는 나를 분노 하노라

세상이 내게 세상의 모든 황금을 다 준다 해도

세상의 모든 쾌락을 다 준다 해도

난 차라리 분노를 택하겠노라

지독히도 나를 증오하는

지독히도 나를 미워하는 분노를 택하겠노라

나를 경멸하는 자들이여

나를 증오하는 자들이여

너희들의 승리를 축배 하라

그리고 열광하라

그리고 비웃어라

그리고 경멸하라

나는 증오를 먹고 사는 패배자,

지상 낙원에서 도태 된 패배자,

누구든 나에게 동정조차 하지 말라.

  영찬은 술 때문에, 증오 때문에 그리고 황폐화된 정신 때문에 세상의 모든 고통을 짊어진 채, 얼룩진 눈물들과 지독히도 아픈 자책들로 점점 더 망가져 갔다. 망가진 게 아니라 자신을 학대해 망가트렸다. 누구 탓을 할 일도 아니었다. 모든 게 스스로 만든 일이었기에 누구 탓을 할 수도 없었다.

  영찬이 떠나고 난 후의 하연의 마음은 금방이라도 울듯이 찌푸린 하늘과 다를 바가 없었다.
  가로등 불빛들이 바람에 흔들리는 겨울밤에도, 비가 오는 날에도, 꽃들이 피어나는 날에도,
  모든게 다 그리움 아닌 게 없었다. 화장끼 하나 없는 그녀의 모습은 마치 모든 걸 포기한, 희망을 놓아버린 절규하는 여인만 같았다.

  집 앞의 골목길에서 영찬을 기다리던 날들 동안 하연은 가슴에서 치고 올라오는 뜨거운 불덩어리들 때문에 제대로 숨을 쉴 수가 없었고, 무얼 해도 그 불덩이는 수그러들지 않았다. 그 불덩이를 목구멍으로 아무리 뱉어내도 뱉어지질 않았다.

  하연은 태어나서 처음 느껴보는 두려움과 비참함 때문에, 술을 마시다가 또 갑자기 술잔을 탁 내려놓으며, 목을 뒤로 젖혀 깔깔깔 웃기도 하고, 실실실 웃기도 하고, 엉엉엉 미친년처럼 울기도 했다.

'그래 김하연? 너라면 붙어있을 수 있었겠냐? 일거수 일투족을 감시를 하고, 사랑이 뭔지도 모르고 집착뿐인, 철부지인 너라는 인간에게. 너라면 붙어있을 수 있었겠냐?' 하고 자책도 했다.

하연은 영찬이 떠나고 난 뒤에 한참 만에야 깨달았다. 그렇게 열병을 앓고 난 후에야, 자신의 잘못을 깨달았다.

사진   김하연

나는 빛바랜 필름 속을 걸어 나와

온통 메마른 꽃들만 피어있는

이상하고 칙칙한 거리를 걸었다.

그리고는 캄캄한 암실로 향했다.

그리고는 또다시 인화지 속으로 걸어 들어가

아무도 눈여겨보지 않을

초라한 여자의 흑백 사진이 되었다.

영찬이 하연을 떠난 지 3년 후, 어디선가 하연에게 전화가 왔다. 하연이 전화를 받으니 경쾌한 목소리의 젊은 남자가 말했다.

"여보세요? 하연씨 사랑합니다, 언제 시간 되십니까?" 하고 경쾌한 목소리가 들렸다.

전화를 건 남자는 대한약품 오지랖 회장의 외아들 오대양이었다. 오대양은 하연이 얼마 전 아버지 골든벨 생명보험 김풍걸 회장의 강압에 못 이겨서 선본 남자였다. 오대양은 하지 말라는 것만 골라서 하는 호기심인지 반항심인지 대체 알 수 없는 불량아였다.

오대양이란 이름은 그의 할아버지가 오대양이 오대양 육대주를 누비는 큰 인물이 되라며 지어준 이름이다. 하지만 그는 집안의 수치가 된 지 오래였다. 그가 지금 당장 회사를 물려받는다면, 회사를 하루아침에 말아먹을 그런 인물이었다.

오대양 그는 188센치의 키에 운동으로 다져진, 초콜렛 복근이 일품이었다. 그의 나이는 하연과 비슷한 32세였다. 그는 늘 풍성한 머리를 8대 2 가르마로 하고 다녔다. 또 턱과 인중엔 면도를 한 짙은 수염 자국이 깨끗한 피부에 진하게 남아 있었다. 그는 짙은 눈썹에 오똑한 큰 코와 큰 눈을 가졌으며, 꾹 다문 입술은 강한 남자처럼 보이게도 했다.

그리고 쌍커풀 짙은 눈과 갸름한 턱은 매트릭스 시절의 젊은 날의 키아누 리브스를 연상시키기도 했다. 그는 신이 빚어 놓은 듯 잘 빠진 남자였다. 또 웃을 때는 보조개가 짙게 생겼다.

그는 이렇게 잘난 외모와 돈으로 수많은 여자들을 희롱하고 다녔다. 연예인이든, 여대생이든, 스튜어디스든 가리지 않았다. 이렇게 천방지축에 막가파 바람둥이 아들 때문에 오대양의 어머니는 늘 오대양의 뒷수습을 하러 다니기 바빴다.

이런 망나니 오대양은 하연이 싫다는 데도 백번 찍어 안 넘어가는 나무 없다는 듯, 도끼날이 망가질 때까지 하연을 찍고 있었다.
'왜 저래? 싫다는데 대체 무슨 오기니? 허구헌 날 전화를 해대는 오기는 뭐니……' 하고 하연은 속으로 생각하다 말했다.
"저, 죄송하지만 우리 관계는 예열이 좀 필요한 듯요. 댁이 사랑이라고 말하기는 좀 이른 거 아닌가요? 근성 하나는 알아줘야 되겠지만요. 아니 뭐 조금이라도 심장이 뜨거워져야 사랑을 하던, 술을 마시던, 밥을 먹든 말던 하죠." 하며 차갑게 대했다.

그래도 오대양은 자신만만하게 말했다. "자물쇠로 굳게 닫힌 하연씨 맘, 제가 금방 열어 드리죠. 열쇠 꾸러미 가득 들고 다니는 수리공 아저씨 제가 잘 알거든요. 고장 난 자물쇠, 못 여는 자물쇠, 안 열리는 자물쇠 못 고치는 게 없습니다." 하고 위트까지 섞어가며 오대양이 받아쳤다.

그러자 하연이 다시 말했다. "저기요, 오대양 상무님은 제 스타일 아니라구요. 사람이 눈치가 있어야지, 제가 꼭 발로 차야 알아들어요? 넘치는 활력하고 넘치는 위트는 인정 하지만, 내 인생 오대양 상무님이 마음대로 드로잉하지 마세요. 그리고 오대양 상무님은 오대양씨 인생이나 그림 그리세요. 개꿈을 그리던 헛꿈을 그리던요, 이만 끊습니다."

며칠 후, 하연의 집에 전화가 왔다.
하연이 전화를 받자 아빠였다. 하연이 "네 아빠" 하고 대답하자 아빠가 다정하게 말했다.
"너 오상무 한 번 더 만나봐라. 오상무도 오지랖 회장도 니가 맘에 든다며 아빠한테 얼마나 졸라대는지, 아빠가 피곤해 죽겠다. 알았지? 하연아 아빠 말 들을 거지?"

"……………"
이렇게 하연이 묵묵부답이자 김풍걸 회장이 말했다.
"얼른 대답해, 왜 말이 없어?"
하연이 말했다. "아빠, 그 사람 소문 알잖아요? 바람둥이에 천방지축에 난봉꾼인거 알잖아요? 나 그런 사람이라 결혼 못해요. 나 그 사람이랑 살다가 암 걸리면 아빠가 책임질 거예요?"

김풍걸 회장은 딸 하연이 이렇게 말하자 더는 할 말이 없는지 "그럼, 아빠 얼굴 봐서 딱 한번만 더 만나봐. 그러면 걷어차던 말던 더 상관 안 하마." 하고 말했다. 하연은 아빠에게 그렇게 하겠다고 말하고는 전화를 끊었다.
다음날, 청담동의 까뮈 카페.

하연과 오대양 상무가 테이블을 마주 보고 앉아서 인사를 나누고 있다.
"안녕하세요? 하연씨 얼굴 뵙기 힘드네요, 며칠 새 엄청 더 예뻐지셨네요. 예뻐지는 샘물 이라도 드시는지." 하며 오대양은 하연에게 잘 보이려는 듯 말했다.

오대양이 하연에게 인사를 하는 동안에 예쁘장하게 생긴 여자 알바생이 다가와 물었다.
"뭐 드시겠어요, 손님?"
"저는 그냥 커피요, 아메리카노 주세요." 하고 하연이 아메리카노를 주문했다.
그러자 오대양도 "저도 같은 거주세요" 하며 같은 것을 주문했다.
그때였다. 알바생이 주문을 받고 뒤 돌아 걸어가자, 오대양의 눈길이 예쁘장하게 생긴 스물한두 살쯤의 그 어린 알바생의 탱탱하고 동그란 엉덩이를 스캔했다.

그 어린 여자 알바생은 엉덩이의 윤곽이 확 드러나는 베이지색의 타이트한 스커트를 입고, 길고 풍성한 머리칼을 찰랑거리며 걸어가고 있었다. 이 모습을 본 하연은 오대양에게 더 정이 떨어졌다.

잠시 후, 커피가 나오자 오대양이 커피를 마시며 말했다.
"저는 늘 하연씨처럼 우아하고 예쁜 아내를 만나서 새처럼 푸른 하늘을 날아 보는 게 꿈이었습니다. 행복한 꿈요. 하연씨처럼 아름다운 분과 함께 살면서 푸르른 초원 위에 아름다운 집도 짓고, 멋진 개도 키우고, 예쁜 아들딸도 낳구요. 아침저녁으로는 제가 요리를 해서 식탁을 차리구요. 제발 하연씨가 제 동반자가 돼주세요."

조금 전에 예쁘고 어린 여자 알바생의 섹시하고 육감적인 엉덩이를 스캔하며 침을 흘리던 기억은 까맣게 잊었는지 오대양은 하연에게 도끼질을 해댔다. 오대양은 검정 가죽 자켓에 흰티, 검정색 면바지, 그리고 흰 운동화로 한껏 멋을 부린 모양새였다.

오대양의 말이 끝나자 하연이 살짝 비웃는 투로 말했다.
"오 상무님은 소문하고는 다르시네요? 제가 듣기로는.......사람값도 못하고 산다고, 꼴사나운 인간이라고 소문이 자자하시던데요?"
그 말에 오대양은 눈빛 하나, 얼굴색 하나 부끄러운 기색 없이 "아이구 하연씨. 구구절절 틀리는 말씀만 하시네요. 어디서 들으셨는지 아주 오답만 들으셨네요. 그리고 나 아주 반성 많이 했습니다." 하며 능글능글하게 답했다.

하연이 보기엔 놈은 카사노바 중의 카사노바였다. 오대양의 뻔뻔스런 말이 끝나자 하연이 말했다.

"아니에요, 상무님. 상무님은 그냥 반성하지 말고, 사시던 대로 그냥 쭉 사세요. 상무님은 천사 역 말고 개 악역이 더 어울려요. 개 악역이 뭔지 아시죠? 암캐들 뒤꽁무니 졸졸졸 따라 다니면서 냄새 맡고, 오줌 핥아먹다가 덮치는 수캐요. 상무님은 그런 숫놈 똥개 그 이상도 이하도 아니에요. 내가 돈이면 사족을 못 쓰는, 상무님이 그동안 만나왔던 골빈 년들처럼 보여요? 그깟 상무님 인물이나 돈에 혹 하고 넘어갈 년으로 보이냐구요? 그리고 오대양 상무님은 인간 수업부터 다시 받고 오세요. 어떻게 여자 만나러 오면서 꽃다발 하나 준비를 안 하고 오세요?"

오대양은 하연의 막말들에도 노여움도 타지 않은 채, 성격 좋은 놈처럼 말했다. 그동안 수많은 여자들을 희롱한게 아마 이런 집요한 뻔뻔함 때문인 듯 보였다.

"아휴, 저는 꽃한테 꽃다발 선물하기가 좀 그래서 다른 걸 준비했죠, 제 마음요." 하며 놈은 자신의 가슴에 두 손으로 하트를 만들어 하연에게로 훅 하고 보내는 척을 했다.

그러자 하연은 두 손바닥을 놈에게 보이게 펴고는, 놈의 앞으로 확 장풍을 쏘듯이 밀치며 "반사" 하고 말했다. 그리고는 하연은 얼렁뚱땅 넘어가는 놈에게 다시 말했다.

"상무님은 참 개성 있고, 지적이고, 발랄하시네요."
"네? 제가요? 좀 그렇죠. 제가 그런 소리는 좀 많이 듣습니다, 하하하."
"네 그러시겠어요, 개지랄하고 사시니까요."

"그럼 하연씨는 신동 소리 좀 들으셨겠어요? 신기한 동물요."

하연이 오대양과 헤어진 다음날, 오대양이 다시 전화를 걸어왔다.
"어제는 제가 진짜 죄송했습니다. 어제는 엔진이 너무 과열돼서 급발진을 했습니다. 사과드립니다. 제가 사과도 한 박스 하연씨 집으로 보냈어요. 어제는 제가 너무 흥분을 해서 막말을 싸질러 버렸습니다. 제 사과를 받아 주신다면 언제 제가 술 한 잔 사겠습니다. 어디로 갈지 말씀만 해주시면 어디든 달려가겠습니다. 제가 한 허벅지 하거든요." 하고 너스레를 떨어댔다.

그러자 하연이 "오 상무님, 안 그러셔도 되는데요? 오 상무님은 제게 고통스러운 번뇌를 가져다 주셨습니다. 제가 연애를 처음 하는 새내기도 아니고 사과 안하셔도 돼요. 상무님 그리고 저하고 사시다가 바람피는 거 들통나면 그날로 상무님 거시기하고 고환 가위질 당해요. 나 무서운 여자에요." 하고 겁을 줬다.

오대양은 하연의 섬찟한 말에 우물쭈물했다. 하연이 말을 이어 나갔다.
"그리고 오 상무님, 늑대가 공작새한테 청혼한 얘기 알아요? 하루는 늑대가 "우와, 공작새님은 진짜 멋지고 예쁘고, 아름답고 몸매까지 딱 제 이상형입니다. 제발 저랑 결혼해 주세요,날마다 손에 물 한 방울 안 묻히게 행복하게 해드리겠습니다" 하고 꽃을 사들고 찾아와서 늑대와 공작새는 결국 결혼을 했는데, 몇년 안 가서 늑대의 콩깍지가 벗겨지자 늑대는 어흥 하고 공작새 잡아먹었다는 얘기요. 제 버릇 개 못준다니까요." 하고는 전화를 끊었다.

다행히 그 뒤로 오대양은 마음을 접었는지, 더는 치근대지 않았다.

16화
썸

영찬이 이혼서류를 다혜 집 우편함에 넣고 떠난 3년 후, 장미꽃들이 흐드러지게 만발한 5월의 어느 아름다운 날.

문득 다혜는 밥을 사달라고 했던 박준호가 생각나서 전화를 걸었다.
"안녕하세요? 저 주다혜예요. 저, 먼저 신세진 거, 빚 갚으려구요."
그러자 전화기 넘어 박준호 특유의 장난기 섞인 목소리가 다혜를 반겼다.
"아이쿠, 황송합니다! 여신님, 고맙습니다. 저처럼 하찮은 머슴을 어떻게 안 잊으셨네요. 아테네 신전엔 별일 없죠? 아프로디테 여신님도 잘 계시구요? 하하하."
"에이 무슨. 황송은요? 여신은 또 뭐구요? 이따 퇴근하실 무렵에 뵈요."
하고 다혜는 환하고 밝은 목소리로 말했다.

다혜는 전화를 끊은 후 생각했다. '이상하게 왜 박 대표님과 엮일 때마다 기분이 좋아지지?'
박준호는 늘 그렇게 밝은 기운이 넘치는 남자였다.

다혜는 가벼운 발걸음으로 유모차를 끌고 백화점에 가서, 비싸서 못 샀던 하늘하늘하고 어깨가 살짝 드러나는 파스텔색 바탕에 큼직한 장미꽃들이 그려진 원피스를 샀다. 그리고는 예쁘게 화장을 했다.

그 무렵, 분당 하이테크 시스템 사무실.

박준호는 기분이 날아갈 듯 완전 신이 났다. '무슨 양복을 입을까? 무슨 구두를 신을까? 향수는 뭘 뿌릴까? 지난번 석촌호수에서 우연히 만났을 때처럼 캐쥬얼하게 입을까? 바지는 무얼 입을까?' 박준호는 입이 귀에 걸려서는 들떠 있었다. 심장도 콩닥콩닥 두근두근, 난리가 났다.

그날 오후 5시 30분, 송파동 아웃백스테이크 2층 한쪽에 하늘색의 가벼운 와이셔츠에 진 청바지 그리고 흰 운동화를 신은 박준호와 앞자리에는 유모차를 옆에 둔 다혜가 앉아있다.

천사인지, 여신인지 착각이 들 정도로 눈부시게 아름다운, 조막만한 얼굴의 다혜가 꽃처럼 예쁜 입술에 새빨간 립스틱을 바르고 치렁치렁 풍성한 웨이브 있는 긴 머리칼을 늘어뜨린 채 새로 산, 어깨가 살짝 드러나 보이는 파스텔색 바탕에 큼직한 장미꽃이 그려진 하늘하늘한 어깨끈의 원피스를 입고 앉아있었다.

이렇게 아름다운 모습의 다혜를 처음 본 준호는 정신이 다 아득해졌다. 그야말로 심장이 콩닥콩닥, 두근두근 요동을 치고 숨도 못 쉴 만큼 숨이 막혀와 물조차 제대로 따르질 못했다.

게다가 물 따르는 손이 수전증 있는 사람처럼 덜덜덜 떨려서 물컵 밖으로 물을 확 부어 버렸다. 준호는 급당황해서 얼굴이 빨갛게 붉어졌다.

그러자 다혜는 웃음이 풋 하고 터져 나오는 걸 입으로 막고는, "어떡해요? 괜찮으세요?" 하하며, 물통을 뺏어 직접 물을 따르려 했다.

그 순간, 다혜의 손과 준호의 손이 겹쳐져 맞닿아 버렸다. 박준호는 화들짝 놀란 듯 보였다.

마치 천만 볼트의 전기에 감전된 듯 얼굴은 화끈화끈 달아올랐고, 심장은 더 쿵쿵대며 요동치며 난리가 났고, 말까지 더듬더듬거렸다.

 다혜는 얼른 준호의 컵과 자신의 컵에 물을 따랐다. 그러자 물컵을 손에 든 준호의 손이 또다시 덜덜덜 떨리더니, 겨우 두 손으로 물컵을 붙잡고는 물을 마셨다. 다혜는 준호의 이런 의외의 순진한 모습이 심쿵 하면서도 무척 귀여워 보였다.

 잠시 후, 두 사람은 맛있는 스테이크를 먹고는 유모차를 끌고 석촌호수를 천천히 걸었다. 준호는 다혜가 끌고 가는 유모차를 얼른 뺏어 앞장서 끌며, 석촌호수에 지천으로 핀 장미꽃들을 천천히 구경하며 걸었다.

 준호에겐 사랑의 속도는 상관없었다. 그냥 바라보는 것만으로도 좋아서 천천히 다가갈 뿐 이었다. 언젠가는, 혹시 언젠가는 그녀가 자신을 남자로 대해줄 날이 있지 않을까? 하는 기대감으로 천천히 기다렸다.

"대표님, 저 이제 빚 다 갚은 거죠?" 하는 다혜의 말에 준호가 말했다.
 "제 이름은 대표님이 아니고, 박준호입니다. 다혜씨 그리고 이젠 준호씨라고 불러주시면 안될까요? 그리구 다혜씨. 아직 저한테 빚지신 거 못 갚은 거 아시죠? 이자가 남아 있잖아요, 하하하."
"엥?" 다혜는 준호가 언어의 마술사만 같았다. 어떻게 이렇게 순발력 있는 재미있는 위트들이 술술 튀어나오는지. 참으로 신비하고 멋져 보였다.

 그렇게 다혜와 헤어지고 집으로 돌아간 준호는 몇 날 며칠을 잠도 못 잤다. 황홀하게 아름다운, 여신보다도 더 아름다운 다혜의 모습이 눈앞에 아른거리고 잊혀지질 않아 회사에서도 아무 일도 못했다. 끝도 없이 다혜의 얼굴만 맴돌았기 때문에, 여신처럼 우아한 다혜의 얼굴만 맴돌았기 때문에, 일도 못하고 밥맛까지 없었다.

준호는 '이러면 안 되는데, 이러면 안 되는데' 하면서도 상사병에 걸려 헤매다가, 결국 드러누웠다. 사랑이 죄는 아니지만, 아직은 사랑하면 안 되는 여신인 다혜를 생각하며, "다혜씨 다혜씨 다혜씨..."하고 헛소리까지 하며 상사병에 단단히 걸려버렸다.

다혜와 영찬이 만난 일주일 후, 오전 10시쯤.
다혜가 유모차를 끌고 장을 보러 잠실역 홈플러스에 왔다. 홈플러스 옆쪽 스타리버 아파트 앞 도로에 위이이잉 위이이잉 요란한 소리를 내는 119차가 있는 걸 보았다. 잠시 후, 들것에 실려 나오는 남자의 얼굴을 보자 다혜는 깜짝 놀랐다. 박준호였다.

가슴이 덜컥한 다혜는 119대원에게 자신이 보호자라며 어디로 가는지 도착하면 꼭 알려달라며 전화번호를 줬다.

잠시 후, 아산병원 응급실 입구. 다혜가 유모차를 끌고 서있다.
다혜가 "간호사님 저 박준호 환자 보호자인데요? 환자 상태가 어떤지 궁금해서요?"라고 묻자 30대 초반쯤의 간호사는 차트를 보더니 말했다.

"박준호 환자 큰일 날 뻔하셨어요. 조금만 늦었어도 진짜 큰일 날 뻔했어요. 탈수증상이 심해서요. 일주일이나 아무것도 못 드셨대요."
그러자 다혜가 간호사의 얼굴을 바라보며 다시 물었다.
"병명이 뭐래요, 간호사님?"
간호사는 잠시 머뭇거리더니 "말해도 되는지 모르겠네요?" 하고 답했다.
그러자 다혜가 "간호사님 꼭 말씀해주세요? 저 아주 가까운 지인이에요." 하고 말했다.

그 말에 30대 초반의 간호는 "저...실은 상사병이에요." 라고 했다.

간호사의 말에 다혜는 깜짝 놀랐다. "네? 상사병요? 그럼 어떻게 고칠 수는 있나요?"

간호사는 "약이 없죠, 뭐. 상사병에 무슨 약을 처방하겠어요? 주사를 놓겠어요? 연고를 바르겠어요? 아님, 반창고를 붙이겠어요? 그냥 포도당 수액이나 놓는 수 밖에요." 하고 말했다.

다혜는 간호사의 말에 당황했다. 준호의 얼굴을 보자니 민망해할 것 같아서 만나 볼 수도 없고, 그냥 돌아가자니 마음이 아프고, 이럴수도 저럴수도 없게 돼 난감했다. 다혜는 힘없이 발길을 돌려 병원 문을 나섰다.

다혜는 집으로 돌아오며 마음이 너무 아팠다. 그렇게 자신이 힘들 때마다 앞장서서 도와주던 준호를 생각하며 아무것도 해줄 수 없는 자신이 너무 아팠다. 다혜는 집으로 돌아오며 읊조렸다.

창조   주다혜

하늘이시여, 하늘이시여

한 남자의 사랑으로부터 낙오된 자가 묻습니다

하늘이시여, 하늘이시여

왜 인간을 창조하실 때, 나를 만드실 때

왜 이렇게 복잡한 감정을 넣어서 만드셨습니까?

혼돈스런 감정과, 불안한 감정과, 사랑의 감정과, 추상적인 감정들까지

시시때때로 고개를 드는 염치없는 감정들까지 넣어서 만드셨습니까?

하늘이시여, 하늘이시여

받기만 하고 줄 수 없는 염치없는 마음이

나를 아프게만 합니다.

준호가 병원에서 퇴원한 지 며칠 후, 준호의 인생에 빨간불이 켜졌다. 또 다른 일들이 기다리고 있었기 때문이다.

영종도 인천공항 입국장.

긴 생머리에 이마가 반듯하고 서글서글한 인상에, 예쁜 눈썹에 커다란 눈, 오똑한 콧날, 168센치나 되는 듯 큰 키에, 날씬한 삼십 대 중반쯤의 우아한 아가씨가 입술에 빨간 립스틱을 바르며 거울을 보다가 새까만 고급 승용차에 올라타서 어디론가 향하고 있었다.

하늘하늘한 짧은 꽃무늬 원피스와 그 위에 걸친 빨간색 자켓, 손에 들고 있는 가방들까지 모두가 최고급 명품들이었다. 신고 있는 검정색 하이힐까지 온 몸이 명품이었다.

"오랜만이네? 준호씨, 뭐 안 좋은 일 있나봐? 얼굴이 핼쑥해진거 보니? 혹시 나 보고 싶어서 그런 거야?" 하고 부티나게 보이는 싱그러운 목소리의 아가씨가 준호에게 물었다.

준호가 말했다. "어쩐 일이야 지연아? 갑자기 연락도 없이? 미국에서 아주 눌러사는 줄 알았는데?"

그러자 지연이 사무실 소파에 앉으며 말했다. "준호씨는 손님이 왔는데 앉으라는 소리도 안하네? 준호씨 나 아주 나왔어 미국에서. 준호씨랑 결혼해서 살려고 미국에서 나왔어."

지연은 준호의 의사는 묻지도 않은 채 자신만만하게 말했다.

"야, 이지연. 너 누구 맘대로 결혼을 해? 나 버리고 미국으로 떠날 땐 언제고? 이제 와서 뭐하자는 거야?" 하고 준호가 버럭 화를내자, 지연은 또 자신만만하게 말했다.

"내 맘대로 지. 그리고 나 이미 다 알아봤어. 준호씨한테 여자 없다는 거."

하지만 지연의 자신만만함과는 다르게 준호는 어이가 없다는 듯한 표정으로 물을 한컵 들이 키고는 툭 내뱉듯 지연의 눈을 바라보며 "야, 이지연? 됐고, 나 너랑 볼일 없으니까 다신 찾아오지 마." 하고 단호하게 말했다.

그러자 지연은 눈 하나 깜짝하지 않는 채 말했다.

"그렇게는 안 될걸? 준호씨는 나한테 매달리게 돼 있어. 아빠한테 준호씨 회사 투자금 빼라고 할까? 아빠 투자금 빼면, 오빠 회사 당장 부도날 걸? 우리 좋았잖아, 옛날에? 그리고 내가 남자 생겨서 미국 간 것도 아니고 공부하러 간 거잖아. 그러니까 우리 다시 만나자. 내가 잘 할게 앞으로. 어때 오빠? 그리고 내가 비밀 얘기 하나 해줄까? 이혼한 애기엄마 알지? 주다혜씨라고." 하고 지연은 다혜를 입에 올렸다.

그 순간, 준호는 깜짝 놀라 자리를 고쳐 앉았다. 지연의 입에서 주다혜란 말이 나오자 준호는 심장까지 덜컥 내려앉았다.

지연이 다시 말을 이어 갔다. "그분 사진 보니까 예쁘긴 하더라. 그런데 오빠 짝은 아니야. 왜? 내가 모를 줄 알았어?" 하고 지연이 입가에 썩소를 지으며 말하자, 준호는 "야, 이지연 너 미쳤냐? 주다혜씨한테 무슨 일 있으면 너 가만히 안 둔다. 주다혜씨 건드리지 마." 하고 눈에 쌍심지를 키며 말했다.

준호의 말에 지연은 "알았어, 준호씨. 준호씨가 결정해. 그 애기엄마 주다혜씨인지, 나인지?
회사 부도낼 건지, 아님 대기업 만들 건지. 준호씨는 현명한 사람이잖아? 잘 결정할 거라 믿어. 준호씨 난 아직까지 내가 갖고 싶은 거 못 가져본 적 없어. 알지?" 하고 자신만만하게 말했다.

준호는 머리가 아파 왔다. 실제로 지연이 맘먹은 건 포기한 적이 없었기 때문에 머리가 지근지근 아파왔다.

PH자산 투자금융그룹 30층 회장실.

"어서 오게, 박 대표. 오랜만이네. 역시 우리 지연이가 사람 하나는 잘 본다니까. 인물 좋지, 능력 있지, 회사경영 잘하지. 하하. 어서 자리에 앉게, 박서방." 하며 이 회장은 마치 사위가 온 듯 호칭을 했다.

지연의 아버지 이정근 회장은 PH자산 투자금융그룹 회장이었다.
 백 평은 될듯한, 커다란 PH자산 투자금융그룹 회장실의 소파 중앙엔 이정근 회장이 앉아 있었다. 그리고 그 옆에는 이지연이 앉아 있었다. 이지연은 이 회장의 무남독녀 외동딸이었다.

 "안녕하세요? 회장님."하고 박준호가 허리를 굽혀 인사한 후 자리에 앉자, 예쁜 여비서가 커피를 내왔다.

 커피를 한 모금 마신 이 회장이 다시 입을 열었다. "박 대표, 우리 외동딸을 어떻게 구워삶았기에 그 수많은 능력 있는 남자들 다 마다하고 자네 아니면 시집을 안가겠다고 하니, 허허허."

 이 회장의 말에 준호가 얼른 고개를 숙여 인사를 한 후, "과찬이십니다. 저같이 보잘것없는 사람을 잘 봐주셔서요." 하고 정중하게 말했다.

 준호의 말이 끝나자 지연이 "준호씨? 내가 말한 거 생각해봤어? 얼른 날 잡자. 그리고 준호씨는 나랑 결혼하면 벼락 출세하는 거야. 남자 신데렐라 되는 거라고. 남데렐라라고 알지?" 하고 포기를 모르는 지연이 말을 꺼내자, 준호는 마치 큰 벽을 만난 듯 어질어질 했다.

 지연은 한 번 마음 먹은 건 물러서지도 않고, 결코 깨지지도 않는 벽이었다. "지연아 나 벼락출세나 남데렐라, 그런거 꿈꿔 본 적 없어." 하고 준호가 말하자 지연이 준호의 말을 자르고는 "준호씨, 준호씨는 머리가 좋은 줄 알았더니 머리가 참 안 좋네. 준호씨는 나랑 결혼하는 순간 평민에서 부마 되는 거야. 바보온달 평강공주 얘기 알지? 갑자기 부마된 바보온달? 남자가 그렇게 바보온달처럼 큰 뜻을 품어야지, 여자 하나 때문에 큰 뜻을 꺾어?" 하고 말했다.

 지연의 말이 끝나자 준호가 다시 말했다.
 "지연아, 내가 니 성격 잘 아는데 나 신분상승 그런거 때문에 존재감을 잃고 싶지 않아. 뻔하지. 내가 너랑 결혼하는 순간 난 지연이 너 경호원 되거나, 셔터맨 되겠지. 자동차문 열어주고, 현관문 열어주고 하는 셔터맨 되겠지."
 그러자 지연이 준호에게 갑자기 다정하게 "준호씨, 그렇게 날 비하하지 마. 준호씨는 그냥 준호씨 회사 경영해. 거기서 버는 돈은 다 그냥 준호씨 용돈해 터치 안 할게. 그냥 나랑 결혼하자, 준호씨. 제발 나랑 결혼하자." 하고 매달리는 듯 애교를 떨며 말했다.

 지연의 매달리는 말에도 준호가 묵묵부답이자, 지연은 이 회장을 조르며 다그쳤다.
 "아빠? 뭐라고 좀 해봐?"

 순간, 준호는 수많은 생각들이 떠올랐다. '어떻게 해야 할까? 내가 결혼을 안 한다고 해도,
 내가 회사를 포기한다고 해도, 이 고고하고 도도한 여자가 그 착하고 순수한 다혜씨를 가만두지 않을 테고. 또 다혜씨는 고초를 당할 테고?'

 준호는 머리가 어지러웠다. 이럴수도 저럴수도 없게 된 자신의 상황에 머리가 아팠다. 이때 이정근 회장의 목소리가 들려왔다. "박 대표? 무슨 생각을 그렇게 골똘히 하나?"
 이정근 회장의 목소리에 준호는 겨우 정신이 번뜩 들었다. 그리고는 "아, 아닙니다, 회장님. 말씀하십시오." 하고 말했다.

그러자 이 회장은 설득조로 준호를 바라보며 말했다.
"박 대표, 잘 좀 생각해보게. 내가 이렇게 부탁 좀 하겠네. 내가 우리 지연이 때문에 이러다 말라 죽겠어."
이 회장의 말이 끝나자 준호는 공손하게 "네, 잘 알겠습니다. 조금만 더 시간을 주십시오, 회장님." 하고 답하는 수밖에 없었다.

일주일 후, 한남동 지연의 집.

500평 대지에 마당에는 온갖 정원수와 꽃나무들이 심어 있는 넓은 정원이 있고, 한강이 내려다보이는 한쪽에는 수영장이 딸려 있었다. 그렇게 커다란 정원이 딸린 집안에서 지연이 뭔가를 만들고 있었다.

여기저기에 뭔가가 잔뜩 널려 있는, 넓은 주방 안에서 지연이 바쁘게 움직이고 있었다. 벽에는 예쁜 타일들이 가득 붙어있고, 바닥은 최고급 옥돌 대리석들로 시공되어 있었다. 그리고주방 용품은 모두가 다 최고급 이탈리아제였다.

카스테라와 쿠키를 굽는 듯 주방안엔 맛있는 냄새로 가득했다. 지연은 달달한 과일이 올라간 쿠키 디저트와 소세지와 잘게 썬 양배추, 마요네즈, 토마토 케찹이 들어간 핫도그 빵에 블루베리 크로아상 쵸코 크러핀을 만들고 있었다.
지연은 쵸코 크러핀을 하나 먹어보더니, "올레, 그래 이 맛이지." 하고 큰소리로 외쳤다.
그리고는 연신 무언가를 만들며 미소짓는 얼굴로 말했다. "갓 구워서 그런지, 내가 만들어서 그런지, 진짜 맛나네."
그리고 다시 핫도그를 한입 베어 먹고는 "오 마이 갓. 그래 이 맛이야 이

맛. 핫도그 맛은 이 맛이지." 하며 엄지척을 해댔다.

지연은 다시 도토리 가루를 커다란 냄비에 넣고는, 찬물을 붓고 휘휘 저어서 푼 후에, 약 불에 올려놓고는 한참을 저어 걸죽해 지자, 냄비를 찬물에 담가서 식힌 후 도토리묵을 사각 모양으로 도톰하게 썰었다.

그리고는 김 가루와 쑥갓, 양파, 청양고추와 오이 양념장 등을 넣고 무쳐서 맛을 본 후에 또 경쾌하게 외쳤다. "와, 누가 만들었는지 진짜 미쳤다. 그래, 이 맛이야 이 맛. 도토리묵 맛은 이 맛이지. 입맛이 확 당기는 이 맛, 둘이 먹다가 하나가 죽어도 모를 이 맛. 참 잘도 만들었네, 내가 만들었지만 진짜 잘 만들었네. 이런 게 바로 묵의 재발견이라고나 할까? 하하하..."

그러더니 방금 전 만들었던 빵과 쿠키들과 도토리묵을 포장해서 어디론가 뚜껑이 열리는 빨간색의 명품 차를 타고 떠났다.

분당 하이테크 시스템 사무실.
"준호씨, 오늘 진짜 멋지네? 와, 진짜 내가 사람 하나는 잘 본다니까. 어쩜 이렇게 준호씨는 볼 때 마다 나를 이렇게 설레게 만들어? 양복을 입어도 멋있어, 캐쥬얼하게 입어도 멋있어."
하며 지연은 연락도 없이 준호의 사무실에 무작정 찾아와서 너스레를 떨어댔다.

오늘따라 화사하게 꾸미고 온 지연의 모습은 마치 미스코리아 진을 보듯 아름다웠다.
얼굴이며, 몸매며, 걸친 옷들이며 어디하나 흠잡을 데 없이 아름다웠다.

"준호씨, 여기 내가 직접 만들어 온 빵들하고 도토리묵 무침 좀 먹어봐. 전에 준호씨 봤을 때 얼마나 핼쑥해 보였던지 마음이 너무 아팠다니까? 이따가 한번 먹어봐. 둘이 먹다가 하나가 죽어도 모를 맛이야." 하며 지연은 그 특유의 밝고 시원시원한 구김살 없는 말투로 준호에게 말했다. 그리고는 아침 내내 만들어서 포장해 온 음식들을 준호 책상 위에 올려 놓았다.

"지연아, 애쓴다 애써. 니가 손가락 하나만 까딱해도 대한민국 잘난 남자놈 들이 1킬로미터는 줄을 설 텐데 왜 굳이 나야?" 하고 준호의 사정하는 듯한 말투에 지연은 "그러게 말이야. 내가 콩깍지가 씌웠나? 눈이 삐었나? 잘 모르겠네? 알면 준호씨가 좀 맞춰봐." 하며, 지연은 준호의 자켓에 묻은 먼지를 툭툭 털어주고는 흐트러진 준호의 옷매무새를 고쳐줬다.

그러자 준호는 지연을 보며 말했다. "지연아, 넌 가질 거 다 가졌고....혹시 주다혜씨 건드리는 건 아니겠지?"
준호의 말에 지연은 "준호씨 하는 거 봐서?" 하고 말했다,

그 말에 준호가 "너 진짜 이럴래, 지연아?" 하자 지연은 뭔가를 눈치챘다는 듯 준호를 바라보며 웃으며 다리를 반대로 꼬며 말했다. 순간, 맨살의 지연의 허벅지와 허벅지 사이가 벌어지자 준호의 본능이 준호의 눈길을 그곳으로 이끌었다.

순간, 준호는 그녀의 치맛속이 궁금해졌다. 그때 준호의 남성이 고개를 쳐들었다. 준호는 얼른 고개를 돌리며 눈을 감았다. 그만큼 지연은 아름다웠다. 그렇게 준호가 딴 생각을 하고 있을 때 지연이 말했다.

"나 지금, 이 순간 캐치했어. 준호씨 아킬레스건은 주다혜씨 맞지?"

순간 준호는 지연의 치마 속을 들춰보고 싶은 자신의 음란한 생각을 들켰을까 봐 가슴을 쓸어내렸다. 다행히도 지연은 다혜씨를 입에 올렸다.

다시 준호가 말했다. "지연아, 제발. 부탁할게? 주다혜씨는 건드리지 마, 알겠지? 그리고 지연아 너는 내가 사육당하는 듯 사는 게 좋니? 호랑이는 스스로 자유롭게 사냥을 할 때가 멋있고 호랑이다운 거지. 갇혀서 던져주는 먹이나 받아먹고 사는 호랑이가 그게 호랑이겠어? 돼지나 마찬가지지. 그러니까 지연아 제발 나 좀 내버려 둬. 넌 가질 거 다 가졌잖아?" 하고 울부짖는 듯한 준호의 사정에도 지연은 손사래를 쳐가며 말했다.

"아 몰라? 됐고, 난 그런 거 모르겠고, 결혼 날짜나 잡아. 낼 또 올게." 하며 지연은 문을 쾅 닫고는 나가버렸다.

준호는 지연의 뒤통수에 대고 소리쳤다. "지연아 니가 무슨 날강도냐? 칼 들고 돈 훔치고 그런 것만 강도 아니야. 사람 마음 강제로 뺏는 것도 날강도야, 이 날강도야."

준호는 '이대로 다혜를 위한 순교자가 될 수밖에 없는 운명인가? 투쟁 한번 못 해보고, 손들고 백기투항해야 하나?' 생각했다.

준호는 결론을 이미 알고 있었다. 아무리 몸부림을 쳐도 이건 이길 수 없는, 질 수밖에 없는 싸움이란 걸. 그러나 아름답고 천사 같은 다혜를 다치게 할 순 없으니 준호는 어떻게 해야 할지 가늠이 안 됐다.

17화
만남과 이별

다혜는 요즘 장미 아파트 상가 칼국수 집에서 일을 한다.

칼국수를 먹으러 오는 건지 다혜를 보러 오는 건지, 고백을 하러 오는 건지 모르는 수많은 남자들에게 하루에도 몇 번씩 쪽지나 고백을 받으며 일하고 있었다.

"안녕하세요, 아가씨 나의 여신이여. 아직 남친 없으시면 일 끝나고 연락주세요. 온몸과 마음을 다 바쳐 사랑합니다. 일 끝나고 이따가 저랑 생맥주나 한잔 때려요. OOO"

"안녕하세요? 천사처럼 예쁘신 분. 늘 올 때마다 너무 설레서요. 미치겠습니다, 결혼하고 싶습니다. 꼭 연락주세요. 이름: 박재벌, 연락처 OOO"

"안녕? 예쁜아 식당에서 널 처음 본 순간, 난 한순간에 사랑에 빠져 버렸단다. 이게 꿈인지 생시인지 몰라. 난 날마다 꿈 속을 헤맨다. 잠을 잘 때도 밥을 먹을 때도, 난 언제나 너의 생각과 함께란다. 예쁜아 내 사랑, 예쁜아 오빠 돈 진짜 많아. 사랑에 나이나 국경이 필요하겠니? 예쁜아 오빠의 고백이 부담스럽겠지만 천천히 생각해 보렴. 그리고 이따가 시간 되면 커피나 한잔 하는 게 어떻겠니? 사랑하는 훈남이. 연락처 OOO. (추신: 오빠 힘 좋다)"

"제발 꼭 부탁드립니다. 오실 때까지 무조건 기다리겠습니다. 저기 앞에 있는 호프집에서 기다리겠습니다. 나까무라상. 연락처 000"

"사랑해요 여신님. 태어나서 처음으로 제 이상형을 만났습니다. 머리부터 발끝까지 전부 다 사랑합니다. 저는 참고로 강남 땅 부잣집 외동아들입니다. 평생 쇼핑만 하면서 해외여행만 하면서 사실 수 있게 해드리겠습니다. 명품으로만 쫙 두르고 사실 수 있게요. 이름: 천억조 연락처 000. (추신: 빤쓰도 명품으로 사드립니다)"

다혜는 늘 이렇게 남자들의 끝없는 고백을 받으며, 같이 일하는 이모들의 입방아에 오르며 즐겁게 일을 하고 있다.

"이쁜게 죄지 이쁜게 죄야, 왜 남자들은 다들 밥은 안 먹고 다혜 뒤꽁무니만 본대? 다혜가 이쪽으로 가면 이쪽으로 일제히 고개들을 돌리고, 다혜가 저쪽으로 가면 저쪽으로들 일제히 고개들을 돌리고? 진짜 가관이라니까, 가관. 이런 장면은 코미디 영화나 드라마 그런데서 찍어 가면 딱이라니까? 웃겨 진짜. 이게 무슨 시츄에이션이람? 우리는 여자도 아닌게벼? 어휴, 젊은 게 벼슬이지 벼슬이야." 하고 같이 일하는 이모들의 질투나는 놀림을 받는다.

어느 날은 한 남자가 일하는 다혜의 앞을 딱 가로막고 서서는 "저 이거 드셔 보세요." 하고 쵸코렛을 주며 고백을 하고, 또 어느 날은 꽃다발을 사 들고 고백을 하고, "저랑 결혼해 주세요." 하며 다이아 반지와 목걸이를 선물하는 남자도 있었다.

다혜가 "저 결혼했어요" 하고 아무리 말해도 끝까지 달라붙는 남자들도 많았다. 다혜는 일이 끝나자마자 부리나케 집 쪽으로 향했다.

잠실 장미 아파트 다혜의 집 근처.

오후 5시쯤, 어딘가 몹시 아파 보이는 50대 후반쯤 돼 보이는 남자가 다혜가 사는 아파트 주변을 기웃거렸다. 영찬이었다. 그는 서울을 떠난 지 3년 만에 폐인이 다 되어 있었다. 영찬은 그립고 그리운 다혜와 늘 가슴 저리게 눈에 선했던 아기를 한 번만이라도 보기 위해 기웃거리고 있었다.

잠시 후, 유치원 차가 도착하자, 천사처럼 예쁜 다혜가 나타났다. 그리고는 예쁜 아이를 차에서 안아서 내리면서, "선생님 고맙습니다, 감사합니다. 안녕히 가세요" 하며 밝게 인사를 건넸다.

이윽고 노란색의 유치원 승합차가 떠나자, 다혜는 아이의 손을 꼭 잡고 걸어가며 말했다.
"연주 공주님, 오늘은 뭐 배웠어요? 밥은 많이 먹었어요?" 하고 묻자 아이는 양손을 크게 벌리며 말했다.

"엄마, 공부도 많이많이 이만큼 했어요. 밥도 많이많이 이만큼 먹었어요." 하고 밝게 말하며
아이는 다혜에게 자랑을 했다.

그러자 다혜는 연주와 눈을 꼭 맞추며 환하게 웃으며 말했다. "에구 그랬어요? 우리 예쁜 공주님, 참 잘했어요." 하고 칭찬을 해주며 손을 꼭 잡고 집 쪽으로 걸어갔다.

순간, 영찬이 다혜에게 주춤주춤 걸어가며 "다혜야 다혜야..." 하고 불렀지만, 그 소리는 입안에서만 맴돌았다.

그때 어디선가 키도 크고 인물이 훤칠한 잘생긴 남자가 다가와서 "안녕하세요? 다혜씨. 공주님도 안녕?" 하며 인사를 했다.

그러자 연주가 반갑게 "안녕하세요." 하고 인사를 하고, 연주는 "아저씨, 아저씨" 하며 뛰어가 친숙한 듯이 안기자, 남자는 연주를 번쩍 안아서 등을 토닥토닥 두드려 주었다.

다혜가 남자를 반가운 얼굴로 바라보며 말했다. "대표님, 어쩐 일이세요? 일찍 퇴근하셨네요?"
잘생긴 남자가 환한 얼굴로 "저, 우리 공주님 선물 좀 사왔어요. 우리 공주님은 어쩜 이렇게 나날이 예뻐지실까? 점점 아주 엄마를 쏙 빼닮아 가네? 자, 이거 받아요 공주님." 하며 차에서 꺼낸 선물을 한 아름 건넸다.

선물을 받은 연주는 세상에서 가장 행복한 얼굴로 "고맙습니다. 아저씨 감사합니다" 하며, 선물을 살펴보느라 여념이 없었다.

"에이, 그냥 오셔도 되는데, 오실 때마다 선물은요. 이러다 돈 벌어서 다 연주한테 쓰시는 거 아니에요?" 하며 다혜가 살갑게 웃자, "쓰는 게 아니구 뇌물입니다." 하며 남자도 환하게 웃었다.

다혜는 3년이 다 되도록 영찬이 소식이 없자, 최근에서야 이혼 서류를 가정법원에 접수해 이혼상태가 되었다. 그리고 혼자서 연주를 키우며 씩씩하게 살고 있었다. 아직은 누구에게도 마음을 열지 못하는 상태로, 조금씩 영찬을 잊어 가며 살고 있었다.

훤칠하고 잘생긴 남자가 돌아가고 난 후, 다혜가 아이의 손을 잡고 걸어가다가 잠깐 영찬과 눈빛을 마주치며 스쳤지만, 다혜는 고개만 갸웃하고는 이내 집 쪽으로 걸어갔다.

이미 망가질 대로 망가진 채, 지저분한 허름한 거지꼴을 하고는 덥수룩한 수염에 몇 달은 씻지도 않은 듯, 냄새날 것 같은 지저분한 머리카락의 노숙자 같은 영찬을 못 알아본 것이다.

영찬은 눈물이 비 오듯 쏟아졌다. 오갈 데가 없었다. 마음도 몸도.
영찬은 휘청거리며 자아의 창틀에 기대어, 비통함의 창틀에 기대어 격정에 휩싸였다. 욕망과 욕정이 얼마나 덧없는 것인지, 그것을 탐한 잘못의 대가가 얼마나 잔인한 채찍과도 같은 것인지, 이제서야 처절하게 깨닫고 후회를 했다. 그리고는 운명 앞에 무릎 꿇고 뉘우쳤다.

뉘우침 _태영찬_

운명이여, 가엾은 한 사내가

못나게도 운명 앞에 울고 있습니다.

속절없는 슬픔에 부대끼며 울고 있습니다.

천사를 버리고 악마와 키스를 한 대가로

처절하게 무너진 한 사내가

슬픔에 부대끼며 울고 있습니다.

나의 몸 구석구석을 짜릿하게 더럽혔던 욕망이 미워서 울고

나의 온몸에 끈적끈적하게 배어있던

욕정이 미워서 울고

그윽한 눈길로 날, 유혹하던 음탕한 그녀의

황홀한 기억들이, 쾌락들이, 저주스러워 웁니다.

운명이여

운명이여

용서하소서.

영찬은 예쁘고 아름다운 다혜와 훌쩍 커서 유치원을 다니는 사랑스런 연주와, 그들 앞에 떡하니 나타나 마치 아빠와 남편처럼 행동하는 낯선 남자 등 모두가 행복해 보이는 그 모습들에 끝도 없이 눈물을 흘렸다.

오후 5시 반경, 잠실역 3번 출구.

교회 봉사단체에서 하루에 두 번씩 무료 급식을 하는 곳에 영찬이 줄을 서 있다.
영찬에겐 매일 매일이 다혜의 집 근처를 기웃대다가, 다혜와 연주를 보는 게 유일한 낙이었다. 하루 두 끼 무료 급식으로 배를 채우며, 영찬은 그렇게 노숙자가 되어 있었다.

준호는 집으로 돌아가 다혜에게 편지를 썼다. 지연 때문에 앞으로 더는

다혜를 못 볼 것 같아서, 이렇게 연주의 선물을 사 가지고 왔다. 그것도 모르는 다혜와 연주는 박준호의 방문을 그냥 평소처럼 지나쳤다.
 준호가 회사를 그만둔다고 해도 지연이 자신을 포기할 것 같지도 않았고, 멈출 것 같지도 않았다. 또 지연이 다혜와 연주에게 어떤 일들을 벌일지 알 수 없었기에, 슬픔을 억누르며 이별의 편지를 쓴 것이다.

 *아름다운 다혜씨에게
 "오늘이 다혜씨와의 마지막 밤입니다. 침울한 굴레에 갇혀 지내던 제게, 빛으로 가득 찬 존재가 되어 주셨던 다혜씨, 난 그대에게 또 다른 인생의 문을 열어주기 위해 이 편지를 가슴 아프게 씁니다. 다혜씨의 현실의 삶이 비록 지금은 고통스러운 날들이겠지만, 이 시련들도 아마 먼 훗날 생각하면 가치가 있는 아픔일지도 모르겠죠? 다혜씨와의 아름다운 우정 감사했습니다.
 이 계절이 가고 나면 또 다른 새 계절이 오듯, 다혜씨에게도 또 다른 사랑이 찾아올 거예요. 지금은 어둠이 다혜씨의 등을 어루만진다 해도, 따뜻한 온기를 가진 빛나는 햇살이 곧 다혜씨와 연주 공주님을 비출 테니까요."

 다혜는 박준호가 보낸 이 문자를 보는 순간, 차가운 겨울 강바람이 뺨을 후려치는 것만 같았다. 가슴이 사무치고, 아파왔다. 곁에 있을 땐 그리움인 줄 몰랐는데, 오늘은 그 사람이 그리웠다. 잠시 전에 보았던 그 사람이 그리웠다.

 가슴에 품었던, 사랑과 추억과 낭만과 우정과 그 수많았던 행복했던 순간들이 스크린의 필름처럼 스쳐 지나갔다. 다혜도 준호에게 문자를 써서 보냈다.

*박준호 대표님께

"춥고 외로웠던 내게, 얼어 죽을 만큼 추웠던 내게, 따뜻한 온정을 베풀어 날 흔들어 놓고는 혼자서만 이별을 고하시는군요? 그대는 너무나 냉정합니다.

이 밤의 끝을 꽉 붙잡아서라도 붙잡고만 싶은 그대, 나는 이제 어디서 무엇을 해야 할까요?

무엇을 해야 한단 말인가요? 그대를 이렇게 무심히 보낼 수 없어, 운명의 극심한 반대를 무릅쓰고라도 다시 그대를 붙잡고만 싶습니다. 팔짱을 끼고, 포옹을 하고, 키스를 하고 서로의 체온을 나누고 싶습니다."

다혜는 휴대폰의 자판에 눈물을 뿌려 눈물의 글씨들로 편지를 이어갔다.

"무엇이 두렵습니까? 비웃음이 두렵습니까? 고귀한, 숭고한, 사랑의 감정에 충실하지 못하고 아주 끝장을 내버릴 듯이 타인이 되려고 하는 그대에게. 내 심장에 파편처럼 박혀있는 그대에게 나의 진심을 전해 봅니다."

나비   주다혜

내 영혼의 부름을 받고 찾아온 사람아

낯선 타인이 되려는 사람아

누에고치의 비단실을 풀어풀어

살금살금 숨어서 풀어풀어

그대를 내 안의 고치 안에 옴짝달싹 못하게 가둬 놓고는

벌거벗은 몸으로 밤마다 탈출하려는 그대를

겹겹이 가둬 놓고는

시퍼런 얼음 강이 녹는 날

한 쌍의 나비로 태어나

나, 그대와 함께 하늘로 날아오르는

그날을 기다리겠네.

  다혜는 이미 영찬의 경계선을 넘고 있었다. 그리고는 준호에게 달려가고 있었다. 마치 누군가가 떼어 놓으려고 하면 더 달아오르듯 다혜는 마음이 조급해졌다. '영찬이냐? 준호냐?' 생각하며 마음 안에서 국지전을 펼치던 전쟁터는 이제 전면전으로 번졌다. 이제 둘 중에 한 사람을 선택해야만 하는 시간이 다가온 것이다.

18화
재회

강남 우면동 김하연의 집.

오후 7시쯤 흥신소 직원에게서 전화가 한 통 걸려 왔다.
"안녕하세요? 사장님, 저 김팀장인데요. 사장님께서 찾으시는 분을 뵌 거 같아서요? 그런데 사진하고는 너무 달라요. 키나 생김새는 비슷한데, 나이가 들어 보이고 어디가 많이 아픈 것도 같네요? 어떻게 할까요, 사장님? 그리고 몰래 따라다녀 보니 장미 아파트하고, 잠실역 3번 출구 무료 급식소만 늘 왕복하는 거 같더라구요." 하고 김팀장의 보고가 끝나자 하연은 김 팀장에게 지시를 내렸다.

"알겠습니다, 김 팀장님. 잘 좀 지켜봐 주세요. 눈치채지 않게요. 눈치채면 어디로 또 사라질지 모르니까요. 제가 내일 갈게요, 김 팀장님. 꼭 좀 지켜봐 주세요, 아시겠죠?"

전화를 끊고 난 후 하연은 가슴이 너무나 쓰려왔고, 미어지게 아파왔다. 자신이 영찬을 망가트려 폐인을 만들었다는 생각에 가슴이 미어졌다. 하연은 3년 동안이나 흥신소를 시켜 영찬을 찾아내려고 애를 쓰고 있었다. 하연은 다음 날 오후 4시쯤, 차를 끌고 잠실로 향했다.

잠실 장미 아파트, 다혜의 집 근처.
늘 시계추처럼 오후 5시면 어김없이 이곳을 배회하는 영찬을 하연이 데리러 온 것이다.
잠시 후, 흥신소 김 팀장이 가리키는 곳을 보자 허름한 노숙자 차림새였지만 틀림없이 영찬 이었다. 하연은 눈물이 왈칵 쏟아졌다. 망가질 대로 망가진 영찬은 40대 중반이 아니라 50대 말처럼 보였으며, 그냥 거지 그 자체였다.

영찬의 이러한 모습을 본 하연은 가슴이 미어지게 아파왔다. "내 잘못이야, 내 잘못, 모든 게 다 내 잘못이야." 하며 하연은 끝도 없이 자책을 했다.

이윽고 하연이 데려오라는 눈짓을 하자 흥신소 직원 여러 명이 달려들어, 영찬을 승합차에 태우고는 하연의 집으로 향했다.

강남 우면동, 김하연의 집.

하연은 눈물이 끊임없이 쏟아졌다. 그렇게 남자답게 잘생겼던 영찬은 뼈만 남은 폐인이었다. 하연은 영찬 앞에 무릎을 꿇으며 영찬의 손을 잡으며 말했다.

"미안해 영찬씨, 다 내 잘못이야, 내가 영찬씨를 이렇게 망가트렸어. 진심으로 사죄해, 영찬씨. 나도 많이 반성했어 영찬씨 떠나고 나서." 하며 하연은 눈물로 사죄를 했다.

그러자 영찬은 힘없는 얼굴로 눈물을 글썽이며 말했다. "아니야 하연아, 내 잘못이 더 커, 내 욕심이, 내 욕망이 나를 이렇게 망가트린 거야. 니 잘

못 아니야, 일어나." 하고 말하며 눈물을 훔쳤다. 그리고는 무릎을 꿇고 있는 하연을 일으켜 세웠다.

 하연은 일어나서 영찬에게 말했다. "영찬씨, 일단 씻어. 그리고 영찬씨 옷들 다 그대로 있으니까, 얼른 갈아입고 밥 먹자. 내가 맛있는 반찬 많이 해놨어, 알았지? 얼른 씻어?" 하며 하연은 영찬을 욕실로 밀어 넣고는, 어제부터 준비를 했던 음식을 부지런히 식탁 위에 차렸다.

 영찬이 깨끗이 씻고 면도까지 하고 나니 인물이 살아났다. 하연은 영찬이 씻는 사이 어제 하루 동안 부지런히 만들어 놓았던 소갈비찜에, 오징어 볶음에, 전복죽에, 굴파전 등 수많은 요리를 차려 놓았다. 영찬은 오랜만에 하연과 저녁을 함께 먹었다.

 다음날, 하연은 집으로 미용사를 불러 영찬의 머리를 단정하게 손질하게 한 후, 어제 미리 예약을 해 두었던 강남 세브란스 병원에 가서 검사도 받게 했다. 영찬은 기력만 쇠했지 다행히 큰 병은 없었다.

 하연은 영찬과 집으로 돌아오며 차 안에서 말했다.
 "영찬씨 이젠 옛날처럼 안 그럴게. 그리고 건강 되찾으면 잠실 부인한테 가도 돼. 그리고 지금 이 꼴로는 안 되니까, 다혜씨 놀라니까 몸부터 추스르고. 알았지? 그리고 다행히 다혜 언니도 아직은 혼자인거 같고 하니, 미안하다고 가서 싹싹 빌어봐. 무릎 꿇고. 다혜 언니 착하니까 마음 풀릴 거야, 알겠지? 그리고 옛날처럼 행복하게 살아. 아이랑 셋이서. 알겠지?"
 영찬은 말없이 눈물만 쏟았다. 그날부터 하연은 혹시 영찬이 어디론가 사라질까봐 집밖에 경비를 세워뒀다. 그리고 몸에 좋다는 건 전부 다 사들여 영찬을 지극 정성으로 보살폈다. 그 때문인지 영찬은 하루가 다르게 많이 좋아지고 있었다.

하연은 늘 영찬에게 따뜻한 말과 용기를 주는 일도 잊지 않았다.

"영찬씨 있잖아? 영찬씨는 사랑받을 만한 가치가 있는 사람이야. 영찬씨는 누군가를 사랑할충분한 용기가 있는 사람이고 대단한 가치가 있는 사람이야. 힘내, 영찬씨. 영찬씨 가슴은 아직도 나한테는 태풍이고, 폭풍이고, 뜨거운 불덩어리야. 뜨겁게 휘몰아치는 화산이야. 난 늘 영찬씨가 다정하게 말할 때마다 천상의 아름다운 노래소리를 듣는 것 같아. 영찬씨는 그런 사람이야, 용기를 내." 하며 다독였다.

하연은 영찬을 집에 데려다 놓고는 부지런히 시장에 가서 샛노란 알 배추 몇 통을 사다가 깨끗하게 씻어서 각종 양념을 넣고 참기름까지 듬뿍 넣고 버무려 맛있는 배추 겉절이 김치를 만들어 저녁 식탁에 내놓았다. 아삭아삭하고 부드럽고 감칠맛 나는 겉절이 김치에 영찬은 밥을 두 그릇이나 뚝딱 해치웠다.

다음날은 매콤한 산낙지 볶음을, 다음날은 담백한 보쌈을, 하연은 날마다 지극 정성으로 영찬을 보살폈다. 맹목적인 집착으로 시작한 하연의 사랑이, 조금씩 영찬에 대한 안쓰러움으로 변했고, 이제는 진정한 영찬의 편이 되어주고 있었다.

하연은 영찬에게 무슨 일을 하든, 무슨 사업을 하던 밀어주겠다고도 했다. 자신 때문에 잘 다니던 회사도 못 다니게 됐고, 몸과 마음이 모두 다 망가지고 피폐해진 영찬에 대한 책임감을 하연은 느끼게 되었다.

영찬이 서울로 다시 올라온지 3개월쯤 후, 영찬은 양재역 주변의 자리 좋은 곳에 휴대폰 매장을 오픈했다.

휴대폰 매장 오픈 전문가로 직원 두 명을 두었고, 그들이 영업 준비부터 오픈까지 일사천리로 도왔다. 양복으로 멀끔하게 차려입은 영찬은 며칠이 지나자 손님 영업도 할 수 있게 되었다. 그리고 곧바로 전산을 도와줄 세 명의 여직원도 뽑았다. 영찬의 매장은 이제 다섯 명의 직원을 두게 되었다.

친구한테 돈이나 빌려주고 보증이나 서주고, 룸살롱을 다니고 수도 없이 바람을 피우며, 상간녀와 동거하던 영찬이, 다혜에 대한 사랑의 초심도 잃어버린 채 철없는 행동만 일삼던 영찬이, 아이러니하게도 상간녀 때문에 정신을 차리게 됐으니 이것도 운명의 장난이라 아니할 수가 없었다.

"사장님 매장 오픈빨 진짜 좋네요. 요 며칠 매출이 엄청나게 좋습니다. 사장님께서 엄청 돈복이 많으신가 봅니다." 하고 인상 좋게 생긴 30대 중반의 김 부장이 영찬에게 영업실적을 보고했다.

그러자 영찬은 김 부장에게 공을 돌렸다. "아닙니다, 이게 다 김 부장님하고 직원 여러분들이 열심히 일해주신 덕분입니다."
그 말에 삼십대 중반의 김 부장이 말했다. "아니에요, 사장님. 사장님이 돈복이 많으신 거예요, 제가 매장을 여러 개 오픈시켜 봤지만, 사장님 매장처럼 이렇게 날마다 손님들이 긴 줄을 서는 건 처음입니다. 아무튼 징조가 좋습니다, 사장님."

그러자 영찬은 다시 직원들을 격려했다. "고마워요 김 부장, 오 대리. 이게 다 김 부장과 오 대리 덕분이에요. 우리 열심히 해봅시다, 여러분들 수고해 주세요. 나 먼저 퇴근합니다." 하고 퇴근을 했다.

영찬의 매장이 이렇게 성황인 것은 매장의 위치가 좋기도 했고 하연의 인맥빨도 있었다.

영찬이 매장에서 퇴근을 하면, 하연은 예쁜 앞치마를 두르고 날마다 맛있는 저녁상을 차려주며 "영찬씨 오늘 매출은 어땠어? 손님은 많았어? 실수한 건 없었지?"하며 수다를 떨어주었다.

하연은 늘 이렇게 여느 가정주부들처럼 식사를 하는 영찬에게 질문 공세를 퍼부었다.
"어때? 영찬씨 적성에는 맞는 거 같아? 영찬씨 이러다가 부자 되겠네." 하며 끝 없이 용기를 주었다. 두 사람은 어느새 여느 신혼부부들처럼 보였다.

"영찬씨, 부지런히 돈 벌어서 다혜 언니랑 아기에게 지금까지 못해줬던 거 해주면서 살아. 돈은 인정사정도 없고 국경도 없고 애국심도 없는 거야. 영찬씨는 이미 팔자가 꼬여서, 일방통행로로 들어섰어. 좌회전 우회전 그딴 거 신경 쓸 새 없단 얘기야. 죽기 아니면 까무러치기잖아?"하며 늘 영찬을 다독여 주었다.

어느 날 영찬이 도로가의 커피 자판기에서 커피를 뽑아서 마시고 있었다.
그때 허름한 행색의 60대 초반의 거지꼴의 남자가 자판기의 커피를 뽑아와서는, 영찬의 옆자리에 앉아서 커피를 마시며 말했다.

"양복 참 멋지게 차려 입으셨네요. 나도 한때는 뛰어난 사업가였고 잘나갔었고, 멋진 옷에다, 멋진 차에, 참 잘나갔었습니다. 강남역에서 논현역에서 갤러리아 백화점 주변에서, 어디 하룻밤 원나잇이나 해볼까? 하며 빤스까지 다보이게 짧은 치마를 입은 애들, 팬티스타킹을 벗어서 아무데나 벗어던지는 애들, 값비싼 실크 블라우스를 입은 날라리 20대 여자애들, 얘네들 술집 데리고 가서 술 퍼마시고 참 좋았었는데." 하며 믹스커피를 한 모금 마시고는 다시 말했다.

"참 좋았었죠, 그때는. 고 어리고 이쁜 것들을 두 명씩 세 명씩 네 명씩 호텔로 데려가서, 떼로 오입하고 난리치고 물 뽕타서 먹이고. 밤새도록 지랄하고 잘 나갈 때 있었는데, 그놈의 물 뽕에 중독돼서 이 모양 이 꼴이 됐다니까요. 참 옛날이 그립네요, 허무한 게 인생이라더니." 하며 옛날을 회상했다.

거지꼴 남자의 말에 영찬은 제 발이 저렸는지 "그런 탈선이 자랑이라고 떠벌려요? 그리고 마약 중독자 돼서 거지꼴 된 게 무슨 자랑이라고? 옛날에 뭐였는지가 그렇게 중요해요? 지금은 거진데." 하자, 영찬의 말에 거지는 슬그머니 자리를 피했다.

늦은 시작이긴 하지만 영찬은 술도 안 마시고 열심히 살았다. 그리고 퇴근을 하면 집에서 하연이 사준 클래식기타로 로망스라는 곡도 배우고 있었다. 늦은 나이이긴 하지만 이렇게 사람이 되어가고 있었다.

그리고 하연은 요즘은 영찬에게 잠자리를 요구하지도 않았다. 아직까지도 영찬을 살게 하는 힘은 날마다 마음으로 간절한 다혜였다. 다혜 앞에 설 수 있는 그날을 기다리며 영찬은 그렇게 하루하루 열심히 살고 있었다.

사랑하는 사람아 태영찬

내 삶을 통틀어서 언제나 기쁨의 원천이었던 사람아

내가 살아가는 힘이었던 사람아

그리고 내 삶의 반대자가 아니었던 사람아

난 늘 그대가 있어 행복했고

그대는 늘 내 어깨 위에 머리를 기댄 채

웃음기 밴 미소를 내게 건넸었지

하지만, 이제는 시간이 지날수록 더 아프게 더 슬프게

나를 찾아오는 그리움이 된 사람아.

나, 서럽게 울어 서럽게 울어

내, 울음 천둥으로

그대 머무는 허공을 떠돌 수만 있다면

나, 천둥의 울음으로 그대에게 가겠네.

나, 서럽게 울어 서럽게 울어

내, 눈물비가 되어

그대 머무는 창가에 흐르는 빗물 될 수만 있다면,

나, 빗물로 그대 창가에 다가가

그대 얼굴 바라보겠네.

나 이제 서야, 모든 걸 잃고 나서야 깨달았네

그대가 나의 전부였다는 걸.

그대가 내 곁에 있어서 힘이 되었던 시간들,

내가 그대 곁에 있어서 그대가 웃었던 날들

우리 인생에서 다시올 수 있을까?

오랫동안 너무나 오랫동안

가슴속에만 묻으며 뱉어 내지 못했던 말들

입안으로만 맴돌았던 그 말들

다혜야 사랑해, 다혜야 사랑해.

가버린 날들보다 다가올 시간이 더 많은 그대에게.

-태영찬

영찬은 편지를 써서 하연에게 다혜의 우편함에 넣어 달라고 부탁했다.

19화
아담과 이브

다혜는 오랜만에 초저녁에 일찍 잠이 들어 이상한 꿈을 꾸었다.

황금빛 저녁노을의 아름다운 하늘을 어둠들이 살금살금 훔쳐 가자, 허둥대는 자동차의 불빛들이 교차되며 빠르게 거리를 지나가고 있었다. 이 모습을 하늘을 날며 바라보고 있는 다혜를 활공하던 독수리 한 마리가 갑자기 낚아채 갔다. 그리고는 다혜는 정신을 잃었다.

정신을 차려보니 이곳은 사시사철 벚꽃과 배꽃, 복숭아꽃들이 만발한 아름다운 에덴동산이었다. 눈부신 태양이 어둠들에 밀려나자 커다란 둥근달이 떠올랐다. 그러자 신비한 일이 벌어졌다. 아무것도 없을 것 같은 넓은 꽃동산 한가운데에서 폭포수 몇 개가 철철 철 흐르고 있었다.

커다란 보름달이 뜬 폭포수에서는 달빛과 폭포의 벽들에 가득 박혀있는 붉은색 보석들과, 다이아몬드들이 어우러져 환상적인 빛을 발하고 있었다. 이곳의 무릉도원에 있는 세 곳의 폭포 벽에는 각기 다른 보석들이 박혀있었다.

이곳에서 제일 큰 폭포에는 붉은 보석과 붉은 다아아몬드가 가득 박혀있는 붉은 폭포, 그리고 두 번째로 큰 폭포는 푸른색 비취들이 가득 박혀있는 비취 폭포, 그리고 마지막은 주황빛 오팔들이 가득 박혀있는 오팔 폭포 였다.

이곳의 보석들을 그 누구하나 손대는 이들이 없었기에, 수 천 년을 넘게 그대로 빛을 발하고 있었다. 이렇게 아름다운 폭포수 앞에서 영찬이 나뭇잎으로 중요한 곳만 가린 채 폭포수를 바라보고 있었다.

그 곁에는 다혜 자신도 나뭇잎으로 가슴과 중요한 곳만 가리고 앉아 있었다. 이렇게 아름다운 붉은 폭포 앞에서 눈부시도록 아름다운 어린 날의 다혜와 젊고 남자답고, 잘생긴 혈기 넘치던 영찬이 함께 앉아 달빛이 가득히 이 아름다운 폭포수들을 비추는 환상적인 모습들을 바라보고 있었다.

다혜는 그렇게 애타게 기다리던 영찬을 보자 갑자기 뜨거운 감정이 확 달아올랐다. 다혜는 마음을 진정할 수가 없었다. 열병 같은 사랑을 했던 처음 만난 그때처럼 다혜는 미친 듯이 심장이 뛰었다.
하지만, 영찬은 애타는 다혜의 마음도 모른 채 목석처럼 다혜의 손만 잡고 싱글벙글 폭포수만 바라보며 앉아 있었다. 다혜는 영찬을 확 밀어 자빠트렸다.

그리고는 "어이쿠" 하며 넘어지는 영찬의 몸 위로 올라타 영찬의 입술에 키스를 퍼부었다.
그리고 영찬의 나뭇잎과 자신의 나뭇잎을 거칠게 뜯어낸 후, 그 작고 예쁜 어여쁜 입술로 영찬의 젖꼭지를 지그시 깨물어 버렸다.

이러한 다혜의 행동들은 다혜를 새로운 세상으로 안내했다. 다혜의 손길은 멈추지를 않았다. 다혜는 손으로 영찬의 젖꼭지를 비틀었다. 그리고는 영찬의 물건을 손에 쥐고는 주물렀다.
 그러자 성이 날대로 나서 커지고 뜨거워져 버린 영찬의 그것을 자신의 깊은 계곡 안으로 깊숙이 밀어 넣었다. 자신의 몸 안에 불덩어리 같은 커다랗고 뜨거운 것이 훅하고 들어오자 다혜는 이성을 잃었다.

 다혜는 잘생기고 훤칠한 영찬을 복종이라도 시킬 듯, 명령하듯 소리쳤다.
 "넌 내 남자야? 알지 태영찬? 넌 내가 죽으라 하면, 죽는시늉까지 해야 하고, 시키는 대로 해야돼? 넌 내가 밥해서 맨 날 먹여 살려 줬잖아? 그러니까 내가 니 생명의 은인이잖아? 그러니까 사람이라면 은혜를 마땅히 값아야지? 안 그래? 그러니까 끽소리 말고, 가만가만 마님 말씀 잘 들어라, 마당쇠야. 어디서 이렇게 잘생겨 가지고, 어디서 이렇게 훤칠해 가지고는, 어디서 이렇게 으윽윽, 으윽윽......하아아악."

 다혜는 허리를 쉴 새 없이 돌려대다가 갑자기 또 물었다.
 "날 좋아하세요? 영찬 마당쇠야? 날 사랑하세요? 영찬 마당쇠야? 날 갖고 싶으세요? 영찬 마당쇠야?"

 다혜는 끝도 없이 중얼거렸다. 쉴 새 없이 허리를 더 격렬하게 움직이며, 백옥같이 새하얗고 커다란 엉덩이를 더 거칠게 흔들어 댔다. 살과 살이 부딪히자 쏟아지는 폭포수들 소리보다 더 큰 소리가 났다. 그리고 짜릿한 쾌감이 온몸 구석구석 타고 돌았다. 이대로 죽어도 좋을 만큼 온몸에 쾌감들이 돌았다.

 다혜는 창피하다는 생각보다는 타오르는 자신을 어떻게든 먼저 식혀야 했기에 더욱더 미친 듯이 격렬하게 거칠게 몸부림을 쳐댔다. 영찬이 아래에서 더 세게 허리를 돌려대자 "아욱윽....악욱윽.." 소리가 저절로 났다.

불량남편

다혜는 그동안 시어머님을 모시고 사느라 신음 소리 한번 마음껏 크게 내지 못했던 한이라도 풀려는 듯, 마치 짐승의 소리처럼 마음껏 신음 소리를 내질렀다.

"아아앙 앙앙앙, 앙앙앙, 아이쿠 영찬씨 나죽네. 아아앙 앙앙앙, 앙앙앙, 아이쿠 영찬씨 나죽네......" 다혜의 사랑의 메아리는 더 커져만 갔고, 그 메아리는 온 세상의 어떤 노래보다 아름다웠다.

영찬의 허리가 세차게 격렬하게 움직일 때마다 거대한 그의 남성은 다혜의 몸 안을 휘저었다. 다혜는 숨이 턱턱 막혀왔다. 마치 질식할 것만 같았다. 다혜는 땀으로 범벅이 되었다.

다혜의 온몸이 쾌락의 경련을 일으키자, "아아앙 앙앙앙, 앙앙앙, 아이쿠 영찬씨 나죽네..아아앙 앙앙앙, 앙앙앙, 아이쿠 영찬씨 나죽네.." 하며 온몸을 부르르 떨었다. 그리고는 영찬의 가슴팍으로 팍 고꾸라지며 또다시 소리쳤다. "영찬씨 달려 달려. 더..더...세게, 달려 달려, 더.....더..더 세게. 영찬씨......드릴 그거 있잖아? 땅 파는 기계? 그것처럼 더 세게....아이쿠, 나 오늘 나죽네, 오늘 나 죽네....영찬씨...악욱욱 악욱욱...아이쿠 나 오늘 죽네. 앙앙응응 앙앙응응 앙앙앙 앙앙앙 아이쿠 나죽네...."하며 아름다운 사랑의 메아리를 질러댔다.

다혜는 그동안 시어머니와 같이 사느라 마음껏 풀어내지 못했던 욕정들을 풀어내며 소리쳤다. 그리고 영찬에게 말했다. "하연이 그 미친년이 떠들어 댔던 사랑의 메아리가 어쩌구 저쩌구, 드릴이 어쩌구 저쩌구 그것처럼 해봐 영찬씨. 빨리빨리?"

다혜는 질투에 미친 듯 떠들어댔다. 그리고는 폭포수보다 더 폭포수 같은 물줄기를 온 세상을 적실 듯 쏴아아 흘려보냈다.

생명력을 잉태한 물줄기는 메마른 대지를 적셨고, 갈증에 타는 대지를 적셨고, 온 세상에 푸른 새싹들을 돋아나게 했고, 메말랐던 생명들은 활력을 얻었다. 그리고는 세상을 온통 싱그러운 초록으로 물들였다. 그러자 지친 슬픔에 헤매던 여신의 자아에서 처음 듣는 노래가 계속해서 울려 퍼졌다.

눈물 대신(감성 스토리텔러 작사/작곡)

오래오래, 오래오래 그대를
눈물 대신 기억할게
오래오래, 오래오래 그대를
눈물 대신 사랑할게

한번 만, 다시 한번 만
날 용서하고 다시 돌아와
나에게 모든 걸 주었던 그대를
누구도 대신할 수는 없으니까

잊지마, 그댈 사랑했던 나를
기억해줘, 영원히 지상에서 영원까지
이 세상 모든 인연들이
모두 다 잊혀진다 해도

오래오래, 오래오래 그대를
눈물 대신 기억할게
오래오래, 오래오래 그대를
눈물 대신 사랑할게.

꿈이 깬 다혜는 이상한 생각에 밖으로 나와 봤지만 아무도 없자 혹시나 하는 마음에 1층에 내려갔다가 우편함에 있던 고지서들을 들고는 집으로 올라왔다.

아파트의 복도와 계단들 사이로 한겨울의 차가운 바람들이 드나들자, 다혜의 온몸은 차가운 한기들에 으시시 떨었다. 하늘을 바라보니 낮에 보았던 하얀 달이 아직도 아파트 지붕 위를 비추고 있었다.

거리를 윙윙거리며 지나가는 자동차들의 불빛들은 마구마구 거리의 어둠 속을 파고들며 소란스러운 소리 들을 내댔고, 개 짖는 소리는 빈 하늘로 올라가고, 이름 모를 길고양이는 야옹야옹거리며 안부를 물었다.

이 시끄럽고 소란스러운 소리를 들으며, 다혜가 집으로 돌아오면서 보니 하루도 빠짐없이 밤마다 켜지는 잠실대교의 가로등 불빛들과 쏟아질 듯한 별빛들이 함께 모여 뭔지도 모를 수다들을 떨어댔고, 숨을 고르며 헐떡이는 바람들이 떼거지로 강을 건너 달음박질들을 쳐 오다가, 다혜의 집 유리창들을 흔들어 댔다. 다혜의 어지러운 머릿속을 대변하듯 세상은 온통 소란스러웠다.

새벽이 되자 새하얀 눈송이들이 흩날리더니 이내 퍼부어 댔다.

낙하

주다혜

한겨울 밤의 차가운 강바람들이

숨을 고르며 헐떡이며 떼거지로 강을 건너왔다.

달음박질 들을 치듯이 건너왔다.

그리고는 유리창을 흔들어댔다.

새벽이 되자 마른하늘에 천둥 번개가 고함 소리를 질러댔다.

그리고 시커먼 먹구름들이 몰려와

솜털 같은 새하얀 눈송이들을 마구마구 퍼부어댔다.

온 세상의 모든 흔적들을 지우며,

낮에 사람들이 남겨 놓았던 발자국들을 지우며,

눈송이들은 그렇게 밤새도록

지상으로 공중 낙하를 해댔다.

20화
리베르 탱고

새벽에 내렸던 눈들이 녹지 않고 온통 세상을 새하얗게 덮은 낮이 지난 어느 거친 12월의 겨울 강바람이 휘몰아치는 밤, 잠실 장미 아파트 다혜의 집.

다혜는 어제 가지고 올라온 고지서들을 정리하다가 영찬이 보낸 편지를 눈물로 읽고 있었다. "나쁜 남자, 나쁜 사람, 매정한 사람, 불쌍한 사람." 다혜의 입에서는 끝도 없이 원망이 이어지고 있었다.

"몇 달만 더 일찍 나타나지. 몇 달만 더, 몇 달만 더 일찍 나타나지...."하는 원망들이 다혜의 입에서 쏟아졌다. 서류상으로도 이미 이혼 상태였고, 마음마저도 준호에게로 기울어져 있었기에 쏟아지는 원망이었다.

이 시간, 다혜의 집 앞 하연의 승용차 안에서는 리처드 용재오닐의 아스토르 피아졸라가 작곡한 리베르 탱고 바이올린 협주곡이 끝도 없이 흐르고 있었다.

영찬은 꽃다발을 든 채 양복까지 멋지게 차려입고는, 앞머리에 무스를 바르고 차 안에서 한참을 망설이고 있었다. 하연이 용기를 주는 말을 들으며 영찬은 차 안에서 한참을 망설였다.

영찬은 다혜의 집 창문에 불이 켜진 걸 확인하고는, 마침내 차 문을 열고 꽃다발을 들고 일어섰다. 얼른 가보라며 등 떠미는 하연의 보챔에 다혜의 집으로 영찬은 향했다.

띵동 띵동 초인종이 울리자, 다혜는 영찬임을 확인한 후 문을 열어줬다. 영찬이 들어오자 다혜는 두 주먹으로 끊임없이 영찬의 가슴을 두드리며 "왜 이제야 나타난 거야? 왜 이제야 나타난 거야?" 하며 오열했다.

영찬은 오열하는 다혜를 두 팔로 품 안에 꼬옥 껴안으며 "미안해, 다혜야. 미안해, 다혜야." 하며 흐르는 다혜의 눈물을 그 큰 손바닥으로 닦아주었다. 그리고는 글썽이며 흐르는 자신의 눈물도 손등으로 훔쳤다. 영찬은 꽃다발을 다혜에게 건넸다. 꽃다발을 받아 든 다혜는 다시 오열했다.

다혜는 "날 더러 어쩌라고? 날 더러 어쩌라고? 이제와서 날 더러 어쩌라고?" 하며 영찬의 가슴을 두 주먹으로 때려대며 끝도 없이 오열했다. 그리고는 "하느님도 잔인하시지, 보낼 거면 진작 좀 보내시지" 하며 다시 울어댔다.

그때, 연주가 잠에서 깨어 다혜 품에 안기며 말했다.
"엄마 왜 울어? 이 아저씨 누구야? 아저씨가 엄마 울렸어?" 하며 다혜와 영찬의 얼굴을 번갈아 보다가 "엄마 울지 마" 하며 조그마한 손등으로 다혜의 눈물을 닦아줬다.

그러자 다혜가 연주를 품에 안으며 말했다.
"연주야 인사해, 아빠야."
그 말에 연주가 "엄마, 이 아저씨가 아빠야?" 하고 물었다.

"응. 얼른 인사해야지? 착하지?" 하는 다혜의 말에 그제야 연주는 "안녕하세요?" 하고 인사를 하고는, 낯을 몹시 가리는 아이처럼 다시 다혜의 품으로 폭 안겼다.

그러자 다혜가 연주를 꼭 안으며 영찬을 바라보며 말했다.
"어떻게 할 거야, 영찬씨? 앞으로?" 하고 물었다.
다혜의 말에 영찬은 주춤주춤 "미안해 다혜야. 뻔뻔하기도 하고 비겁하기도 하고, 부끄럽기도 하고 어떻게 해야 할지 모르겠어. 내가 어리석었어, 다혜야. 용서해달라는 말도 못하겠어." 하며 최대한 슬픔을 억누르며 눈물을 닦았다. 그리고 말을 이어 나갔다.

"난 정말 등신처럼 살았어. 이렇게 착하고 예쁜 너를 두고. 이렇게 예쁜 딸을 두고. 무엇에 홀려 살았는지? 우리 딸이 이렇게 예쁘게 크도록 놀이공원도 동물원도 한번 못 데려가고."
영찬은 더 이상 말을 이어가지 못했다. 쏟아지는 눈물과 울음 때문에.

영찬은 식탁 위에 엎드려 커다란 어깨를 들썩이며 끝도 없이 울었다. 다혜는 따뜻한 손으로 영찬의 눈물을 닦아주며 말했다.
"알았어, 영찬씨. 더 이상 자책하지 마. 이렇게 예쁜 꽃까지 사 들고 다시 나한테 온건, 아직도 날 사랑한다는 거잖아? 조만간에 연락해 줄게. 그리고 좋은 쪽으로도 생각해 볼게. 너무 걱정하지 마." 하며 다혜는 영찬의 등을 다독였다.

영찬은 이미 예전의 모습이 아니었다. 자신을 처음 구해줬을 때의 그 늠름하던 모습과 신혼 때의 그 푸르르던 청춘은, 젊음은 마음고생을 얼마나 했는지 온데간데없이 사라져 있었다. 마치 50대 후반의 중년 남자처럼 보였다. 영찬에게서 이렇게 망가져 버린 모습이 보이자, 다혜는 가슴이 또 미친 듯이 미어져 왔다.

다혜는 안개처럼 스미는 슬픔을 느꼈다. 눈물방울이 뚝뚝뚝 떨어졌다. 가슴이 미친 듯이 아려왔다. 칼날이, 송곳이, 심장을 찌르듯 아파 왔다.

다혜는 돌아가는 영찬의 뒷모습이 마치 힘없는 노신사처럼 보여서 가슴이 아렸다. 너무나 측은하고 안쓰러워 보였다.

돌아오는 하연의 차 안에서는 아직도 리처드 용재오닐이 연주하는 아스토르 피아졸라의 리베르 탱고가 끝없이 반복해서 흐르고 있었다. 가슴을 저리는 리베르 탱고의 멜로디는 두 사람의 가슴을 한없이 후벼 팠다.

차 안은 무거운 적막만이 흐르고 있었다. 무거운 분위기를 거두려 하연이 영찬에게 먼저 물었다.
"영찬씨? 어떻게 됐어? 얘기는 잘됐어? 다혜 언니가 뭐래? 언니가 반가워하지? 같이 살재? 언제 들어오래? 잘했어, 영찬씨 기운 내." 하며 하연의 질문은 이어지자, 영찬이 무심히 창밖을 바라보며 힘없이 말했다.

"내가 무슨 낯으로...받아 달라고 말하겠어? 이번 여행은....이번 인생 여행은 끝났어. 그 아름답고 단란하고 행복했던 환상은 끝났어. 그냥 한번 살아만 봤다는 의미 말고는. 뭐 하나 제대로 건진 게 없는 여행이야, 내 인생은..." 하는 영찬의 말이 끝나자 하연이 말했다.

"아니야, 영찬씨. 다시 꿈을 찾아. 두근두근 설레는 꿈을 다시 찾아, 파라다이스를 찾아." 하고 하연은 영찬에게 용기를 주었다. 하지만 영찬은 다혜에게 자신의 못난 모습만 적나라하게 보여 주었던 게 실망스러워 입을 닫았다. 그리고는 말없이 슬픈 도시의 휘황찬란한 야경만을 바라봤다. 또다시 차 안엔 슬픈 음악이 흘렀다.

파라다이스(민영기 작사/작곡)

파라다이스 파라다이스 파라다이스
내가 찾아 헤매던 파라다이스
그대가 이제 내게서
하염없이 멀어져 가네

파라다이스 파라다이스 파라다이스
이대로 보낼 수는 없는데
파라다이스 파라다이스 파라다이스
이대로 헤어질 수는 없는데

사랑해 사랑해 사랑해
그대는 영원한 나의 파라다이스
붙잡을 수 없는 그대가, 멀어져 가네

파라다이스 파라다이스 파라다이스
파라다이스 파라다이스 파라다이스
파라다이스 파라다이스 파라다이스.

영찬이 음악을 들으며 창밖을 바라보자, 저 하늘에 빛나던 운명의 별이 무시무시한 어떤 힘에 의해 잔인한 암흑의 바다로 사라지는 것을 보았다.

블랙홀의 암흑 속으로, 빛조차도 새어 나올 수 없다는 그 무시무시한 블랙홀 속으로 갈망하던 불꽃들이 사그라드는 것을 보았다. 영찬은 모든 것이 와르르 무너지는 슬픔과 절망에 사로잡혔다.

영찬은 그렇게 잘난 체하며 살아오던 자신이 얼마나 나약한 피조물인지를 이제서야 간절히 깨달았다. 슬픔의 파도가 밀려오자 또다시 영찬은 어깨를 들썩이며 오열했다.

하연은 말없이 영찬을 바라보다가 말을 이어 나갔다.
"영찬씨, 여자는 남자랑은 달라. 남자에겐 사랑이 하룻밤의 모험이고 장난이고 그저, 저 여자를 어떻게든 호텔로 데려가서 옷을 벗기고 야동에서 보던 별의별 섹스를 상상하고, 에로시티즘을 상상하면서 압구정, 청담동, 논현역, 강남역을 돌아다니며 하룻밤 데리고 잘 여자를 찾지만, 여자는 사랑은 사랑일 뿐이야. 단순한 사랑, 계산하지 않는 사랑, 그것이 진실이든 뭐든 여자의 사랑은, 그냥 무지몽매한 사랑이야. 이럴까 저럴까하는 이항 대립이 없어. 뭐 가끔은 허영에 들뜬 여자들도 있기는 하지만."

다음날 오후 3시, 송파동 송리단길 카페거리 2층 카페에 다혜와 혜정이 오랜만에 같이 앉아 있다.

혜정이, "다혜야 연주는?" 하고 물었다.
"응, 유치원 갔어. 혜정아 나 할 말 있는데 어떡해야 될지 몰라서. 그동안 준호씨가 나하고 연주한테 엄청나게 잘해 줬잖아? 그런데 어떻게 해야 할지 잘 모르겠어서 의논 좀 하려고." 하는 다혜의 말에 혜정이 소파에 편하게 기대서 앉았던 자세를 바로잡으며 "왜? 뭔 일 있어?" 하고 물었다.

그러자 다혜가 김이 모락모락 나는 향긋한 블랙커피를 한 모금 마시고는, 착 가라앉은 목소리로 말했다.
"혜정아, 영찬씨가 돌아왔어. 어떻게 해야될지 모르겠어."
그 말에 벌떡 일어날 듯이 혜정이 다혜에게로 바짝 다가앉으며 화가 난 듯 핏대를 올리며 말했다.
"뭐? 뻔뻔하다, 영찬씨. 이제 와서 잘살고 있는데 왜 다시 나타나서 벌집을 쑤셔? 미쳤대? 돌았대? 정신 나갔대? 쫓겨났대?" 하고 혜정은 쉴 새 없이 영찬을 향한 원망의 화살들을 쏟아냈다.

격한 혜정의 말이 끝나자, 다혜는 마치 영찬을 감싸려는 듯이 말했다.
"그게 아냐.....영찬씨는 나하고 연주를 보호해 주려고 그런 거야. 그 또라이한테서, 그 여시한테서."
그러자 혜정의 속사포가 또 쏟아졌다. "그게 무슨 헛소리, 개 소리야 다혜야? 널 보호해 주려고 했으면 니들 옆에서 지켜줬어야지. 그리고 바람은 왜 펴서 집안을 쑥대밭을 만들어? 말도 안돼 이건." 하며 혜정이 화를 냈다.

혜정의 말에 다혜는 "그래도 연주 친아빠기도 하고. 누구나 한두 번쯤은 실수하고 다들 살아. 그리고 나 어릴 때 얼마나 많이 아껴주고 잘해줬어? 지켜주고 아껴주고 보호해 주고? 나, 그 기억으로 이제껏 버틴 거야." 하며 영찬에 대한 동정의 말을 이끌어 내려 애를 썼다.

하지만 혜정의 대답은 단호했다.
"에이 난 몰라, 난 니가 준호씨랑 잘됐으면 좋겠어. 넌 준호씨한테 안 미안하니? 영찬씨가 바람피우고 한눈팔고 너 아프게 할 때, 너랑 연주랑 모른 척 하고 살 때, 너만 바라보며 해바라기하며 산 지가 몇 년인데?"

다혜는 혜정에게서 영찬에 대한 동정을 이끌어 내려다 혜정의 격한 핀잔만 들었다.

다혜가 다시 차분하게 말했다.

"그래 혜정아 니 말대로 그래서 그게 미안해서 나도 많이 생각을 해 봤지만, 준호씨한테 뭔 일이 생겼는지 갑자기 문자가 와서 더는 못 만난대. 잘 살래. 나 이제, 어떡하니 혜정아? 나 머리가 그냥 하얘졌어. 영찬씨는 돌아왔지....준호씨는 그만 만나자고 하지..." 하고 혜정에게 다혜는 신세 한탄 겸 의견을 물어봤다.

혜정이 다혜의 눈을 똑바로 쳐다보며 심문을 하듯 물었다.
"다혜야 너 혹시 니가 준호씨한테 뭐 잘못한 거 있어?"
"아니, 딱히 그런 거 없는데?" 하고 다혜가 멍한 표정을 짓자 혜정이 다시 말했다.
"그러면 억지로라도, 떼써서라도 한번 다시 만나봐. 준호씨가 왜 그러는지 무슨 일이 있는지 물어봐. 끝날 때 끝나더라도 대체 무슨 일인지 알고 끝내야지?" 하고 혜정은 다혜에게 답을 내려주었다.

그러자 다혜는 고개를 끄덕이며 "그렇지 혜정아? 그게 맞지?" 하고 결론을 내렸다.

잠시 후, 석촌역 KFC 매장.

"핫봉스틱 하나랑요, 스페셜 메뉴팩 하나 주세요." 하고 다혜가 연주와 함께 먹으려고 음식을 주문했다. 이윽고 다혜는 물티슈와 빨대까지 챙겨서 집으로 향했다.

이 시각 준호는 강남의 어느 한 호프집에서 지연과 마주 앉아 맥주를 마시며 대화를 하고 있었다. 준호는 지연과 대화를 하는 동안 노여움이 확 치밀어 올랐다. 지연 때문에 다혜와의 사랑에 불길한 전조를 느꼈기에 지연에게 화가 치밀어 오른 것이다.

한 여자는 노골적으로 구애를 하고, 한 남자는 거절하는 법을 고민하고. 그 고민은 천겁 억겁의 고뇌였다. 어찌하여 한 남자의 사랑이 이토록 버거운 운명의 소용돌이 속에 휘말려만 가는 것인지? 한 남자라는 준호와 주다혜라는 한 여인의 운명은 어찌하여 견디기만 위하여 존재하는 것인지? 준호는 운명에게, 세상에게 화가 나 있었다. 준호는 지금 마주하고 있는 이 현실이 마치 슬픈 영화 속의 한 장면만 같았다.

"준호씨 생각해 봤어? 우리 결혼?"
지연은 도도함보다는 안쓰럽게 매달리고 있었다. 지연의 매달리는 듯한 호소에 준호가 말했다.
"지연아...조금만 더 시간을 주면 안 될까?"
준호의 대답을 들은 지연의 표정은 금방 의기소침해졌다. 평소의 그 당당하던 모습은 간데없이.
다시 지연이 준호에게 매달리기라도 하는 듯, 동정이라도 구하려는 듯 말했다.
"준호씨...내가 가난뱅이였다면? 세상에 발가벗겨지고, 깡패 새끼들한테 얻어터지며 당하다 필사적으로 구원을 요청하고 그러면 나에 대한 감정이 달라졌을까? 나 애원하는 거야. 협박하러 나온 거 아니야. 준호씨가 나를 준호씨의 등 뒤에 남겨 두고......저 문으로 걸어 나간다 해도 나의 마지막 보루.......내 자존심의 방어벽, 내 초소를, 내 진지를 뭉개고 사라진다 해도 징징대지 않을게, 통곡하지도 않을게. 미친년처럼 산발하고 두 눈에 광기를 품고 헤매고 다니지도 않을게."

이렇게 그 도도하던 지연이 매달리고 있었다. 하지만 사람 마음이라는 건, 언제 또 변할지 알 수가 없는 거였다. 언제 또 독기를 품을지 알 수가 없는 거였다.

지연의 말들에 준호는 맥주잔으로 시선을 떨구며 말했다.
"그래 지연아, 우리 축배를 들자. 니가 이겼다....내가 졌다........더는 저항 할 수가 없구나. 지연아 너의 승리에 경배를 하자." 준호는 그렇게 지연에게 항복하고 말았다.

이렇게 또 한 남자가 다혜에게서 다혜를 지켜주겠다는 명분으로 다혜를 또 버렸다.

(저자의 말)
어떻게 이렇게 한 여자의 운명이 이다지도 가혹하단 말인가?
하늘이시여, 하늘이시여, 하늘이시여,
당신은 정녕..........................
주다혜라는 한 여인을 만드실 때,
살과 뼈대신 눈물을 섞어서 만드셨습니까?
슬픔을 섞어 만드셨습니까?
가혹한 운명을 넣어서 만드셨습니까?
묻습니다..............

21화
크리스마스 선물

사람은 무엇으로 사는가? 주다혜

사람은 무엇으로 사는가?

거짓말의 거짓말, 속임수의 속임수, 위선의 위선

그중에서 가장 슬픈 사실은 우리의 적이나

혹은 낯선 자들로부터의 훼방이나 이간질하는 자들에게서 놓아나는 게 아니라

스스로 진실한 사랑들과, 믿음들과, 추억들을 지켜내는 일이다.

그것이 진실 혹은 거짓일지라도

사람들의 마음들을 믿음들을 쥐고 흔드는 낯선 자들로부터

자신이 소중하다고 믿는 것들을 지켜내는 일이다.

12월 24일 크리스마스 이브 날, 오후 3시.

  다혜는 연주를 혜정에게 맡기며 "혜정아? 연주 좀 부탁할게. 나 아무래도 준호씨 좀 만나봐야될 거 같아서. 이대로는 그냥은 가만히 못 있겠어. 무슨 일인지 알아야 맘을 접든 말든 기다리든 하지." 하고 말했다.
  그러자 혜정은 얼굴에 환한 표정을 지으며 말했다.
  "그래 잘해봐. 다혜야 넌 이제 유부녀도 아니잖아? 꽉 붙잡아! 준호씨 놓

치지 말고. 파이팅!" 하고 다혜를 응원했다.
 눈도 내리지 않은 크리스마스이브 날의 석촌호수 둘레길.
 나뭇잎들마저도 모두 다 떨어져 을씨년스럽고 황량한 석촌호수 길에는 한겨울의 차가운 살을 에는 듯한 바람이 불어오고 있었다. 그리고 푸른 하늘엔 먹구름들이 몰려들고 있었고, 거리엔 마른 낙엽들이 뒹굴고 있었다.

 벌거벗은 채 서서 살을 에는 듯한, 겨울바람을 잘도 견디고 서 있는 겨울나무들을 바라보며 다혜는 속으로 중얼거렸다.
 '에휴, 너희들 추워서 어떡하니. 나만 혼자 힘든 게 아니구나.'

 다혜는 준호의 손을 꼭 잡고 함께 걷고 있었다. 마치 준호를 놓치지 않으려는 듯. 그동안 손 한번 잡아주지 못했던 준호에게 미안해서 다혜가 먼저 손을 꼭 잡았다. 그러자 준호는 심장이 덜덜덜 떨리고, 다리는 후들후들거렸다. 다시 다혜가 팔짱을 끼는 순간, 자신의 팔꿈치에 다혜의 커다란 가슴이 뭉클하며 닿자, 준호는 심장이 멎는 줄 알았다. 그것도 모자라 다혜의 천상의 향기가 자신의 코끝에 다가오자, 준호는 이대로 그 향기에 질식할 것만 같았다.

 말없이 손만 잡고 걷다가 다혜가 먼저 입을 열었다.
 "준호씨, 요새 무슨 일 있으세요? 왜 갑자기 저한테 이러세요? 저, 준호씨 문자 받고, 죽는 줄 알았어요. 하늘이 깜깜해지면서 무너지는 것 같았고, 땅이 푹 꺼져서 천 길 땅속으로 묻히는 줄 알았어요. 왜 그랬어요?" 묻는 다혜의 말에 준호는 순간 눈물이 핑 돌았다. 도저히 할 말이 떠오르질 않았다.

 잠깐의 침묵이 흐르자, 다혜가 다시 말을 이어 나갔다.

"저는요, 마치 빈 배에 혼자서 몸을 싣고 가다가 암흑의 바다에서 난파된 심정이었어요. 돛도 없이, 마실 물도 없이, 구해줄 사람도 없이, 난파된 배에서 망망대해를 떠도는 듯 그랬어요. 준호씨 없으면 난 이제 어떡해요? 난 이제 어떻게 살아가야 하죠? 희망이 없어진 난 어디로 가야 해요? 항구를 찾을 이유도, 의미도 없이, 섬이나 육지를 찾을 이유도 없어진 난 어디로 가야 해요?"

이렇게 말하며 다혜는 이미 울고 있었다. 눈물로도 울고 있었고, 가슴으로도 울고 있었고,
토해지는 영혼의 숨으로도 울고 있었다.

다혜가 다시 말을 이어갔다.
"준호씨한테 그렇게 말 못할 사정이 생겼다면, 우리 최후의 만찬을 하러 가요."
다혜의 말을 듣는 순간, 준호의 가슴이 또다시 덜컹했다. "아니, 다혜씨가 무슨 말을 하는 거지? 최후의 만찬이라니?" 준호는 알 수가 없었다.

준호는 그저 눈물이 났다. 그 모습에 다혜도 따라 울었다. 주르륵 주르륵 눈물을 쏟으며.
두 사람이 이렇게 울보처럼 손을 잡고 걷는 모습을 보며, 지나가는 사람들이 흉을 봤다.
"쟤네 뭐야? 왜 손잡고 걸으면서 울어? 참 이상한 애들이네. 뭐야 눈에 티끌이라도 들어갔나? 참 볼썽사납네." 하며 흉을 보며 지나갔다.

다혜는 맘속으로 편지를 썼다.

운명아 주다혜

운명아, 운명아, 슬픈 운명아

운명아, 운명아, 모진 운명아

이 모진 슬픈 운명아

대체 왜? 대체 왜? 나한테만 이래?

대체 내가 무슨 큰 죄를 지었다고?

나한테만 이래?

이대로 준호를 보낼 수는 없었다. 다혜는 미칠 것 같았다. 다혜는 생각했다.

신들의 장난 주다혜

신들은 참 짓궂어, 신들은 참 짓궂어

신들의 장난은 참 짓궂어

아직도 신들의 장난이 끝나지 않은 걸까?

눈물샘을 비집고 나오는 게 슬픔이라 했던가?

토해지는 내 숨이 끊어지는 애간장의 절규라 했던가?

내 뺨에 적셔지는 게 눈물이라 했던가?

어떻게 이렇게 가슴이 미어질 수가 있을까?

신들은 참 불공평해, 신들은 참 불공평해

이 아름다운 사랑을 내게 보내준,

이 모든게 다 신들의 장난이었단 말인가?

신이여, 하늘이여 제발

이제는 더는 난 달갑지 않습니다

나란 한 사람의 운명에게 벌을 주기 위하여

이 모진 장난을 하시는 거라면

난 이제 더는 달갑지 않습니다.

 다혜는 준호의 손을 꽉 붙잡아 끌고 술집으로 향했다. 그리고는 다시 준호의 손을 꽉 잡아끌고 모텔로 향했다. 내일은 내일의 해가 뜰 테니, 오늘은 오늘에 맡기자 다짐하며 마음 가는 대로 거침없이 걸었다.

은은한 조명 불빛이 흐르는 모텔 방안엔, 데이빗 가렛의 쇼팽 녹턴 바이올린의 슬픈 연주가 다혜의 휴대폰 뮤직 플레이에서 끝도 없이 이어지고 있었다.

계속해서 리플레이로 "리라라라 리라라라 리 라라라라 리라라라 리라라라 리 라라라라 리라라 리라라 리라라" 끝도 없이 이어지고 있었다.

다혜가 먼저 옷을 벗었다. 실오라기 하나 없이 벗었다.
그리고는 준호의 품으로 다가왔다. 준호는 어찌할 줄을 몰랐다.
꿈에 그리던 여신처럼 아름다운 다혜가, 천사처럼 착한 아름다운 다혜가, 자신의 앞에 실오라기 하나 없이 서 있었기에.

신이 빚어 놓은 듯 빛나는, 새하얗고 커다란 두 젖가슴과 작고 예쁜 앙증맞은 유두와 가녀린 허리와 아름다운 골반과 새하얗고 커다란 엉덩이와 그리고 숨이 막힐 것 같은 계곡, 그녀의 신전을 떠받치고 있는 매끄러운 두 다리 기둥.

준호는 이렇게는 아닌 것만 같았다. 그렇게 착한 다혜가 자신을 놓치기 싫어서, 잡고 싶어서, 마음이 달아서, 마음이 조급해져서 이러는 것만 같았다.

준호가 다혜의 옷을 손으로 집어 다시 입혀주려 하자, 다혜는 준호의 품으로 다가가 확 안기며 준호를 침대 위에 쓰러트린 후 준호의 옷을 벗기며 말했다.
"준호씨 여자나, 꽃이나, 보석은 그것을 알아봐 주는 사람에 따라 그 가치가 달라지는 거야. 준호씨가 나를 보석으로 만들어줘. 준호씨 말고는 아무도 갖지 못하게. 나를 준호씨의 보석으로 만들어줘. 나한테는 준호씨만

이 나를 가질 수 있는 자격이 있는 사람이야. 기회는 언제나 있는 게 아니야. 꿈의 동산을 오르는 자만이 꿈에게 다가설 수 있어. 준호씨는 내 꿈이고. 나는 준호씨의 보석인거야 알았지?"

다혜는 날라리 아가씨처럼, 되바라지게 막돼먹은 아가씨처럼, 주머니 속에 손 넣고 건방을 떨면서 짝다리를 흔들면서 불량하게 다가오는 소녀처럼 준호의 옷을 거칠게 벗겼다. 준호의 몸 위에 올라타서 준호의 옷을 거칠게 벗겼다.

그러자 초조하고 조심스런 마음으로 소녀의 거친 행동을 바라보던 수줍던 소년도 불량한 소녀에게 화답했다.

여행
주다혜

이제 난 내 인생에서 가장 아름다운 여행을 떠나려고 해.

사랑이라는 여행을 떠나려고 해.

나랑 함께 가자? 내가 사랑하고 나를 사랑하는 사람아.

내일 일은 내일 일에 맡기고 나랑 함께 가자 낙원으로.

그곳에 무엇이 기다리든 나는 이제 상관없어

설레임이 기다리든 고난이 기다리든 상관없어

신이여 허락해 주소서

신이여 허락해 주소서

오늘 밤 우리 사랑

신이여 허락해 주소서

오늘 밤 우리 사랑 허락해 주소서.

준호는 성큼성큼 그녀에게 다가가 불량한 소녀에게 다가가, 그녀의 두 대리석 기둥을 지나서 새하얗고 뽀얀 그녀의 신전의 문을 열고 들어가 그 맑고 성스런 그녀의 성수를 마셨다. 그리고 탐스러운 그녀의 봉우리를 탐하며 자신의 불기둥을 세웠다.

그러자 아름다운 여신은 세상에서 가장 반가운 미소로, 세상에서 가장 황홀한 표정으로 불기둥을 받아 주었다. 마치 이날을 기다렸다는 듯 불기둥을 받아 주었다. 두 팔로 감싸 안으며 불기둥을 받아 주었다.

천상의 노래 박준호

나 이직까지 살면서. 이 세상 살면서

이렇게 황홀한 표정으로 이렇게 아름다운 미소로

내게 사랑을 주었던 이 없었네.

나 이직까지 살면서. 이 세상 살면서

이렇게 황홀한 사랑 대접 받아본 적 없었네.

나 이대로 죽어도 여한이 없겠네.

나 이대로 이대로 이 세상 끝나도

더는 여한 없겠네.

불기둥은 천상의 노래를 부르며 벅찬 눈물을 흘렸다. 그리고는 또다시 천상의 노래를 불렀다.

꽃   박준호

꽃이 나를 품는다. 꽃이 나를 품는다. 내가 꽃을 품는다
그리고 꽃과 나는 몸과 마음으로 하나가 되었다
이 순간 하나가 되었다
마음에 마음이 닿는다
살과 살이 닿는다.

준호의 사랑의 노래에 여신은 사랑의 멜로디로 화답했다.
"아아앙 아아앙....악욱욱...아아앙 앙앙앙, 앙앙앙, 아이쿠 아이쿠..앙앙앙, 앙앙앙...앙앙응응 앙앙응응..."하고 사랑의 멜로디로 화답했다.

여신의 사랑의 멜로디는 그칠 줄을 몰랐다. 여신은 그 새하얗고 커다랗고 예쁜 탐스러운 엉덩이를 앞뒤로 마구 흔들며, 허리를 흔들며, 풍만한 젖가슴을 흔들며 온 밤을 태울 때까지 사랑을 불태웠다. 새까만 어둠이 다 새하얗게 재가 될 때까지 사랑을 불태웠다. 그리고는 속으로 기도를 올렸다.

기도 　주다혜

하늘이시여 감사합니다

하늘이시여 감사합니다

내 기도가 하늘에 닿아

당신이 보내주신 빛나는 별 하나가

빛으로 내 안에 날아들었습니다

다시는 내게, 다시는 내게

가슴 아리는 일이 없기를

다시는 내게, 다시는 내게

이 사랑 빼앗기는 일 없기를

기도합니다.

불기둥은 다시 여신을 엎드리게 해놓고 무릎을 꿇게 해놓고는, 여신의 엉덩이를 하늘 높이 쳐들게 하고 여신의 엉덩이와 엉덩이의 사이를 탐닉하며, 여신의 항문 냄새를 맡으며, 여신의 계곡을 입술과 혀로 음미했다. 그러자 여신은 엉덩이와 항문을 움찔하더니, 미친 듯이 허리와 엉덩이를 움직여 자신의 계곡을 불기둥을 가진 남자의 입술에 부벼댔다.

"아아앙, 아아앙 아아앙 아아앙 아아앙....악욱욱 악욱욱 아흐흥...아아앙 앙앙앙, 앙앙앙, 아이쿠 아이쿠 아아앙 앙앙앙, 아이쿠 앙앙앙 앙앙앙, 앙앙응응 앙앙응응..." 끝도 없이 사랑의 멜로디를 부르면서 부벼댔다.

그러다가 여신은 어느 순간, 온몸을 바들바들 바들바들 떨다가 샘물을 쏟아냈다. 온 세상의 메마른 대지를 적실만큼 샘물을 쏟아냈다.

그러자 메마르고 황량한 대지 속에서, 그 혹독한 대지 속에서, 숨이 막혀 잠을 자던 수많은 씨앗들은 싹을 틔웠고, 대지 위에선 또다시 풀꽃들이 피어났고, 온 세상은 환희에 가득 찼으며, 아름다운 꽃들의 향연에 벌 나비들과 싱그러운 바람들은 수많은 세상의 슬픔들을 어루만져 주었다.

크리스마스의 이브날 밤에 그렇게 다혜는 준호에게 세상에서 가장 아름다운 선물을 주었다.
두 사람의 사랑이 끝난 뒤에도 다혜가 틀어놓은 데이빗 가렛의 쇼팽 녹턴의 슬픈 바이올린 연주는 끝없이 이어지고 있었다.
준호는 집으로 돌아와서 일기를 썼다.

그저   박준호

그저

별과 달처럼 끊어질 수 없는 운명으로 만났기에

그대를 사랑합니다

예전엔 그저 꽃을 가꾸어

당신께 바치려고만 했습니다

하지만 이제는 마음을 가꾸게 되었습니다

당신이 원하는 건 꽃이 아니라

마음을 원한다는 걸 깨달았기에

한때는 세상을 다 얻고 별을 따서

당신께 바치는 게

당신을 행복하게 해주는 일인 줄 알았습니다

하지만 깨달았습니다

당신의 바라는 건

당신이 원하는 건

세상이 아니라 바로 나라는 걸

깨달았습니다

사랑은 그저 꽃을 비치고

징검다리를 놓고 별을 띠서

비치는 일인 줄만 알았던

그대를 처음 만날 때의 벅차던 꿈들이

내 안엔 아직도 가득합니다

당신 없이는 살 수 없는 내가 되어 버렸기에

당신을 사랑합니다

당신의 따뜻한 눈빛을 잊을 수 없기에

그대를 사랑합니다

당신의 착한 심성을 알기에

그대를 사랑합니다.

다혜도 집으로 돌아와 일기를 썼다.

난 잘 몰라요 주다혜

난 잘 몰라요, 아직은 잘 몰라요

난 당신에 대한 사랑을

어떻게 해야될지 잘 몰라서

그래서 꽃을 보내요

난 당신에 대한 사랑을

표현하는 방법을 잘 몰라서

그래서 편지를 써서 보내요

내가 아는 것은 오직

내가 그대를 사랑하고 있다는 것과

그대도 날 사랑하게 될 거라는 믿음뿐입니다

그리고 난, 당신이 뭘 좋아하는지를 잘 몰라서

멀리 있는 당신에게

이 밤, 난 내 마음을 그려 보내요.

다혜는 크리스마스 날에 연주에게 구연동화를 읽어주고 있다.

"옛날에, 옛날에, 아주 옛날에 멋진 왕자님이 살았대요. 그 왕자님은 예쁘고 아름다운 아가씨와 아기 공주를 찾아 나섰대요…"

끝.

에필로그

나 민영기.

1960년 안성에서 태어남. 나는 할머니께서 시집을 오시면서 데리고 오신 아버지에게서 태어났다. 이렇게 아버지께서는 아버지의 형제들과는 이복 형제 사이셨다. 아버지는 어릴 때 다리를 다치셨고 치료를 제대로 받지 못하셔서 49세에 돌아가실 때까지 평생 한쪽 다리를 절고 사셨다.

국민학교만 나오신 아버님은 남들과는 잘 어울리지 못하시는 외골수이신 어머니와 결혼하셨고 나는 가진 것 없고 가난한 집안에서 아들 둘, 딸 둘, 4남매 중 장남으로 태어났다. 나는 청소년 시절 중학교 3학년 중반쯤 학교를 졸업도 못한 채 취직을 해서 돈을 벌어야 했기에 동네 형들을 따라서 노가다를 6개월쯤 다니다가 아는 지인의 소개로 서울로 상경해 주경야독을 했다.

나는 청계천에서 오토바이를 타고 배달일을 하면서 수많은 사고들 때문에 수도없이 죽을 고비를 넘겼다. 그런 와중에도 나는 배우지 못한 한 때문에 더 이상 떨어질 수 없는 인생의 밑바닥을 살아오면서도 닥치는 대로 수천 권의 책을 읽어서 부족한 배움의 갈증을 채워 나갔다. 스물두 살 무렵부터 나는 무슨 복을 타고 났는지 유명 대학을 다니는 서너 명의 천사처럼 예쁜 여대생들과도 아름다운 사랑을 했었다. 그 아가씨들 중 첫사랑인 아가씨와의 사랑에서는 사람들이 상상조차도 하지 못할 수많은 방해들이 찾아 왔었고, 그 일들로 인하여 첫사랑은 백혈병에까지 걸리게 되었다. 결국 나는 백혈병에 걸렸던 그 아가씨와 함께 저승사자에게까지 끌려 갔다가 땡깡을 부려서 돌아오기도 했다.

불량남편 285

1987년에는 작은 아버님의 소개로 장학금을 받으며 부천 전문대를 졸업한 후 유명한 큰 회사에 취직을 해놓은 예쁘고 아름답고 똑똑한 아내와 결혼했다. 그때문에 아내는 그 아까운 회사를 다니지 못하게 되었다. 그렇게 한참 꿈많고 어리고 푸르렀던 아내에게 나는 결혼생활 내내 고생만 시켰다. 그런 아내에게 나는 이제서야 고개를 숙여 사죄한다. "미안했다고, 잘못했다고, 다 내가 잘못했다고," 아내는 우리가 이혼을 할 때까지도 몰랐을 것이다. 내가 아내를 얼마나 사랑했는지를......... 나는 진정으로 결혼생활 내내 아내를 단 하루도 사랑하지 않은 날이 없었다. 나는 진정으로 하늘에 걸고 맹세하노니 아내의 얼굴을 보거나 아내만 생각하면 하루도 설레이지 않는 날이 없었다. 아내는 내게는 그런 사람이었다. 이 세상의 그 어느 누가 나같은 복을 누렸겠는가? 결혼생활 20년 내내 설레이는 가슴으로 살 수 있는 복을 누렸겠는가?

　하지만 호사다마라고 했던가, 평생 기독교인으로 살던 나는 그 무렵 결혼을 한 후 술만 취하면 칼과 망치를 휘두르며 온 집안을 부숴대는 매제의 일로, 날마다 힘들게 사는 동생의 일로, 무당집과 신당과 굿당을 굿을 하러 쫓아 다니다가 귀신에 씌워서 의식이 없는 상태에서 아내에게도 내게도 평생 지워지지 않을 큰 사고를 쳐서는 결국 그동안 모아놓은 재산을 몽땅 날리기도 했다. 동생은 거의 1년 반을 새벽만 되면 이틀에 한 번꼴로 전화를 걸어왔다. "오빠 나 좀 살려줘, 나 좀 살려줘, 큰일났어," 하고 전화를 걸어댔다. 그런 동생 집에 아내와 나는 아직은 아기였던 큰딸을 들쳐안고는 부랴부랴 쫓아가 보면 매제놈은 술에 개만취가 되어서는 눈이 두 집혀서는 칼과 망치를 휘둘러 댔다. 나는 여동생에게 차라리 이혼을 하라고 권했지만 동생은 갓난아기 때문에 이혼은 못한다고 버텼다. 새벽마다 걸려오는 동생의 전화에 아내도 나도 노이로제가 걸려서 전화 벨소리만 나면 심장이 두근거리고 다리까지 후들거렸고 온몸에는 진땀이 식은땀이 바짝바짝 났으며 이러다가는 제 명에 못살고 심장마비로 죽거나 말라 죽겠구나 싶었다. 며칠도 아니고 몇 달도 아니고 무려 1년 반 동안이나 동생은 전화를 걸어댔다. 아내와 나는 동생의 전화가 걸려 올까봐서 저녁마다 심장이 두근거리고 노이로제가 걸려서는 잠을 못 이뤘다.

 할 수 없이 아내와 나는 장모님의 조언을 받아서 부천에 있는 무당집을 찾아갔다. 무당 할머니는 내게 말하셨다. "조상들이 방해를 해서 그런 거니까 굿을 해야 해," 하고 말하셨다. 나는 굿을 하러 다니는 6개월 동안의 기간에 1500만원을 들여서 굿을 하러 쫓아 다녔다. 산굿을 하고 살풀이를 하고 굿당에 가서 굿을 해댔다. 하지만 뭔 귀신이 씌웠는지 동생의 일은 해결도 안 된 채, 의식이 없는 상태에서 귀신의 지시를 받고 아내에게도 내게도 평생 지워지지 않을 큰 사고를 쳐서는 결국 모아놓은 재산을 몽땅 날리게 되었다. 그 후유증으로 나는 평생 공황장애를 앓았다. 나는 꺾어진 꽃대궁처럼 고개를 들지 못하고 살았고 그 부끄러움과 그 쪽팔림에 그동안 친하게 지내던 친한 친구들과도 인연을 끊고 살았다. 그 후유증으로 나는 길을 걸을 때면 전봇대가 내게 쓰러져 왔고 변압기가 떨어져서는 내게 날아 들었으며 건물들에 매달려 있는 간판들이 떨어져서 내게 날아왔다. 나는 길을 걸을 때면 일부러 전봇대와 간판들을 피해서 멀리 돌아서 걸어 다녔다. 하지만 나는 내 공황장애를 누구에게도 말할 수 없었다. 정신병자 소리를 듣기 싫어서였고, 혹시 내가 치료받은 정신병원 진료 기록이라도 남는다면 그 일이 두 딸들에게 해가 될까 봐서 참고 견뎠다.

 사고가 난 그 일로 모든 걸 날린 후 아내와 나는 어찌어찌해서 식당을 운영하면서 살았지만 식당일은 아내에게 갖은 고생을 시켰다. 그렇게 착한 아내에게 갖은 고생을 시켰으면서도 나의 배우지 못한 도덕적 가치관과 사회적 가치관의 부족함으로 인해서 아내와 나는 잦은 다툼도 있었다. 하지만 그럭저럭 잘되던 식당도 IMF를 피해 갈 수는 없었다. IMF 때문에 식당을 몽땅 말아 먹은 후, 할 수 없이 나는 식당을 그만 두고는 가락시장에 가서 새벽 일찍 일어나서 중국집 식당에 식자재 납품을 하는 일을 했다. 식자재 납품을 7년을 하자 늦은 나이인 2005년에 겨우 송파구에 새로 지은 빌라를 샀다. 하지만 그 사이에 온몸과 팔과 무릎과 다리가 다 망가져서 양배추 양파 한 망을 들 힘조차 남아있지 않게 되었다. 식자재 납품을 한 지 7년 만에 할 수 없이 나는 그 일을 그만두게 되었다. 하지만 그럭저럭 돈을 잘버는 그 일을 그만둔 계기로 아내와 불화가 생겼고 나는 결국 의처증 증세까지 찾아왔다. 결국 아내와 나는 2008년에 이혼을 하게 되었다.

나는 이혼을 한 후 노래방을 차려서 2년을 운영했으나 사업상 술 담배를 달고 살았고 아내와의 이혼 후유증은 내게 더 심한 공황장애를 겪게 했다. 그러던 어느 날부터는 나는 아내와의 이혼의 아픔 때문에, 늘 힘이 되어주고 늘 기댈 곳이 되어주던 든든한 아내와의 이혼 후유증 때문에, 혼자라는 외로움 때문에, 세상 천지에 혼자 내쳐져 버려졌다는 고통 때문에, 차라리 죽고 싶다는 생각만 들었고 죽고만 싶어졌다. 그렇게 노래방을 하는 2년 동안에 나는 술에 취해 살았고 술에 찌들어 살았다. 죽어야겠다는 생각만 하면 가슴이 환희로 벅차 올랐고 빨리 죽어서 49세의 나이에 일찍 돌아가신 아버님 곁으로만 가고 싶어졌다. 초등학교 6학년인 작은딸과 고등학교 3학년인 큰딸은 아빠를 혼자 두면 안 될 것 같다며 아빠와 함께 살았는데 아빠인 나는 나약해지고 무너져서 죽고만 싶어졌다.

그러던 어느 날 나의 저주스러운 사주팔자가 내게 보냈는지 누가 보냈는지 급성 심근경색이 찾아왔다. 숨을 못 쉴 만큼 속이 탔고 고통이 밀려들었다. 대체 숨을 쉴 수가 없었고 온몸을 움직일 수가 없었다. 이렇게 끙끙

앓아가며 이대로 숨을 못 쉬고 죽는구나 싶었다. 그 순간 큰딸이 대학교를 가려다가 쓰러져서 숨도 못 쉬고 끙끙대는 나를 보고는 119에 신고를 했고 곧바로 서울 삼성병원 응급실로 실려가서는 몰핀을 두 대나 맞고 겨우 숨을 쉬었다. 병명은 급성 심근경색이었다. 이후로 나는 정신을 차리고는 술 담배를 달고 살던 노래방을 정리한 후 그 경험을 삼아서 어느 실장의 도움으로 아가씨 사무실을 차렸다. 그 일을 하면서 나는 수많은 업소 아가씨들 및 알바 아가씨들의 눈물 없이는 들을 수가 없는 가정사들과 일하는 도중의 경험담들과 울고 싶어도 웃어야 하는, 슬퍼도 웃어야 하는 밤의 꽃들의 사연들을 전해 들었다. 때로는 사귀자며 결혼을 하자며 돈으로 유혹을 하는 수많은 로맨스 진상들과 강제로 어떻게 해서든 동거녀로 만들어 보려는 건달의 이름을 파는 양아치들의 이야기들도 전해 들었다. 부끄럽지만 나는 이렇게 아가씨 사무실을 운영하면서 두 딸들의 대학 졸업을 시켰다. 두 딸들이 졸업을 하고 난 후에 배우지 못한 무식한 아빠라는 허물을 벗기 위해, 2017년 서울시인협회에 가입을 한 후 2018년 등단을 했다. 그리고는 그해에 바로, 미친 사랑을 노래하다, 라는 감성 시집을 냈다. 그 후 2019년부터는 노래 가사에도 욕심을 내서 2020년에는 정의송 작곡 유하리 노래인 따블로와 아듀를 작사했다. 하지만 그 노래들은 홍보 부족이었는지 몰라도 뜨지는 못했다. 그리고는 나는 그 경험으로 2022년부터 2023년 봄까지 약 200여 곡의 노래를 작사 작곡해서 보관 중이다.

　내가 소설을 쓰게 된 계기는 정말로 우연이었다. 나는 내게 소설을 쓰는 재주가 있는지도 몰랐다. 2023년 4월 초에 인천에 사는 동창생 친구가 우연히 친구들의 단체 톡방에 "우리 딸이 쓴 글이야, 친구들아 한 번 읽어 봐," 하고 올린 글을 보았다. 그 글은 굉장히 잘 썼지만 그 글을 쓴 사유가 이유가 내게는 보이지가 않았다. 나는 곧바로 친구에게 전화를 걸어서 내 소감을 말해줬다. "친구야 딸래미가 쓴 글 재미있게 잘 읽었어, 그런데 딸래미한테 이 글의 사유까지 넣어서 써보라고 하면 어떨까?" 하고 조심스럽게 물었다. 나의 조언에 친구가 말했다. "친구야 우리 딸은 그냥 재미로 쓴 거지, 전문적으로 글을 쓸 생각은 없대," 하고 말했다. 그 친구의 말에 내가 말했다. "에이 그럼 내가 한번 써볼까?" 하고 말한 후 나는 3일 만에 한 권 분량의 소설을 썼다. 그리고는 그 친구에게 보냈다. 나의 처음으로 쓴 소설에 친구는 내게 말했다. "엄청나게 잘 썼다, 천부적인 소질이 있는 것 같아," 하고 칭찬을 해주었다. 나는 친구의 칭찬이 "혹시 립 서비스 아닐까?" 하는 생각에, 나는 다시 내가 쓴 소설을 내가 엄청 예뻐하는, 베스트셀러만을 골라서 몇 년 동안 읽고 있다는, 앞으로도 평생 베스트셀러만 골라서 읽을 거라는, 단아라는 아가씨에게 한 번 읽어봐 달라며 원고를 보냈다. 내가 보낸 소설을 다 읽어본 후 며칠 후 단아가 말했다. "와 시만 잘 쓰는 줄 알았는데, 노래만 죽어라고 만드는 줄 알았는데, 소설도 엄청 잘 써요, 타고 났어요, 지금껏 내가 읽어본 책들과도 손색이 없어요," 하고 입에 바른 립 서비스 칭찬을 해주었다.

단아의 반응은 칭찬이 나의 펜을 춤추게 했고 나의 영혼에게 꿈을 꾸게 했고 사고를 하게 했다. 결국 나는 단아에게 칭찬을 듣고 싶어서 미치듯이 소설을 써나갔다. 나는 한 번도 써본 적 없던 소설을 무려 두 달 동안에 2편의 장편 소설과 1편의 중편 소설과 1편의 웹소설과 1편의 동화를 써댔다. 미친 일이었다. 역시 칭찬은 고래도 춤추게 한다는 말이 맞는 듯 했다. 단아는 어느 날 내게 말했다. "진짜 세상에 불가능은 없네요, 어떻게 배운 적도 없는데 시인도 되고 작사 작곡도 하고 소설도 쓰고 정말 불가능은 없네요," 하고 칭찬을 해주었다. 나는 말할 수 있다. 지금 내가 쓰고 있는 소설들과 혹시 앞으로 쓰게 될 소설들 모두는 아마도, "모두가 다 그녀 단아의 칭찬을 듣고 싶은 내 마음이 이뤄낸 기적이다," 라고 나는 말할 수가 있다. 나는 그녀에게 칭찬을 들을 생각만 하면 힘든지도 모르고 소설이 쓰여졌다. 막힘없이 마구마구 쓰여졌다. "언른 써서 그녀에게 또 보여 줘야지," 하는 마음에 기쁜 마음으로 행복한 마음으로 소설 속에 홀릭해 들어가서 소설들을 써댔다. 쓰니까 그냥 써졌다. 시 말고는 단 한 번도 써 본 적 없었는데 편지 한 번을 제대로 써본 적 없는데 소설이 막힘없이 마구마구 쓰여졌다. 아마도 이제껏 진저리가 나도록 힘들게 살아왔던 대가라도 되는 양 나는 소설을 쓰게 되었다. 아니면 어릴 때 배우지 못한 한으로 수천 수만 권의 책을 닥치는 대로 읽어 두었던 감성 때문이었는지도 모를 일이다. 하지만 나는 생각한다. 단아 그녀와 나와의 나이차 때문에 나는 언감생심 꿈도 못 꿀 일이지만, 그녀는 모든 게 나의 이상형이다. 참한 말투부터 참하고 곱게 생긴 외모까지 모든 게 다 그녀는 나의 이상형이다. 그녀의 칭찬을 듣기 위해 나는 소설을 썼고 그녀의 칭찬을 듣기 위해 소설을 쓰게 될 것이다. "뭐 혼자서만 꾸는 꿈이 그녀에게 피해를 주는 것도 아니지 않은가?" 하하하하하하 그녀를 볼 때마다 그냥 "에구 내 이상형," 하고 난 생각할 뿐이니까,

"혼자만이 간직한 영원히 깨지 않을 꿈도 때론 행복하고 아름다우리!"

작가 인터뷰

어떻게 아이디어를 찾고 소설로 발전시키나요.

나는 먹고 살기 위해서 낮에도 밤에도 일을 합니다. 투잡을 합니다. 소설은 틈나는 대로 썼습니다. '불량 남편'이라는 소설의 아이디어는 사적으로 친하게 알고 지내는 윤주라는 아가씨가 털어놓았던 힘들었던 가정사적인 이야기를 소설로 썼습니다.

소설을 쓰게 된 동기가 있었나요 아니면 오랜 꿈이었나요.

소설을 쓰게 된 동기는 우연한 기회에 쓰게 됐습니다. 2023년 봄, 동창들의 톡방에 한 친구가 "우리 딸이 쓴 글이야 친구들아 한번 읽어 봐봐," 하고 올린 글을 읽고는 그게 동기가 되어 "나도 소설을 써볼까?" 하는 마음에 쓰게 되었습니다. 2023년 그 이전에는 단 한 번도 소설을 써본 적 없었는데 써보니까 이상하게 잘 써졌습니다. 아마도 어린 시절부터 독서를 많이 한 영향이 아닐까 싶습니다.

작가님의 소설에 등장하는 캐릭터들은 실제 인물을 바탕으로 한 것인가요.

영찬이라는 인물은 주변에서 흔히 볼 수 있는 속썩이는 남편들의 캐릭터이기는 하지만 사실은 윤주라는 아가씨의 속썩이는 남편에게서 영감을 받아서 썼으며 나머지의 캐릭터들은 잘 알고 지내던 아가씨들의 톡톡 튀는 개성들과 상상들이 합해져서 탄생한 캐릭터들입니다.

작가님의 창작에서 반복적으로 등장하는 주제나 메시지가 있다면 그것은 무엇인가요.

한마디로 말하면 인과응보입니다. 누구나 실수를 할 수는 있지만 나쁜 짓을 반복적으로 하고 다니면 그 끝의 결과는 벌을 받아야 하고 결국 자신의 인생을 망치는 지름길이라는 걸 알려주고 싶었습니다.

소설 작업 중 가장 어려웠던 부분은 무엇이었나요? 그 어려움을 어떻게 극복하셨나요.

성적 묘사가 가장 힘들었습니다. 성이라는 욕망은 누구에게나 다 있습니다. 쇼펜하우어는 성이 곧 사랑이라고 했습니다. 부도덕한 성과 욕망은 비난받아 마땅하지만 사랑하는 사람들 간에 이루어지는 아름다운 성까지 터부시해서는 안 된다고 생각합니다.

또한 어려웠던 부분은 주인공 주다혜가 어떻게 현명하게 가정을 지켜 나갈까에 중심을 두었지만 결국은 여주인공이 어떻게 결론을 내려야 할까를 마무리를 짓지 못하고 소설을 마무리하게 되었습니다. 이혼의 아픈 경험이 있는 나는 가정을 끝까지 지켜야 할까? 이혼을 해야 할까? 에 대해서 고민이 많았고 힘들었습니다.

작가님에게 영향을 준 다른 작가나 작품이 있다면 그것은 무엇이며 어떤 점에서 영감을 받았나요.

저에게 영향을 준 작품이라면 어린 소년 시절 청소년 중학교에 다닐 때 읽었던 철강왕 앤드류 카네기의 자서전입니다. 앤드류 카네기는 많이 배우지는 못했어도 굴하지 않고 수많은 성공을 거뒀습니다. 앤드류 카네기의 어린 시절들이 나와 같은 처지였기에 어린 시절 나는 깊은 감명을 받았습니다. 그 책을 읽었던 덕분에 나는 열심히 독학을 하게 되었고 지금까지 무너지지 않고 버틸 수 있었습니다.

작가님이 생각하는 이상적인 독자는 어떤 사람인가요? 작가님의 작품을 읽을 때 얻을 수 있는 가장 큰 가치는 무엇이라고 생각하나요?

한마디로 말하면 어느 종류의 책을 읽든 교훈을 얻을 수 있어야 한다고 생각합니다. 나는 못 배운 한으로 수천 권의 책을 닥치는 대로 읽었습니다. 그 책들마다 중에서 나는 감명 깊은 단 한 단어만 건져도 책값이 아깝지 않았습니다. 책은 읽는 사람의 해석에 따라서 책의 가치는 달라집니다.

소설을 쓰면서 개인적으로 가장 애착이 가는 캐릭터나 이야기가 있다면 그것은 무엇이고 그 이유는 무엇인가요?

단연코 나는 영찬입니다. 나는 결혼 생활 내내 아내를 고생만 시켰습니다. 경우는 다르지만 그래서 나는 소설을 쓰는 내내 영찬과 내가 오버랩 되었습니다.

작가님의 창작 과정에서 특별히 중요하게 여기는 원칙이나 철학이 있나요?

철학이라고까지는 말하기 그렇고, 원칙은 책은 재미가 있어야 하고, 지루하지 않고 쉬워야 하고, 거기에다 교훈까지 있으면 금상첨화가 아닐까 생각합니다.

향후 작가님의 창작 활동 계획에 대해 알려 주실 수 있나요? 앞으로 어떤 종류의 이야기나 프로젝트를 작업하고 싶은가요?

계획은 지금 탈고하고 있는 소설과 동화를 완성하는 것이 목표입니다. 꿈은 크게 가지라고 했듯이 지금은 아니지만, 등대지기나 노인과 바다 등의 노벨 문학상 급의 주제가 떠오른다면 매진해 보고 싶습니다. 하하하...

책을 집필하게 된 계기가 궁금합니다.

나는 가끔 내 주제를 모릅니다. 내게는 나보다 25년은 어린 아름다운 이상형이 있습니다. 그냥 이상형일 뿐입니다. 그녀는 오래전부터 베스트셀러 책들만 골라서 읽었으며, 늘 조선시대 여인처럼 조신합니다. 위에서 언급했듯이, 2023년 봄 우연히 써본 소설을 그녀에게 보여주자, 그녀는 내게 입에 침이 마르도록 엄청난 칭찬을 해주었습니다. 나는 그녀의 칭찬에 미친 듯이 소설을 써댔습니다. 정확히 말하자면, 그녀의 칭찬을 듣고 싶어서 미친 듯이 소설을 썼다는 게 맞습니다. 평생 한 번도 써본 적 없는 소설을 3개월 만에 무려 4편의 장편 소설과 1편의 동화를 써댔으니 말입니다. 이건 미친 짓이고 미친 광기입니다. 나는 그녀가 내 문학의 동반자이며, 내 창작 에너지의 원천이며, 내 광기의 원천이며, 내가 계속해서 소설을 써나갈 동기이고 힘이라고 생각합니다. 그녀는 내가 시인에 등단을 했을 때도, 앨범 제작을 했을 때도, 작사 작곡을 미친 듯이 해댔을 때도, 소설을 써댈 때에도 가장 많은 칭찬을 해주었습니다.

지금까지의 삶과 책의 연관성에 대해 말씀해 주실 수 있나요?

그냥 말할 것도 없이, 나의 삶이 곧 소설이요, 노래요, 시요, 동화입니다.

작가님에게 행복이란 무엇인가요?

나는 꿈을 꿀 때 가장 행복합니다. 꿈을 잃지 않는 한 나는 행복합니다. 꿈을 꾸는 한 나는 청춘이라고 생각합니다. 누군가가 내게 겸손하라고 말했습니다. 하지만 나는 자칭 감성황제라 일컬으며 시를 씁니다. 보니엠의 작곡가 프랑크 파리안을 꿈꾸며 작사 작곡을 합니다. 나는 한 여인에게 칭찬을 받기 위해서 소설을 씁니다. 누가 보기에는 또라이 같지만, 이런 이상한 정신세계가 아마 내 행복의 발원지이며 원천이 아닐까 싶습니다.

책을 한 줄로 요약한다면 어떻게 될까요?

책은 수많은 꿈들과 희망들과 지식들과 교훈들을 품고 있는 황금알을 낳는 거위입니다.

'불량 남편' 이야기의 교훈이 있을까요?

아무리 콩깍지가 씌워지게 사랑한 부부라도 살다 보면 그 익숙함에 수시로 갈등하고 결별을 생각합니다. 하지만 아무런 대가 없이 죽는 날까지 서로를 보듬어줄 사람은 오로지 부부 뿐입니다.

독자들에게 하고 싶은 말이 있다면 무엇인가요?

다른 사람들에게 해가 되지 않는 일이라면, 자기가 좋아하는 일을 하세요. 자기가 좋아하는 일은 아무리 오래 해도 힘들지 않습니다.

작가님과 술 한잔 할 수 있나요?

일요일 저녁 시간의 소주 한 두 병이라면 하하하...

불량남편에 이은 민영기 작가의 다양한 소식을 만나 보세요.

불량남편

세상에서 제일 불량한 남편의 룸살롱 불륜 스캔들

발행일 | 2024년 3월 1일
지은이 | 민영기
펴낸이 | 마형민
기   획 | 신건희
편   집 | 임수안 이동엽
펴낸곳 | (주)페스트북
주   소 | 경기도 안양시 안양판교로 20
홈페이지 | festbook.co.kr

© 민영기 2024

저작권법에 의해 보호를 받는 저작물이므로 무단 전재와 무단 복제를 금합니다.
ISBN 979-11-6929-459-1 03810
값 16,000원

* (주)페스트북은 '작가중심주의'를 고수합니다. 누구나 인생의 새로운 챕터를 쓰도록 돕습니다. Creative@festbook.co.kr로 자신만의 목소리를 보내주세요.